毕飞宇文集

MASSAGE

推拿

毕飞宇 著

人民文学出版社

图书在版编目(CIP)数据

推拿/毕飞宇著. —北京:人民文学出版社,2022
(毕飞宇文集)
ISBN 978-7-02-016425-7

Ⅰ. ①推… Ⅱ. ①毕… Ⅲ. ①长篇小说—中国—当代 Ⅳ. ①I247.5

中国版本图书馆 CIP 数据核字(2020)第 106028 号

责任编辑 赵 萍
装帧设计 陶 雷
责任印制 王重艺

出版发行 人民文学出版社
社　　址 北京市朝内大街 166 号
邮政编码 100705

印　　刷 北京盛通印刷股份有限公司
经　　销 全国新华书店等

字　　数 213 千字
开　　本 880 毫米×1230 毫米 1/32
印　　张 9.25 插页 1
版　　次 2008 年 9 月北京第 1 版
印　　次 2022 年 1 月第 1 次印刷

书　　号 978-7-02-016425-7
定　　价 59.00 元

新版序

人民文学出版社版的《毕飞宇文集》初版于2015年。感谢人民文学出版社对我的厚爱，2020年，他们打算做一些订正和增补，给读者朋友们送去一个更好的新版。但2020年是特殊的，许多事情都在2020年改变了它的轨迹，一套文集实在也算不了什么。

现在是2021年的秋天，感谢人民文学出版社；感谢读者朋友。除了感谢，我特别想在这里留下这样的一句话：2020年，2021年，它们是那样深刻地留在了我的记忆里。

毕飞宇

2021年9月17号于南京龙江

序

这套文集收录了我从 1991 年至 2013 年之间的小说，是绝大部分，不是全部。事实上，早在 2003 年和 2009 年，江苏文艺出版社和上海文艺出版社就分别出版过我的文集。江苏文艺的是四卷本；上海文艺的是七卷本；此次人民文学出版社出版的这套文集则有九卷。递进的数据附带着也说明了一件事，我还是努力的。

我曾经说过这样的话：小说不是逻辑，但是，小说与小说的关系里头有逻辑，它可以清晰地呈现出一个作家精神上的走向。现在我想再补充一句，在我看来，这个走向有时候比所谓的“成名作”和“代表作”更能体现一个作家的意义。

感谢人民文学出版社，他们愿意为我再做一次阶段性的小结。老实说，和前两次稍有不同，这一次我有些惶恐。写作的时间越长，我所说的那个走向就越发地清晰，——我的写作是有意义的么？——它到底又有多大的意义呢？

我写小说已经近三十年了，别误会，我不想喟叹。我只是清楚了一件事，以我现在的年纪，我不可能再去做别的什么事情了，也做不来了。我只能写一辈子。说白了，我只能虚构一辈子。可再怎么虚构，我还是有一个基本的愿望，我精神上的走向不是虚构的，我渴望它能成为有意义的存在。

毕飞宇

2014 年 6 月 7 日于南京龙江

目　录

引言　定义

散客也要做，和常客以及拥有贵宾卡的贵宾比较起来，散客大体上要占到三分之一，生意好的时候甚至能占到一半。一般说来，推拿师们对待散客要更热心一些，这热心主要落实在言语上。——其实这就是所谓的生意经了，和散客交流好了，散客就有可能成为常客；常客再买上一张年卡，自然就成了贵宾。贵宾是最最要紧的，不要多，手上只要有七八个，每个月的收入就有了一个基本的保证。推拿师们的重点当然是贵宾，重中之重却还是散客。这有点矛盾了，却更是实情。说到底贵宾都是从散客发展起来的。和散客打交道推拿师们有一套完整的经验，比方说，称呼，什么样的人该称"领导"，什么样的人该称"老板"，什么样的人又必须叫做"老师"，这里头就非常有讲究。推拿师们的依据是嗓音。当然，还有措辞和行腔。只要客人一开口，他们就知道了，是"领导"来了，或者说，是"老板"来了，再不然就一定是"老师"来了。错不了。

聊天的内容相对要复杂一些，主要还是要围绕在"领导"、"老板"或"老师"的身体上头。一般是夸。夸别人的身体是推拿师的本分，他们自然要遵守这样的原则。但是，指出别人身体上的小毛小病，这也是本分，同样是原则，要不然生意还怎么做？——"你的身上有问题！"这几乎是可以肯定的。剩下来就是推荐一些保健知识了。比方说，关于肩周。肩周是人体的肌肉纤维特别错综的部位，是身体的"大件"，二头肌、三头肌和斜方肌的肌腱头都集中在这里。肩部的动作一旦固定的时间太长,肌腱头的纤维就会出现撑拉,撑拉久了,肌肉的渗出液就出来了。渗出液并不可怕,肌肉自己会再一次吸收进去。可架不住时间长啊,时间太长渗出液就不再被吸收。这一下问题来了,渗出液把肌肉的纤维粘连起来了。一粘连就有可能诱发炎症,也就是肩周炎——疼痛就在所难免。如果得不到有效的控制和理疗,天长日久,被粘连的纤维就会钙化。一钙化就麻烦了。你想啊,肌肉都钙化了,哪里还能有弹性?你就动不了了,和朋友说一声再见都抬不起胳膊——麻烦吧?所以呢,对肩周要好一点。女人对自己要好一点,男人对自己也要好一点。运动是必需的。实在没时间动,也有办法,那就让别人替你动。推拿嘛。一推拿粘连的部分就剥离开来了,怎么说"保健、保健"的呢?关键是保。就这些。既是严肃的科普,也是和煦的提示,还是温馨的广告。这些知识并不复杂,客人们也不会真的就拿他们的话当真。但是,交代和不交代则不一样。在这个问题上他们向来是不厌其烦的。

这一天中午进来了一个过路客,来头特别大的样子,一进门就喊着要见老板。推拿房的老板沙复明从休息室里走出来,来客说:"你是老板?"沙复明堆上笑,恭恭敬敬地说:"不敢。我叫沙复明。"客人说:"来个全身。你亲自做。"沙复明说:"很荣幸。你里边请。"便把客人引到客房去了。服务员小唐的手脚相当的麻利,转眼间已经铺好床单。客人随手一扔,他的一串钥匙已经丢在推拿床上了。沙复明眼睛不行,对声音却有超常的判断,一耳朵就能估摸出动静的方位与距离。沙复明准确地抓起钥匙,摸一摸钥匙的长和宽,知道了,这位来头特别大的客人是一个司机。是卡车的司机,他的身上有淡淡的油味,不是汽油,是柴油。沙复明微笑着,把钥匙递给小唐,小唐再把钥匙挂在了墙壁上。沙复明咳嗽了一声,开始抚摸客人的后脑勺。他的后脑勺冰凉，只有二十三四度的样子。毫无疑问，他拿汽车里的空调当冰箱了。沙复明捏住客人的后颈，仰起头，笑着说："老板的脖子不太好，可不能太贪凉啊。""老板"叹了一口气，说："日亲妈的，颈椎病犯了，头晕，直犯困。——要不然我怎么能到这个地方来？我还有二百多公里呢。"沙复明听出来了，司机是淮阴人。淮阴人民和全国人民一样，都喜欢"日"人家的妈。但淮阴人有淮阴人的高标准和严要求，只日"亲妈"，不亲的坚决不日。沙复明先给淮阴的"老板"放松了两侧肩头的斜方肌，所用的指法是剥。接下来沙复明开始搓，用巴掌的外侧搓他的后颈。由于速度特别的快，像锯，也可以说，像用钝刀子割头。一会儿司机后脑勺上的温度就上来了。司机舒坦了，一舒坦就接二连三地"日亲妈"。沙复明说："颈椎呢，其实也没到那个程度，主要还是你贪凉。路途长，老板把温度打高一点就好了。""老板"就是"老板"，不再言语了，随后就响起了呼噜。沙复明转过头，小声地关照小唐说："你忙去吧，在外头把门带上。"小唐说："呼噜这么响人家都能睡，你这么小声做什么？"沙复明笑笑，想，也是的。沙复明便不再说什么了，轻手轻脚地，给他做满了一个钟。做完了，辅助用的是盐热敷。"老板"最终是被盐袋烫醒了，一醒过来就神清气爽，是乾坤朗朗的空旷。"老板"坐起来，眨巴着眼睛，用脑袋在空气里头"写"了一个"永"，说："日亲妈，舒服，舒服了！"沙复明说："舒服吧？舒服了就好。""老板"意犹未尽，闭起眼睛又"写"了一个"来"。最后的一捺他"写"得很考究，下巴拖得格外的远，格外的长，是意到笔到、意境隽永的模样。司机最终"收笔"了，高高兴兴地搬回自己的下巴，说："前天是在浴室做的，小丫头摸过来摸过去，摸得倒是不错。日亲妈的，屁用也没有，还小包间呢——还是你们瞎子按摩得好！"沙复明把脸转过来，对准了"老板"面部，说："我们这个不叫按摩。我们这个叫推拿。不一样的。欢迎老板下次再来。"

第一章　王大夫

王大夫——盲人在推拿房里都是以“大夫”相称的——的第一桶金来自于深圳。他打工的店面就在深圳火车站的附近。那是上世纪末，正是盲人推拿的黄金岁月。说黄金岁月都有点学生气了，王大夫就觉得那时候的钱简直就是疯子，拼了性命往他的八个手指缝里钻。

那时候的钱为什么好挣呢？最直接的原因就是香港回归了。香港人热衷于中医推拿，这也算是他们的生活传统和文化传统了。价码却是不菲。推拿是纯粹的手工活，以香港劳动力的物价，一般的人哪里做得起？可是，香港一回归，情形变了，香港人呼啦一下就蜂拥到深圳这边来了。从香港到深圳太容易了，就像男人和女人拥抱一样容易，回归嘛，可不就是拥抱？香港的金领、白领和蓝领一起拿出了拥抱的热情，拼了性命往祖国的怀抱里钻。深圳人在第一时间捕捉到了这样的商机，一眨眼，深圳的推拿业发展起来了。想想也是，无论是什么样的生意，只要牵扯到劳动力的价格，大陆人一定能把它做到泣鬼神的地步。更何况深圳还是特区呢。什么叫特区？特区就是人更便宜。

还有一个原因也不能不提，那时候是世纪末。人们在世纪末的前夜突然感觉到了一种大恐慌，这恐慌没有来头，也不是真恐慌，准确地说，是“虚火”旺，表现出来的却是咄咄逼人的精神头，每个人的眼睛里都喷射出精光，浑身的肌肉都一颤一颤的，——捞钱啊，赶快去捞钱啊！晚了就来不及啦！这一来人就疯了。人一疯，钱就疯。钱一疯，人更疯。疯子很容易疲倦。疲倦了怎么办呢？做中医推拿无疑是一个好办法。

深圳的盲人推拿就是在这样的背景下壮大起来的。迅猛无比。用风起云涌去形容吧，用如火如荼去形容吧。全中国的盲人立马就得到了这个振奋人心的好消息。消息说，在深圳，盲人崭新的时代业已来临。满大街都是钱——它们活蹦乱跳，像鲤鱼一样在地上打挺，劈里啪啦的。外地人很快就在深圳火车站的附近发现了这样一幅壮丽的景象，满大街到处都是汹涌的盲人。这座崭新的城市不只是改革和开放的窗口，还是盲人的客厅兼天堂。盲人们振奋起来了，他们戴着墨镜，手拄着盲杖，沿着马路或天桥的左侧，一半从西向东，一半从东向西，一半从南向北，另一半则从北向南。他们鱼贯而入，鱼贯而出，摩肩接踵，浩浩荡荡。幸福啊，忙碌啊。到了灯火阑珊的时分，另一拨人浩浩荡荡地过来了。疲惫不堪的香港人，疲惫不堪的、居住在香港的日本人，疲惫不堪的、居住在香港的欧洲人，疲惫不堪的、居住在香港的美国人，当然，更多的却还是疲惫不堪的大陆人，那些新兴的资产阶级，那些从来不在公共场合用十个手指外加一根舌头数钱的新贵，——他们一窝蜂，来了。他们累啊，累，从头到脚都贮满了世纪末的疲惫。他们累，累到了抽筋扒皮的地步。他们来到推拿房，甚至都来不及交代做几个钟，一躺下就睡着了。洋呼噜与本土的呼噜此起彼伏。盲人推拿师就帮他们放松，不少匆匆的过客干脆就在推拿房里过夜了。他们在天亮之后才能醒过来。一醒过来就付小费。付完了小费再去挣钱。钱就在他们的身边，大雪一样纷飞，离他们只有一剑之遥。只要伸出手去，再踏上一个弓步，剑尖"呼啦"一下就从钱的胸部穿心而过。兵不血刃。

王大夫也开始挣钱了。他挣的是人家的小零头。可王大夫终究是穷惯了的，一来到深圳就被钱吓了一大跳，钱哪有这么挣的？恐怖了。他只是一个自食其力的人，什么叫自食其力？能解决自己的温饱就可以了。可王大夫不只是自食其力，简直就像梦游。他不只是挣到了人民币，他还挣到了港币、日元和美金。王大夫第一次触摸到美金是在一个星期六的凌晨。他的客人是一个细皮嫩肉的日本人，小手小脚的，小费小了一号，短了一些，也窄了一些。王大夫狐疑了，担心是假钞。但客人毕竟是国际友人，王大夫不好意思明说，大清早的，王大夫已经累得快虚脱了，但"假钞"这根筋绷得却是笔直。就站在那里犹豫。不停地抚摸手里的小费。日本朋友望着王大夫犹豫的样子，以为他嫌少，想一想，就又给了一张。还是短了一些，窄了一些。这一来王大夫就更狐疑了，又给一张是什么意思呢？难道钱就这么不值钱么？王大夫拿着钱，干脆就不动了。日本朋友也狐疑了，再一次抽出了一张。他把钱拍在王大夫的手上，顺手抓住了王大夫的一个大拇指，一直送到王大夫的面前。日本人说："干活好！你这个这个！"王大夫挨了夸，更不好意思说什么了，连忙道了谢。王大夫一直以为自己遭了骗，很郁闷，还没脸说。他把三张"小"费一直揣到下午，终于熬不住了，请一个健全人看了，是美金。满打满算三百个美金。王大夫的眉梢向上挑了挑，咧开嘴，好半天都没能拢起来。他开始走。一口气在祖国的南海边"画"了三个圈。

钱就是这么疯。一点都不讲理，红了眼了。它们一张一张的，像阿拉伯的神毯，在空中飞，在空中蹿。它们上升，旋转，翻腾，俯冲。然后，准确无误地对准了王大夫的手指缝，一路呼啸。王大夫差不多已经听到了金钱诡异的引擎。它在轰鸣，伴随着尖锐的哨音。日子过得越来越刺激，已经像战争了。王大夫就这样有钱了。

王大夫在"战争"中迎来了他的"春天"。他恋爱了——这时候时光已经逼近千禧，新的世纪就要来临了。世纪末的最后一天的晚上，小孔，一个来自蚌埠的盲姑娘，从深圳的另一侧来到了火车站，她看望王大夫来了。因为没有客人，推拿房里寂寥得很，与千禧之年的最后一夜一点也不相称。盲人们拥挤在推拿房的休息室里，东倒西歪。他们也累了，都不说话，心里头却在抱怨。他们在骂老板，这样的时候怎么可以不放假呢？但老板说了，这样的时候怎么能放假？别人的日子是白的，你们的日子是黑的，能一样么？别人放假了，玩累了，你们才有机会，谁知道生意会迈着哪一条腿跨进来？等着吧！一个都不能少。推拿师们等倒是等了，可是，生意却断了腿了，一个都没有进来。王大夫和小孔在休息厅里干坐了一会儿，无所事事。后来王大夫就轻轻地叹息了一声，上楼去了。小孔听在耳朵里，几分钟之后也摸到了楼梯，到楼上的推拿室里去了。

推拿房里更安静。他们找到最里边的那间空房子，拉开门，进去了。他们坐了下来，一人一张推拿床。平日里推拿房都是人满为患的，从来都没有这样冷清过。在千禧之夜，却意外地如此这般，叫人很不放心了。像布置起来的。像刻意的背景。像等待。像预备。预备什么呢？不好说了。王大夫和小孔就笑。也没有出声，各人笑各人的。看不见，可是彼此都知道，对方在笑。笑到后来，他们就询问对方："笑什么？"能有什么呢？反过来再问对方："你笑什么？"两个人一句连着一句，一句顶着一句，问到后来却有些油滑了，完全是轻浮与嬉戏的状态。却又严肃。离某一种可能性越来越近，完全可以再接再厉。他们只能接着笑下去。笑到后来，两个人的腮帮子都不对劲了，有些僵。极不自然了。接着笑固然是困难的，可停止笑也不是那么容易。慢慢地，推拿室里的空气有了暗示性，有了动态，一小部分已经荡漾起来了。很快，这荡漾连成了片，结成了浪。不知道在什么时候，波浪成群结队，彼此激荡，呈现出推波助澜的势头。千军万马了。一会儿汹涌到这一边，一会儿又汹涌到那一边。危险的迹象很快就来临了。为了不至于被波浪掀翻,他们的手抓住了床沿,死死的,越抓越有力,越抓越不稳。他们就这样平衡了好长一段时间,其实也是挣扎了好长一段时间,王大夫终于把他们的谈话引到正题上来了。他咽了一口唾沫,问:“你——想好了吧?”小孔的脸侧了过去。小孔有一个习惯,她在说话之前侧过脸去往往意味着她已经有了决心。小孔抓住床,说:“我想好了。你呢?”王大夫好半天没有说话。他一会儿笑,一会儿不笑,脸上的笑容上来了又下去,下去了又上来,折腾了三四趟,最后说:“你知道的,我不重要。主要还是你。”为了把这句话说出来,王大夫用了太长的时间,小孔一直在等。在这个漫长的等待中,小孔不停地用手指头抠推拿床上的人造革,人造革被小孔的指头抠得咯吱咯吱地响。听王大夫这么一说,小孔品味出王大夫的意思了,它的味道比“我想好了”还要好。小孔在那头就喘。很快,整个人都发烫了。小孔突然就觉得自己的身体有了微妙的却又是深刻的变化,是那种不攻自破的情态。小孔就从推拿床上下来了,往前走,一直走到王大夫的跟前。王大夫也站起来了,他们的双手几乎是在同时抚摸到了对方的脸。还有眼睛。一摸到眼睛,两个人突然哭了。这个事先没有一点先兆,双方也没有一点预备。他们都把各自的目光流在了对方的指尖上。眼泪永远是动人的,预示着下一步的行为。他们就接吻,却不会。鼻尖撞在了一起,迅速又让开了。小孔到底聪明一些,把脸侧过去了。王大夫其实也不笨,依照小孔的鼻息,王大夫在第一时间找到小孔的嘴唇,这一回终于吻上了。这是他们的第一个吻,也是他们各自的第一个吻,却并不热烈,有一些害怕的成分。因为害怕,他们的嘴分开了,身体却往对方的身上靠,几乎是粘在了一起。和嘴唇的接触比较起来,他们更在意、更喜爱身体的“吻”,彼此都有了依靠。——有依有靠的感觉真好啊。多么的安全,多么的放心,多么的踏实。相依为命了。王大夫一把把小孔搂在了怀里，几乎就是用蛮。小孔刚想再吻，王大夫却激动了，王大夫说："回南京！我要带你！南京！我要开店！一个店！我要让你当老板娘！"语无伦次了。小孔踮起脚，说："接吻哪、接吻哪——你吻我啊！"这个吻长了，足足跨越了两个世纪。小孔到底是小孔，心细，她在漫长的接吻之后似乎想起了什么，掏出了她的声控报时手表，摁了一下。手表说："现在时间，北京时间零点二十一分。"小孔把手表递到王大夫的手上，又哭了。她拖着哭腔大声地叫道：

"新年啦！新世纪啦！"

新年了，新世纪了，王大夫谈起了恋爱。对王大夫来说，恋爱就是目标。他的人生一下子就明确了：好好工作，凑足钱，回家开个店，早一点让心爱的小孔当上老板娘。王大夫是知道的，只要不偷懒，这个目标总有一天可以实现。王大夫这样自信有他的理由，他对自己的手艺心里头有底。他的条件好哇。摸一摸他的手就知道了，又大，又宽，又厚，是一双开阔的肉手。王大夫的客人们都知道，王大夫的每一次放松都不是从脖子开始，而是屁股。他的大肉手紧紧地捂住客人的两只屁股蛋子，晃一晃，客人的骨架子一下子就散了。当然，并不是真的散，而是一种错觉，好的时候能放电。王大夫天生就该做推拿，即使眼睛没有毛病，他也是做推拿的上好材料。当然，手大是没用的，手上的肉多也是没用的，真正有用的还是手上的力道。王大夫魁梧，块头大，力量足，手指上的力量游刃有余。"游刃有余"这一条极为关键，它所体现出来的是力量的质量：均匀，柔和，深入，不那么刺戳戳。如果力道不足，通常的做法是"使劲"。推拿师一"使劲"就不好了，客人一定疼。这疼是落在肌肤上的，弄不好都有可能伤及客人的筋骨。推拿的力量讲究的是入木三分，那力道是沉郁的，下坠的，雄浑的，当然，还有透彻，一直可以灌注到肌肉的深处。疼也疼，却伴随着酸，还有胀。有不能言说的舒坦。

效果就在这里了。王大夫指头粗，巴掌厚，力量足，两只手虎虎的，穴位“搭”得又非常准，一旦“搭”到了，仿佛也没费什么力气，你就被他“拿住”了。这一“拿”，再怎么挨他“折磨”都心甘情愿。正因为王大夫的手艺，他的回头客和贵宾特别的多，大多是“点钟”，包夜的也多。由于有了这一点，王大夫的收入光小费这一样就不同于一般。连同事们都知道，王大夫绝对算得上他们这一行里的大款，都有闲钱玩票了嘛。上证指数和深证指数里就有他的那一份。

王大夫有麻烦了。他的麻烦其实正在股票上。要说有钱，王大夫的确有几个。可是，王大夫盘算了一下，就他的那点钱，回南京开一个店只能将就。要想把门面弄得体面一点，最切实的办法只能是合股。但王大夫不想合股。合股算什么？合股之后小孔到底算谁的老板娘？这个老板娘小孔当起来也不那么痛快。与其让小孔不痛快，倒不如等一等了。在“老板娘”这个问题上，王大夫死心眼了。他本人可以不在意这个“老板”，对小孔他却不愿意马虎。人家把整个的人都给了自己，容易么？作为报答，王大夫必须让小孔当上“老板娘”。她只要坐在他的店里，喝喝水，嗑嗑瓜子，他王大夫就是累得吐血也值得。

王大夫怎么会把钱放到股票上去的呢？说起来还是因为恋爱。恋爱是什么？王大夫体会了一阵子，体会明白了，无非就是一点，心疼。王大夫就是心疼小孔。说得再具体一点，就是心疼小孔的那双手。

虽说都在深圳，王大夫和小孔的工作却并不在一起，其实是很难见上一面的。就算是见上了，时间都是掐好了的，也就是几个吻的工夫。吻是小孔的最爱。小孔热爱吻，接吻的时间每一次都不够。后来好些了，他们在接吻之余也有了一些闲情，也有了一些逸致。比方说，相互整理整理头发，再不就研究一下对方的手。小孔的手真是小啊，软软的，指头还尖。“小葱一样”的手指，一定是这样的了吧。但小孔的手有缺憾。中指、食指和大拇指的指关节都长上了肉乎乎的小肉球。这是没有办法的事，吃推拿这碗饭的，哪一只手不是这样？可是，王大夫很快就从小孔的手上意识到不对了。小孔手指的骨头不在一条直线上。从第二个关节开始，她的指头歪到一边去了。王大夫拽了一下，直倒是直了，一松手，又歪了。小孔的手已经严重变形了。这还叫手么？这还是手么？小孔自己当然是知道的，不好意思了，想把手收回去。王大夫却拽住了，小孔哪里还收得回去？王大夫就那么拽住小孔，愣住了。

小孔的身子骨偏小，又瘦，说什么也不该学推拿的。客人真是什么样的都有，有些客人还好，碰不得，一碰就痒，一碰就疼；有些客人就不一样了，是牛皮和牛肉，受力得很。你要是轻了，他就觉得亏，龇牙咧嘴地提醒你："给点力气嘛，再给点力气吧。"这样的祖宗王大夫就遇上过，最典型的例子是一个来自非洲的壮汉。这个非洲来的兄弟中国话说得不怎么样，有三个字却说得特别地道："重一点。"一个钟之后，就连王大夫这样夯实的小伙子都被他累出了一身的汗。小孔的手指头肯定是在一次又一次的努力当中变形的。以她的体力，以她那样的手指头，哪里禁得起日复一日？哪里禁得起每一天的十四五个小时？

"重一点！再重一点！"

王大夫捏住小孔的手腕，摸着她的指头，心碎了。突然就把小孔的手甩了出去，最终却落在了他的脸上。啪地就是一个大嘴巴。小孔吓了一大跳，一开始还没有明白过来。等明白过来的时候却已经晚了。王大夫似乎抽出瘾来了，还想抽。小孔死死地拽住了，一把把王大夫的脑袋搂在了胸前。小孔哭道："你这是干什么？这关你什么事？"

王大夫把钱投到股市上去带有赌博的性质，其实起初也是犹豫了一阵子的。一想起小孔的手，王大夫就急着想发财，恨不能一夜暴富。可这年头钱再怎么发疯,手指缝终究是手指缝,总共才有八个。眼见得一年又过去了一大半了,王大夫的天眼开了,突然就想起了股市。这年头的钱是疯了,可是,再怎么疯,它还只是个小疯子。大疯子不叫钱,叫票,股票的票。股票这个疯子要是发起疯来,可不是拿大顶和翻跟头了,它会拔地而起,它会旱地拔葱。王大夫在上钟的时候经常听到客人们在谈论股市,对股市一直有一个十分怪异的印象,这印象既亲切,又阴森,既疯魔,又现实,令人难以置信。如果一定要总结一下,完全可以对股票做出这样的概括:"钱在天上飘,不要白不要;钱在地上爬,不拿白不拿;钱在怀里揣,只能说你呆。"为什么不试一试?为什么不?如果说,明天的股市是一只钻天猴,那么,后天上午,王大夫不就可以带上小孔直飞南京了么?王大夫扭了扭脖子,挑了挑眉梢,把脑袋仰到天上去了。他抱起自己所有的积蓄,咣当一声,砸进去了。

王大夫的进仓可不是时候。还是满仓。他一进仓股市就变脸了。当然,他完全有机会从股市里逃脱出来。如果逃了,他的损失并不是很大。但王大夫怎么会逃呢?对王大夫来说,一分钱的损失也不能接受。他的钱不是钱。是指关节上赤豆大小的肉球。是骨头的变形。是一个又一个通宵。是一声又一声"重一点"。是大拇指累了换到食指。是食指累了换到中指。是中指累了换到肘部。是肘部累了再回到食指。是他的血和汗。他舍不得亏。他在等。发财王大夫是不想了,可"本"无论如何总要保住。王大夫就这样被"保本"的念头拖进了无边的深渊。他给一个没有身体、没有嗓音、一辈子也碰不到面的疯子给抓住了,死死卡住了命门。

股市没有翻跟头。股市躺在了地上。撒泼,打滚,抽筋,翻眼,吐唾沫,就是不肯站起来。你奶奶的熊。你奶奶个头。股市怎么就疯成这样了呢?是谁把它逼疯了的呢?王大夫侧着脑袋，有事没事都守着他的收音机。王大夫从收音机里学到了一个词，叫做“看不见的手”。现在看起来，这只“看不见的手”被人戏耍了，活生生地叫什么人给逼疯了。在这只“看不见的手”后面，一定还有一只手，它同样是“看不见”的，却更大、更强、更疯。王大夫自己的手也是“看不见的”，也是“看不见的手”，但是，他的这两只“看不见的手”和那两只“看不见的手”比较起来，他的手太渺小、太无力了。他是蚂蚁。而那两只手一个是天，一个是地，一巴掌就能把王大夫从深圳送到乌拉圭。王大夫没有拍手，只能掰自己的指关节。掰着玩呗。大拇指两响，其余的指头三响。一共是二十八响，劈里啪啦的，都赶得上一挂小鞭炮了。

钱是疯了。一发疯王大夫有钱了，一发疯王大夫又没钱了。

“我已是满怀疲惫，归来却空空的行囊。”这是一首儿时的老歌，王大夫会唱。2001 年的年底，王大夫回到了南京，耳边响起的就是这首歌。王大夫垂头丧气。可是，从另一种意义上，也可以说，王大夫喜气洋洋——小孔毕竟和他一起回来了。小孔没有回蚌埠，而是以一种秘密的姿态和王大夫一起潜入了南京，这里头的意思其实已经很明确了。王大夫的母亲高兴得就差蹦了。儿子行啊，行！她把自己和老伴的床腾出来了，特地把儿子领进了厨房。母亲在厨房里对着儿子的耳朵说：“睡她呀，睡了她！一觉醒来她能往哪里逃！”王大夫侧过了脸去，生气了。很生气。他厌恶母亲的庸俗。她一辈子也改不了她身上的市侩气。王大夫抬了抬眉梢，把脸拉下了。有些事情就是这样，可以“这样”做，绝对不可以“那样”说。

王大夫和小孔在家里一直住到元宵节。小孔的气色一天比一天好。王大夫的母亲不停地夸，说小孔漂亮，说小孔的皮肤真好，说南京的水土“不知道要比深圳好到哪里去”，“养人”哪，“我们家小孔”的脸色一天一个样！为了证明给小孔看，王大夫的母亲特地抓起了小孔的手，让小孔的手背自己去蹭。“可是的？你自己说，可是的？”是的。小孔自己也感觉出来了，是滋润多了，脸上的肌肤滑溜得很。但小孔终究是一个女人，突然就明白了这样的变化到底来自于什么样的缘故。小孔害羞得要命，开始慌乱。她的慌乱不是乱动，而是不动。一动不动。身体僵住了。上身绷得直直的。另一只手却捏成了拳头，大拇指被窝在拳心，握得死紧死紧的。盲人就是这点不好，因为自己看不见，无论有什么秘密，总是疑心别人都看得清清楚楚的，一点掩饰的余地都没有了。小孔就觉得自己惊心动魄的美好时光全让别人看去了。

王大夫没有浪费这样的时机。利用父母不在的空当，王大夫十分适时地把话题引到正路上来了。王大夫说：“要不，我们就不走了吧？”小孔没有说好，也没有说不好，只是说：“那边还有行李呢。”王大夫思忖了一下，说：“去一趟也行。”不过王大夫马上就补充了，“不是又要倒贴两张火车票么？”小孔一想，也是。可还是舍不得，说：“再不我一个人跑一趟吧。”王大夫摸到小孔的手，拽住了，沉默了好大的一会儿，说：“别走吧。”小孔说，“不就是几天么？”王大夫又沉默，最终说：“我一天也不想离开你。你一走，我等于又瞎了一回。”这句话沉痛了。王大夫是个本分的人，他实话实说的样子听上去就格外的沉痛。小孔都不知道怎么回答才好。想了半天，幸福就有点无边无际，往天上升，往地下沉。血却涌在了脸上。小孔心里头想，唉，全身的血液一天到晚都往脸上跑，气色能不好么？小孔拉着王大夫的手，十分自豪地想，现在的自己一定很“好看”。这么一想小孔就不再是自豪，而是有了彻骨的遗憾——她的“气色”王大夫看不见，她的“好看”王大夫也看不见，一辈子都看不见。他要是能看见，还不知道会喜欢成什么样子。遗憾归遗憾，小孔告诉自己，不能贪，现在已经很好了，不能太贪的。再怎么说，她小孔也是一个坐拥爱情的女人了。

小孔留下来了。这边的问题刚刚解决,王大夫的心思却上来了。他当初可是要把小孔带回南京当“老板娘”的。可是,他的店呢?他的店如今又在哪里?夜深人静的时候,王大夫听着小孔均匀的呼吸,依次抚摸着小孔的十个手指头——其实是她八个歪斜的手指缝——睡不着了。他的失眠歪歪斜斜。他的梦同样歪歪斜斜。

犹豫了两三天,王大夫还是把电话拨到沙复明的手机上去了。说起来王大夫和沙复明之间的渊源深了,从小就同学,一直同学到大专毕业,专业又都是中医推拿。唯一不同的是,毕业之后王大夫去了深圳,沙复明却去了上海。转眼间,两个人又回到南京来了。际遇却是不同。沙复明已经是老板了,王大夫呢,却还是要打工。想必沙老板手指上的小肉球这会儿都已经退光了吧?

这个电话对王大夫来说痛苦了。去年还是前年?前年吧,沙复明的推拿中心刚刚开张,沙复明急于招兵买马,直接把电话拨到了深圳。他希望王大夫能够回来。沙复明知道王大夫的手艺,有王大夫在,中流砥柱就在,品牌就在,生意就在,声誉就在。为了把王大夫拉回来,沙复明给了王大夫几乎是不能成立的提成,给足了脸面。可以说不挣王大夫的钱了。合股也可以。沙复明说得很清楚了,他就是想让“老王”来“壮一壮门面”。王大夫谢绝了。深圳的钱这样好挣,挪窝做什么呢?但王大夫自己也知道,真正的原因不在这里。真正的原因在他的心情。王大夫不情愿给自己的老同学打工。老同学变成了上下级,总有说不出来的别扭。

真是敬酒不吃吃罚酒。人家“请”的时候没有来,现在,反过来要上门去吆喝。——同样是去,这里头的区别大了。当然,王大夫完全可以不吆喝,南京的推拿中心多着呢,去哪一家不是去？王大夫一心想到沙复明那边，说到底还是因为小孔。

小孔这个人有意思了，哪里都好，有一点却不敢恭维，吝啬得很，说抠门都不为过。钱一旦沾上她的手，她一定要掖在胳肢窝里，你用机关枪也别想嘟噜下来。如果是一般的朋友，这样的毛病王大夫是断然不能接受的，可是，回过头来一想，小孔迟早是自己的老婆，这毛病又不能算是毛病了——不是吝啬，而叫“扒家”。还在深圳的时候，小孔就因为抠，和前台的关系一直都没有处理好。推拿师和前台的关系永远是重要的、特殊的。从某种意义上说，一个推拿师能不能和前台处理好关系，直接关系到盲人的生存。做前台的不是盲人，只能是健全人。她们的眼睛雪亮。客人一进门，是富翁还是穷鬼，她们一眼就看出来了。富翁分配给谁，穷鬼分配给谁，这里头的讲究大了。全在前台的一声吆喝。推拿师是要挣小费的，一天同样做八个钟，结果却是不同，道理就在这里了。当然，店里有店里的规矩，得按次序滚动。可次序又有什么用？次序永远是由人把控的。随便举一个例子，你总要上厕所吧？你上厕所的时候一个大款进来了，前台如果照顾你，先让大款“坐一坐”，“喝杯水”，这有什么破绽么？没有。等你方便完了，轻轻松松地出来了，大款就顺到你的手上了。反过来，你刚刚进了厕所的门，前台立即就给“下一个”安排下去，等你从厕所里头汤汤水水地赶回来，大款已经躺在别人的床上说笑了。——你又能说什么？你什么也说不出来。所以，和前台的关系一定要捋捋顺。前台的眼睛要是盯上你了，你的世界里到处都是明晃晃的眼睛，你还怎么活？怎么才能捋捋顺呢？很简单，一个字，塞。塞什么？一个字，钱。对于这样的行为，店里的规章制度极其严格，绝对禁止。可是，推拿师哪里能被一纸空文锁住了手脚？他们挖空了心思也要让前台收下他们的“一点小意思”。眼睛可不是一般的东西，谁不怕？推拿师们图的就是前台的两只眼睛能够睁一只、闭一只。在一睁、一闭之间，盲人们就可以把他们的日子周周正正地活下去了。

小孔抠。就是不塞。小孔为自己的抠门找到了理论上的依据，她十分自豪地告诉王大夫，她是金牛座，喜欢钱，缺了钱就如同缺了氧，连喘气都比平时粗。当然，这是说笑了。为此，小孔专门和王大夫讨论过。小孔其实也不是抠，主要还是气不过。小孔说，我一个盲人，辛辛苦苦挣了几个，反让我塞到她们的眼眶里去，就不！王大夫懂她的意思，可心里头忍不住叹气，个傻丫头啊！王大夫笑着问："暗地里你吃了很多亏，你知道不知道？"小孔乐呵呵地说："知道啊。吃了亏，再抠一点，不就又回来了？"王大夫只好把头仰到天上去，她原来是这么算账的。"你呀，"王大夫把她搂在了怀里，笑着说，"一点也不讲政治。"

王大夫是知道的，小孔到了哪里都是吃亏的祖宗，到了哪里都要挨人家欺负。别看她嘴硬，在深圳，只有老天爷知道她受了多少窝囊气。抠门是一方面，主要还是小孔的心气高。心气高的人就免不了吃苦头。王大夫最终铁定了心思要给老同学打工，道理就在这里。再怎么说，老板是自己的老朋友、老同学，小孔不会被人欺负。没有人敢委屈了她。

王大夫拿起电话，拨到沙复明的手机上去，喊了一声"沙老板"。沙老板一听到王大夫的声音就高兴得要了命，热情都洋溢到王大夫的耳朵里来了。不过沙老板立即就说了一声"对不起"，说正在"上钟"，说"二十分钟之后你再打过来"。

王大夫关上手机，嘴角抬了上去，笑了。沙复明怎么就忘了，他王大夫也是一个盲人，B-1 级，很正宗、很地道的盲人了。盲人就这样，身边的东西什么也看不见，但是，隔着十万八千里，反过来却能"看得见"，尤其在电话里头。沙复明没有"上钟"。他在前厅。电话里的背景音在那儿呢。对王大夫来说，前厅和推拿房的分别，就如同屁股蛋子左侧和右侧，表面上没有任何区别,可中间隔着好大的一条沟呢。沙复明这小子说话办事的方式越来越像一个有眼睛的人了。出息了。有出息啦。

王大夫很生气。然而,王大夫没有让它泛滥。二十分钟之后,还是王大夫把电话打过去了。

“沙老板,生意不错啊!”王大夫说。

“还行。饭还有得吃。”

“我就是想到老同学那边去吃饭呢。”王大夫说。

“见笑了。”沙复明说,“你在深圳那么多年,腰粗了不说,大腿和胳膊也粗了。你到我这里来吃饭?你不把我的店吃了我就谢天谢地了。”沙复明现在真是会说话了,他越来越像一个有眼睛的人了。

王大夫来不及生沙复明的气。王大夫说:“是真的。我人就在南京。如果方便的话,我想到你那边去。你要是不方便,我再想别的办法。”

沙复明听出来了,王大夫不是开玩笑。沙复明点了一根烟,开始给王大夫交底:“是这样,南京的消费你是知道的,不能和深圳比。一个钟六十,贵宾四十五,你提十五。一个月超过一百个钟,你提十六。一百五十个钟你提十八。没有小费。南京人不习惯小费,这你都知道的。”

王大夫都知道。王大夫笑起来了,有些不好意思,说:“我还带了一张嘴呢。”

沙复明明白了,笑着说:“你小子行啊——眼睛怎么样?”

“和我一样,B-1级。”王大夫说。

“你行啊,”沙复明说,“小子你行!”沙复明突然提高了嗓音,问:“——结了没有?”

“还没呢。”

“那行。你们要是结了我就没办法了。你是知道的,吃和住,都归我。你们要是结了,我还得给你们租一个单间,那个钱我付不起。没结就好办了，你住男生宿舍，她住女生宿舍，你看这样好不好？”

王大夫收了线，转过身对着小孔的那一边，说：“明天我们走一趟。你也去看一看，你要是觉得可以，后天我们就上班。”

小孔说：“好的。”

依照先前的计划，王大夫原本并不急着上班。还在深圳的时候他和小孔就商量好了，趁着春节，多休息一些日子，要把这段日子当作蜜月来过。他们是这样计划的，真的到了结婚的那一天，反过来，简单一点。盲人的婚礼办得再漂亮，自己总是看不见，还不如就不给别人看了。王大夫说：“这个春节我要让你在蜜罐子里头好好地泡上三十天。”小孔很乖地告诉王大夫，说：“好。我听新郎官的话。”

事实上，王大夫和小孔的蜜月还不足二十天。王大夫这么快就改变了主意，这里头有实际的原因。这个家他其实待不长久，架不住王大夫的小弟在里头闹腾。说起来有意思了，王大夫的小弟其实是个多余的人。在他出生的时候，计划生育已经是国家的基本国策了——他能来到这个世上，完全是仰仗了王大夫的眼睛。小弟出生的时候，王大夫已经懂事了，他听得见父母开怀的笑声。年幼的王大夫是高兴的，是那种彻底的解脱；同时，却也是辛酸的，他无法摆脱自己的嫉妒。有时候，王大夫甚至是怀恨在心的，歹毒的闪念都出现过。因为这一闪而过的歹念，成长起来的王大夫对自己的小弟有一种不能自拔的疼爱，替他死都心甘情愿。小弟是去年的“五一”结的婚，结婚的前夕小弟把电话打到深圳，他用开玩笑的口吻告诉哥哥：“大哥，我就先结了，不等你啦。”王大夫为弟弟高兴，这高兴几乎到了紧张的地步，身子都颤抖起来了。可王大夫一掐手指头，坏了，坐火车回南京哪里还来得及？王大夫立马就想到了飞机，又有些心疼了。刚想对小弟说“我马上就去订飞机票”，话还没有出口，他的多疑帮了他的忙:——该不是小弟不希望“一个瞎子”坐在他的婚礼上吧? 王大夫就说:“哎呀,你怎么也不早几天告诉我?”小弟说:“没事的,哥,大老远的干什么呀,不就是结个婚嘛,我也就是告诉你一声。”小弟这么一说,王大夫当即明白了,小弟只是讨要红包来了,没有别的意思。幸亏自己多疑了,要不然,还真的丢了小弟的脸了。王大夫对小弟说了一大堆的吉祥话,便匆匆挂了电话。过后人却像病了一样,筋骨被什么抽走了。王大夫一个人来到银行,一个人来到邮局,给小弟电汇了两万元人民币。王大夫本打算汇过去五千块的,因为太伤心,因为自尊心太受伤,王大夫愤怒了,抽自己嘴巴的心都有。一咬牙,翻了两番。王大夫的举动带有赌气的意思,带有一刀两断的意思,这两万块钱打过去,兄弟一场就到这儿了。营业员是一个女的,她接过钱,说:“都是你挣的?”王大夫正伤心,心情糟透了,想告诉她:“不是偷的!”但王大夫是一个修养极好的人,再说,他也听出来了,女营业员的声音里有赞美的意思。王大夫就笑了,说:“是啊,就我这眼睛,左手只能偷到右手。”自嘲就是幽默。女营业员笑了,邮局里所有的人都笑了。想必所有的人都看着自己。女营业员欠过上身,她把她的手摁在了王大夫的手臂上,拍了拍,说:“小伙子,你真了不起,你妈妈收到这笔钱一定开心死了!”王大夫感谢这笑声,王大夫感谢这抚摸,一股暖流就这样传到了王大夫的心坎里,很粗,很猛,猝不及防。王大夫差一点就哭了出来。小弟啊,小弟啊,我的亲弟弟,你都不如一群素不相识的陌生人哪! 我不丢你的脸,行吗? 行了吧! 行了吧?!

回到南京之后,王大夫知道了,许多事情原来都不是小弟的主意,是那个叫“顾晓宁”的女人把小弟弄坏的。王大夫已经听出来了,顾晓宁是一个颐指气使的女人,一口的城南腔,一开口就是浓郁的刁民气息。不是好东西。小弟也是,一结婚就成了脓包，什么事都由着他的老婆摆布。不能这样啊！王大夫在一秒钟之内就原谅了自己的小弟。他的恨转移了。一听到顾晓宁的声音他的心头就蹿火。

王大夫就替自己的小弟担心。小弟没工作，顾晓宁也没工作，他们的日子是怎么过的呢？好在顾晓宁的父亲在部队，住房还比较宽裕，要不然，他们两个连一个落脚的地方都没有。可他们就是有本事把日子过得跟神仙似的，今天看看电影，明天坐坐茶馆，后天再 KK 歌。顾晓宁的身上还能散发着香水的气味。他们怎么就不愁呢？这日子怎么就过得下去呢？

王大夫离开这个家其实很久了，十岁上学，住校，一口气住到大专毕业。毕业之后又去了深圳。说起来王大夫十岁的那一年就离开这个家了，断断续续有一些联系。小弟是一个什么样的人，王大夫其实是不清楚的。小时候有些刁蛮罢了。王大夫实在弄不懂小弟为什么要娶顾晓宁这样的女人。你听听顾晓宁是怎么和小弟说话的，"瞎说！""你瞎了眼了！"一点顾忌都没有。听到这样的训斥王大夫是很不高兴的。盲人就这样，对于"瞎"，私下里并不忌讳，自己也说，彼此之间还开开玩笑的时候都有。可是，对外人，多多少少有点多心。顾晓宁这样肆无忌惮，不能说她故意，可她没把他这个哥哥放在眼里，也没把这个"嫂子"放在眼里，这是一定的。哥哥不放在眼里也罢了，"嫂子"在这里呢——肆无忌惮了。顾晓宁一来小孔说话就明显少了。她一定是感受到什么了。

这些都不是大问题。大问题是王大夫从饭桌上看出来的。大年三十，小弟说好了要回家吃年夜饭，结果，"春节联欢晚会"都开始了，人没回来。大年初一的傍晚他们倒来了一趟，给父母拜了一个黑咕隆咚的年，和王大夫说了几句不疼不痒的话，走了。从大年初七开始，真正的问题出现了。每天中午他们准时过来，开饭，吃完了，走人。到了晚饭，他们又来了，吃完了，再走人。日复一日，到了大年十五，王大夫琢磨出意思来了，他们一定以为他和小孔在这里吃白饭。哥哥和小孔能“白吃”，他们怎么能落下？也要到公共食堂里来。

一顿饭没什么，两顿饭没什么，这样天长日久，这样搜刮老人，你们要搜刮到哪一天？老人们过的可是贫寒的日子。这等于是逼王大夫和小孔走。还咄咄逼人了。一定是顾晓宁这个女人的主意！绝对的！王大夫可以走，可是，小孔的蜜月可怎么办？王大夫什么也不说，骨子里却已是悲愤交加。还没法说了。

没法说也得说，起码要对小孔说明白。蜜月只有以后给人家补了。夜里头和父母一起在客厅里“看”完了“晚间新闻”，王大夫和小孔回房了。王大夫坐在床沿，拉住了小孔的手，是欲言又止的样子。小孔却奇怪了，吻住了王大夫，这一来王大夫就更没法说了。小孔一边吻一边给王大夫脱衣裳，直到脱毛衣的时候王大夫的嘴巴才有了一些空闲。王大夫刚刚想说，嘴巴却又让小孔的嘴唇堵上了。王大夫知道了，小孔想做。可王大夫一点心情也没有。在郁闷，就犹豫。小孔已经赤条条的了，通身洋溢着她的体温。小孔拉着他躺下了，说：“宝贝，上来。”王大夫其实是有点勉强的，但王大夫怎么说也不能拒绝小孔，两个人的身体就连起来了。小孔把她的双腿抬起来，箍住了王大夫的腰，突然问了王大夫一个数学上的问题：“我们是几个人？”王大夫撑起来，说：“一个人。”小孔托住王大夫的脸，说：“宝贝，回答正确。你要记住，永远记住，我们是一个人。你想什么，要说什么，我都知道。你什么也不要说。我们是一个人，就像现在这个样子，你就在我里面。我们是一个人。”这些话王大夫都听见了。刚想说些什么，一阵大感动，来不及了，体内突然涌上来一阵狂潮，来了。突如其来。他的身子无比凶猛地顶了上去，僵死的，却又是万马奔腾的。差不多就在同时，王大夫的泪水已经夺眶而出。他的泪水沿着颧骨、下巴，一颗一颗地落在了小孔的脸上。小孔突然张大了嘴巴，想吃她男人的眼泪。这个临时的愿望带来了惊人的后果，小孔也来了。这个短暂的、无法复制的性事是那样的不可思议，还没有来得及运作，什么都没做，却天衣无缝，几乎就完美无缺。小孔迅速放下双腿，躺直了，顶起腰腹，一下子也死了。却又飘浮。是失重并滑行的迹象。已经滑出去了。很危险了。就在这千钧一发的时刻，小孔一把拽住了王大夫的两只大耳朵，揪住它们，死死地拽住它们，眼见得又要脱手了。多危险哪。小孔就把王大夫往自己的身上拽，她需要他的重量。她希望他的体重“镇”在自己的身上。

“——抱紧，——压住，别让我一个人飞出去——我害怕呀。”

第二章　沙复明

上午十点,是王大夫带着另外的“一张嘴”过来“看一看”的时间,也是沙复明的胃开始疼痛的时间。沙复明的胃痛越来越准时了,上午十点来钟一次,下午三四点一次,夜里的凌晨左右还有一次。对付胃,沙复明现在很有经验了,只要疼起来,沙复明就从口袋里摸出一粒喜乐,塞到嘴里去,嚼碎了,干咽下去,几分钟之内就止疼了。中医是有用的,但中医永远也不能像西医这样立竿见影。

沙复明在前厅嚼药,王大夫却站在“沙宗琪盲人推拿中心”的门口,大声喊了一声“沙老板”。王大夫到底走过码头,他没有喊“老同学”,而是把“沙老板”这三个字喊得格外的有声势,差不多就是卡车上的汽喇叭了。沙复明从里头出来,一来到门口就开始和王大夫寒暄。王大夫首先给沙老板介绍了小孔,所用的口吻也是很正规的,他把小孔叫成了“孔大夫”。沙复明立即就知道了,的确是没有结婚的样子。

沙老板和王大夫的寒暄很有节制,也就是一两分钟,沙复明就把王大夫带到休息区去了。休息区里鸦雀无声。不过王大夫感觉得出来,休息区坐满了人,所有的人都站了起来。王大夫愣了一下,笑着说:“开会吧?”沙复明说:“开会一般在星期一,今天是业务学习。”王大夫说:“正好啊,我也来学习学习。”沙复明笑着说:“老同学开玩笑了——抽空你还得给他们讲讲。现在的教育马虎得很,一代不如一代,没法说,跟我们那时候没法比了。”王大夫笑出声来，同时也听出门道来了，当着全体员工的面，沙复明给了他王大夫十足的脸面，连跟在他身后的小孔都轻轻地舒了一口气。王大夫没有顺着杆子往上爬，笑着说：“沙老板客气了。沙老板的理论和实践都是一流的。”沙复明不在意人家夸他的手艺，却在意人家夸他的“理论”。他非常在意自己是一个“有理论”的人。沙复明就笑。王大夫这样说倒也不是拍沙复明的马屁，沙老板的确有手段。短短的几分钟，王大夫已经“看”出来了，生意不论大小，沙复明拾掇得不错。有规有矩。有模有样。王大夫放心了。作为一个打工的，王大夫喜欢的事情有两样，规矩，还有模样。

王大夫的感觉是对的。“沙宗琪推拿中心”有一个特征，不只是做生意，业务培训也抓得特别紧。这也是沙复明别出心裁的地方了。培训是假，管理才是真。一般来说，上午十点左右都是推拿中心生意清淡的时候，沙复明打工的那会儿，经常利用这样的机会睡个回笼觉。说起上班时睡觉，盲人最方便的地方也就在这一点了。如果你是一个正常人，一闭上眼别人就看出来了。可是，盲人就不一样了，只要坐下来，脑袋一靠就过去了，谁也看不出来。虽说看不出来，但是，谁要是睡觉了，大伙儿还是知道的，说话的声音在那儿呢。被惊醒的人都有一个共同的特征，说话的声音不是懒洋洋的就是急促得过了头，反应总归是不一样。沙复明当年就意识到这一点了，暗地里给自己提出了一个严要求：哪一天自己要是当上了老板，绝对不能让员工在推拿中心睡觉。这个现象必须杜绝。客人都是有眼睛的，如果员工们都在打瞌睡，他们所看到的决不是懒散，而是生意上的萧条。反过来，利用空闲的时候开开会，探讨探讨业务，前厅的精气神就不一样，是精益求精的气象。气象很重要，它是波浪，能够一传十，十传百。沙复明是打工出身，知道打工生活里头的 ABC，回过头来再做管理，他的手段肯定就不一样。他知道员工们的软肋在哪里。所谓管理,嗨,说白了就是抓软肋。

沙复明带领着王大夫和小孔在推拿房里走了一遍,每一个房间都走到了。王大夫对沙复明的盘子已经估摸出来了,十三四个员工,十七八张床,不算大,可也不算小了。如果王大夫的资金没有被套住,他的店差不多也能有这样的模样。这么一想王大夫心里就难受起来了,手指头的关节劈里啪啦又是一阵响。

最后的一个房间看完了,沙复明后退了一步,把推拉门关上了。王大夫知道,关键的时刻来到了,谈话马上就走入了正题。沙复明的语调是抒情的,意思是,老同学来助阵,他由衷地高兴,由衷地欢迎。所谈的内容却是平等。王大夫懂沙复明的意思,虽说是老同学,他王大夫在这里和别人一样,没有任何的特殊性。王大夫干脆把话挑明了,轻声说:"这个老板放心,我打工也不是一天两天了。"既然王大夫把话都说到这儿,沙复明就搓了搓手,说:"那你们就去添置一点东西,生活必需品什么的,我马上打电话到宿舍去,给你们清理床位。"王大夫拍了拍沙复明的肩膀,沙复明也拍了拍王大夫的肩膀。沙复明提高了声音,说:"沙宗琪推拿中心欢迎你们。"

王大夫侧过脑袋,不解了。明明是"沙复明推拿中心",沙复明为什么要说"沙宗琪推拿中心"呢?

"是这样,"沙复明解释说,"这个店是我和张宗琪两个人合资的。我一半,他一半,可不就是'沙宗琪'了么?"

"张宗琪是谁?"

"我在上海认识的一朋友。"

"他现在在哪儿?"

"在休息厅呢。"

"我还没去看望人家呢。"王大夫说。

"没事。"沙复明说,"时间长着呢。什么人家我家的,我跟他一个人似的。——他在开会。"

王大夫仰起头,做了一个“哦”的动作,却没有发出声音来。心里头似乎松动一些了。他拉了一下小孔的手,又立即放下了。原来沙复明的店是合资的。他也只是二分之一个老板。有一点可以肯定了,在上海,他并不比自己在深圳混得强。

送走王大夫和小孔,沙复明站在寒风里,仰着头,“看”自己的门面。对这个门面,沙复明是不满意的。严格地说,“沙宗琪盲人推拿”的市口并不好,勉强能够挤进南京的二类地区。二十年前,这地方还是农田呢。但这年头的城市不是别的,是一个热衷于隆胸的女人,贪大,就喜欢把不是乳房的地方变成乳房。这一“隆”,好了,真的值钱了,水稻田和棉花地也成二类地区了。先干着吧,沙复明对自己说,等生意做好了,做大了,租金再高,再贵,他沙复明也要把他的旗舰店开到一类地区去。他要把他的店一直开到鼓楼或者新街口。

从打工的第一天起,沙复明就不是冲着“自食其力”而去的,他在为原始积累而努力。“自食其力”,这是一个多么荒谬、多么傲慢、多么自以为是的说法。可健全人就是对残疾人这样说的。在残疾人的这一头,他们对健全人还有一个称呼,“正常人”。正常人其实是不正常的,无论是当了教师还是做了官员,他们永远都会对残疾人说,你们要“自食其力”。自我感觉好极了。就好像只有残疾人才需要“自食其力”,而他们则不需要,他们都有现成的,只等着他们去动筷子;就好像残疾人只要“自食其力”就行了,都没饿死,都没冻死,很了不起了。去你妈的“自食其力”。健全人永远也不知道盲人的心脏会具有怎样剽悍的马力。

沙复明原始积累的进程却惨不忍睹。马克思说,原始积累伴随着罪恶。沙复明的原始积累没有条件去伴随罪恶,他够不着。沙复明的原始积累所伴随的是牺牲。他牺牲的是自己的健康。年纪轻轻的,沙复明就已经落下了十分严重的颈椎病和胃下垂了。他给多少颈椎病的患者做过理疗？数不过来了。可他自己的颈椎却成了一个严重的问题，晕起来的时候都想吐。每一次头晕的时候沙复明的脑海里都想着一样东西，钱。要钱干什么？不是为了该死的“自食其力”，是做“本”。他需要“本”。沙复明疯狂地爱上了这个“本”。沙复明晕一次他的眼睛就亮一次，晕到后来，他终于“看到”了。他业已“看到”了生活的真相。这个真相是简明的关系：不是你为别人生产，就是别人为你生产。就这么简单。

如果不是先天性的失明，沙复明相信，他一个人就足以面对整个世界。他是一个读书的好料子。这正是沙复明自视甚高的缘由。他会读书。举一个例子，在他们学习中医经脉和穴位的时候，在王大夫他们还在摸索心腧、肺腧、肾腧、天中、委中和足三里的时候，沙复明却通过他的老师，到医学院学习西医的解剖去了。他触摸着尸体，通过尸体，通过骨骼、系统、器脏和肌肉，沙复明对人体一下子就有了一个结构性的把握。中医是好的，但中医有中医的毛病，它的落脚点和归结点都在哲学上，动不动就把人体牵扯到天地宇宙和阴阳五行上去。它是浅入的，却深出，越走越深奥，越学越玄奥。西医则不。它反了过来，每一个环节都能够深入浅出。西医里的身体有它的物质性和实证性，而不是玄思与冥想。一句话，解剖学更实用，见效更快。一个未来的推拿师，又是盲人，只要把尸体摸清楚，就一定能把活人摆弄好。

沙复明学得很好，可是，和班里的另一位优等生王大夫比较起来，他们的风格就不一样了。王大夫同样也学得很好，他知道将来自己要干什么，说白了，就是靠自己的身体吃饭。王大夫就一直在健身。王大夫课余的时间几乎都泡在了健身房。为了将来能有一个好的臂力与指力，他卧推的重量达到了惊人的一百二十五公斤。王大夫的胳膊和女同学的大腿一般粗，大拇指一摁就是入木三分的气力。

沙复明却从来不练基本功。沙复明坚信,手艺再好,终究是个手艺人。武功再高,终究是个勇士。沙复明要做的是将军。花那么大的精力在健身房干什么呢?还不如学一点英语和日语呢。后来的事实证明,沙复明的“眼光”是长远的,独到的,战略性的。刚刚到上海打工的时候,只要香水味——外宾——走进来,盲人们就害羞起来了,一个个都不情愿讲话。沙复明的优势在这个时候体现出来了。他用有限的英语或日语和他们打招呼。招呼一打,客人自然而然就是他的了。没有人抱怨沙复明在抢生意。相反,同事们羡慕沙复明,崇敬的心思都有。沙复明的心眼活络了,说外语的信心也上来了,他用结结巴巴的英语或日语就小费的问题和国际友人们展开了讨论,其实就是讨价还价。回到宿舍之后还翻译给同事们听。同事们一听吓坏了,这哪里是讨价还价,简直就是国际贸易,简称“国贸”。他们的嘴巴张开来了。沙复明玩大了。他的生意脱颖而出。忙起来的时候恨不得把自己的身体来一个五马分尸。

沙复明几乎不要命了,没日没夜地做。他的指法并不出色。但是,老外哪里能懂什么指法?他们就知道肱二头肌、肱三头肌、胸大肌、背阔肌、斜方肌和腹直肌,不知道心腧、隔腧和天中,更不知道摁、压、揉、搓、点、敲、剥。老外所感受到的是沙复明的口头表达,他亲和,机敏,博学,还有因为外语的简陋而意想不到的幽默。随便举一个例子,老外看见沙复明穿得很单薄,问他冷不冷。沙复明说,不,我是一个不怕冷的男人。可是,他的英语是这样表达的:“I am a hot man。”这句英语的意思是什么呢?是“我是骚货”。老外们乐坏了,他们想不到这个盲人朋友是如此的风趣。沙复明的出现改变了许多客人对残疾人的基本看法,甚至改变了许多国际友人对中国人的基本看法,“沙先生”是如此的健谈、乐观、open 和 humorous。基于此,沙复明的客人都要提前两三天预约，随叫随到是绝对不可能的。其实，预约的时间也用不了那么长，但是，沙复明就是有如此这般的排场和派头。事情就是这样，越是不好预定，客人就越是愿意等。沙复明的生意蒸蒸日上。到了后来，沙复明几乎不在拉动内需这个问题上动脑筋了，他的生意是清一色的国贸。许多国际友人都知道了，在民风路和四象路的交界处，有一家推拿中心，在推拿中心里头，有一个了不起的“Dorctor Sha”。他的手艺和谈吐都“fantastic”。

但是，隐患出现了。沙复明的生意很快就有了萧条的迹象。似乎有那么一天，老外反过来和沙复明讨价还价了。沙复明并不知道，这些恰恰都是沙复明的同事们教的。“你可以还价的”，沙复明的一个同事对老外说，你可以“拦腰之后再拦一刀”。什么叫“拦腰之后再拦一刀”？老外侧着脑袋，费思量了。语言是可以被阻隔的，然而，语言的表达欲望什么样的力量也不可阻挡。沙复明的另一位同事做起了示范。他摸到了老外的腹部，另一只巴掌绷得笔直，做出“刀”的形状，举起来了。掌落刀落，老外的身体“咔嚓”一下就被“拦”了一刀；老外惊魂未定，手起刀落，“咔嚓”，膝盖的部位又被“拦”了一刀——老外实际上就只剩下一条毛茸茸的小腿了。老外望着自己的脚，毛茸茸的脚指头还能够活蹦乱跳，明白了，他并没有遇见义和团。他们谈论的是贸易——具有浓郁的中国特色——如何把一变成四分之一，甚至，八分之一，甚而至于，十六分之一。中国的数字表达太有趣了，像汉赋和唐诗一样瑰丽。“Yeah——”“明白了。我的明白了。”“太胖（棒）了，太——胖（棒）啦！”

沙复明的生意急转直下。沙复明犯错误了。过于庞大和过于坚硬的自尊妨碍了沙复明的判断。和王大夫做股票一样，沙复明没有能够做到见好就收。他想挽回他的“国际贸易”，用的却是中国人的思维。他在想，我和老外的关系都这样了，都“老朋友"了,他们"不好意思"随便换人的吧。沙复明错了。国际友人好意思。"不好意思"的反而是沙复明自己。后来的情形有意思了,沙复明一听到英语和日语就惭愧,他似乎是被抛弃了。想躲。惭愧什么呢?想躲什么呢?沙复明也不知道。可沙复明就是惭愧,生意一落千丈。沙复明的健康偏偏在这时候露出了它狰狞的面目。

沙复明的身体做学生的时候其实就亏下了。为什么亏下了呢?是因为死读书。盲人其实最不适合"死读书"了。健全人再怎么用功,再怎么"夜以继日",再怎么"凿壁偷光",再怎么"焚膏继晷",终究还有一个白天与黑夜的区别。但是,这区别盲人没有——他们在时间的外面。还有一点,健全人的眼睛在阅读久了之后会出现疲劳,这疲劳在盲人的那一头是不存在的,他们所依仗的是食指上的触觉。——沙复明就"没日没夜"地"读"了,他读医,读文,读史,读艺,读科学,读经济,读上下五千年,读纵横八万里。他必须读。沙复明相信王之涣的那句话,"欲穷千里目,更上一层楼"。这两句诗谁不知道呢?可是,对沙复明来说,这不是诗。是哲学。是励志。一本书就是一层楼。等他"爬"到一定的楼层,他沙复明就有了"千里目":荡胸生层云,决眦入归鸟;吴楚东南坼,乾坤日夜浮。沙复明相信自己是可以"复明"的,一如父母所期盼的那样。沙复明坚信,每个人一定还有一双眼睛,在心中。他要通过一本又一本的书,把内心的眼睛"打开"来。沙复明在时间的外面,雄心万丈。

他在读。天从来就没有亮过,反过来说,天从来就没有黑过。

学生时代的沙复明究竟太年轻了。一般说来,盲人读书都比较晚,沙复明和同等学历的健全人比较起来,年纪其实已经不小了。但是,再"不小了",终究还是年轻。年轻人有年轻人的特点,身子骨吃得起亏。今天亏一点,没事,明天亏一点,没事,后天再亏一点，还是没事。老托尔斯泰说得好：身体就应当是精神的奴隶！

颈椎在沙复明的身体里面，胃也在沙复明的身体里面。沙复明在奴役它们。每一天，沙复明都雄心勃勃地奴役他们。等沙复明意识到它们吃了大亏的时候，它们已不再是奴隶，相反，是贵族的小姐，是林黛玉。动不动就使小性子，不饶人了。

健康永远是需要他人提醒的，比方说："张三，你的气色怎么这么差？哪儿不舒服了？"在这个问题上，盲人之间从来就没有这样的便利。鞋大鞋小，永远只有自己知道。在沙复明的生意如火如荼的时候，沙复明的颈椎和胃已经很成问题了。沙复明忍着，什么也没说。盲人的自尊心是雄浑的，骨子里瞧不起倾诉——倾诉下贱。它和要饭没什么两样。沙复明的自尊心则更加巍峨，他可不情愿把自己的任何不舒服告诉任何一个人。退一步说，告诉了又有什么用？生意这样好，这样忙，钱不能不挣。一个月就是一万多块呢。一万多块，沙复明过去想都不敢想。沙复明原先有一个长远的计划，争取在四十岁之前当上老板。现在看起来，沙复明的计划过于长远了，很有可能要大大地提前。为此，对病痛，沙复明选择了忍。再忍忍，再忍一忍吧。只要开了店，自己也成了"资产阶级"，会有人为自己"生产"健康、舒服和金钱的。颈椎，还有胃，反正也不是什么要命的部位。沙复明是半个医生，他"有数"。说到底也就是不舒服而已。

从表面上说，是颈椎与胃和沙复明过不去，事实上，还是沙复明的职业和颈椎与胃过不去。单说胃，沙复明亏欠它实在是太多了。因为熬夜读书的缘故，沙复明从学生时代就不吃早饭了。打工之后的情形则更严重，推拿师的工作主要在夜间，第二天的早上就格外地恋床，早饭往往就顾不上了。中饭又是在什么时候吃呢？沙复明自己做不了主，一切都取决于客人。客人在手上，你总不能去吃饭吧？另一种情况也是常见的，正吃着呢，客人来了，怎么办呢？——最简明的选择则是快。说起吃饭的快，就不能不说沙复明吃饭的动作，在许许多多的时候，沙复明从来就不是“吃”，而是“喝”。他把饭菜搅拌在一起，再把汤浇进去，这一来干饭就成了稀饭，用不着咀嚼，呼噜，呼噜，再呼噜，嘴巴象征性地动几动，完了，全在肚子里了。吃得快算不上本事，哪一个做推拿的吃得不快？关键是又多又快。不多不行，早饭已经省略了，而晚饭又不知道是什么时候，沙复明的每一天其实都靠这顿午饭垫底了，所以，要努力地、用功地“喝”。因为“喝”得太饱，太足，问题来了。一般来说，客人在午饭过后并不喜欢推拿，而是选择足疗，在足疗的按、捏、推、揉当中，好好地补上一个午觉。可足疗必须是坐着做的，一坐，沙复明的胃部就“顶”在了那里，撑得要吐。即使打一个饱嗝，也要将身子直起来，脖子仰上去。——这是饱罪；饿罪也有，其实更不好受。要是回忆起来的话，沙复明经受得更多的主要还是饿罪。一般来说，每天的凌晨一点钟过后，沙复明就委顿了。年轻人有一个特点，人在委顿的时候胃却无比地精神。饿到一定的地步，胃就变得神经质，狠刀刀的，凭空伸出了五根手指头。它们在胃的内部，不停地推、拉、搓、揉，指法一点也不比沙复明差。

沙复明的胃就是这样一天天地坏掉的，后来就开始痛。沙复明没有吃药。郑智化唱得好：

他说风雨中
这点痛算什么
擦干泪不要问
——为什么

郑智化是残疾人。为了励志，他的旋律是进取的，豪迈的，有温情的一面，却更有铿锵和无畏的一面。沙复明有理由相信，郑智化是特地唱给他听的。是啊，这点痛算什么？擦干泪不要问——为什么。其实沙复明也不需要擦干泪,他不会流泪。他瞧不起眼泪。

胃后来就不痛了,改成了疼。痛和疼有什么区别呢?从语义上说,似乎并没有。沙复明想了想,区别好像又是有的。痛是一个面积,有它的散发性,是拓展的,很钝,类似于推拿里的“搓”和“揉”。疼却是一个点,是集中起来的,很锐利。它往深处去,越来越尖,是推拿里的“点”。到后来这疼又有了一个小小的变化,变成了“撕”。怎么会是“撕”的呢?胃里的两只手又是从哪里来的?

第三章　小马

王大夫在男生宿舍住下来了。所有的男生宿舍都一样，它是由商品房的住宅改装过来的，通常说来，在主卧、客厅和书房里头，安置三组床或四组床，上下铺，每一间房里住着六到八个人。

王大夫刚到，不可能有选择的机会，当然是上铺了。王大夫多少有些失望。恋爱中的人就这样，对下铺有一种本能的渴望，方便哪。当然，王大夫没有抱怨。他一把抓住上铺的围栏，用力拽了一把，床铺却纹丝不动。王大夫知道了，床位一定是用膨胀螺丝固定在墙面上了。这个小小的细节让王大夫有一种说不出的愉悦。看起来沙复明这个人还行。盲人老板就是这点好，在健全人容易忽略的细枝末节上，他们周到得多，关键是，知道把他们的体贴用在恰当的地方。

下铺是小马。依照以往的经验，王大夫对小马分外地客气。在集体宿舍，上下铺的关系通常都是微妙的，彼此很热情，其实又不好处。弄不好就是麻烦。这麻烦并不大，通常也说不出口，最容易别扭了。王大夫可不想和任何人别扭，是打工，又不是打江山，干吗呢。和气生财吧。王大夫就对小马客气。不过王大夫很快就明白过来了，他对小马的客气有些多余了。这家伙简直就是一个闷葫芦，你对他好是这样，你对他不好也还是这样。他不对任何人好，他也不对任何人坏。

小马还小，也就是二十出头。如果没有九岁时的那一场车祸，小马现在会在干什么呢？小马现在又是一副什么样子呢？这是一个假设。一个无聊、无用却又是缭绕不去的假设。闲来无事的时候，小马就喜欢这样假设，时间久了，他就陷进去了，一个人恍惚在自己的梦里。从表面上看，车祸并没有在小马的躯体上留下过多的痕迹，没有断肢，没有恐怖的、大面积的伤痕。车祸却摧毁了他的视觉神经。小马彻底瞎了，连最基本的光感都没有。

小马的眼睛却又是好好的，看上去和一般的健全人并没有任何的区别。如果一定要找到一些区别，其实也有。眼珠子更活络一些。在他静思或动怒的时候，他的眼珠子习惯于移动，在左和右之间飘忽不定。一般的人是看不出来的。正因为看不出来，小马比一般的盲人又多出一分麻烦。举一个例子，坐公共汽车——盲人乘坐公共汽车向来可以免票，小马当然也可以免票。然而，没有一个司机相信他有残疾。这一来尴尬了。小马遇上过一次，刚刚上车，司机就不停地用小喇叭呼吁：乘客们注意了，请自觉补票。小马一听到“自觉”两个字就明白了，司机的话有所指。盯上他了。小马站在过道里，死死地拽着扶手，不想说什么。哪一个盲人愿意把“我是盲人”挂在嘴边？吃饱了撑的？小马不开口，不动。司机有意思了，偏偏就是个执着的人。他端起茶杯，开始喝水，十分悠闲地在那里等。引擎在空转，怠速匀和，也在那里等。等过来等过去，车厢里怪异了，有了令人冷齿的肃静。僵持了几十秒，小马到底没能扛住。补票是不可能的，他丢不起那个脸；那就只有下车了。小马最终还是下了车。引擎轰的一声，公共汽车把它温暖的尾气喷在小马的脚面上，像看不见的安慰，又像看不见的讥讽。小马在大庭广众之下受到了侮辱，极度地愤怒。他却笑了。他的微笑像一幅刺绣，挂在了脸上，针针线线都连着他脸上的皮。——我这个瞎子还做不成了，大众不答应。笑归笑，小马再也没有踏上过公共汽车。他学会了拒绝,他拒绝——其实是恐惧——一切与“公共”有关的事物。待在屋子里挺好。小马可不想向全世界庄严地宣布:先生们女士们,我是瞎子,我是一个真正的瞎子啊!

不过小马帅。所有见过小马的人都有一个共同的看法,他是个标准的小帅哥。一开始小马并不相信,生气了。认定了别人是在挖苦他。可是,这样说的人越来越多,小马于是平静下来了,第一次认可了别人的看法,他是帅的。小马的眼睛在九岁的那一年就瞎掉了,那时候自己是什么模样呢?小马真的想不起来了。像一个梦。是遥不可及的样子。小马其实已经把自己的脸给忘了。很遗憾。现在好了,小马自己也确认了,他帅。Sh-u-ɑi-Shuɑi。一共有三个音节,整个发音的过程是复杂的,却紧凑,干脆。去声。很好听。

很帅的小马有一点帅中不足,在脖子上。他的脖子上有一块面积惊人的疤痕。那不是车祸的纪念,是他自己留下来的。车祸之后小马很快就能站立了,眼前却失去了应有的光明。小马很急。父亲向他保证,没事,很快就会好的。小马就此陷入了等待,其实是漫长的治疗历程。父亲带着小马,可以说马不停蹄。他们辗转于北京、上海、广州、西安、哈尔滨、成都,最远的一次甚至去了拉萨。他们在城市与城市之间辗转,在医院与医院之间辗转,年少的小马一直在路上,他抵达的从来就不是目的地,而是失望。可是,父亲却是热情洋溢的,他的热情是至死不渝的。他一次又一次向他的宝贝儿子保证,不要急,会好的,爸爸一定能够让你重见光明。小马尾随着父亲,希望,再希望。心里头却越来越急。他要“看”。他想“看”。该死的眼睛却怎么也睁不开。其实是睁开的。他的手就开始撕,他要把眼前的黑暗全撕了。可是,再怎么努力,他的双手也不能撕毁眼前的黑暗。他就抓住父亲,暴怒了,开始咬。他咬住了父亲的手,不松。这是发生在拉萨的事情。可父亲突然接到了一个天大的喜讯——在南京，他们漫长旅程的起点，一位眼科医生从德国回来了，就在南京市第一人民医院。小马知道德国，那是一个更加遥远的地方。小马的父亲把小马抱起来，大声地说："孩子，咱们回南京，这一次一定会好的，我向你保证，会好的！"

"从德国回来的"医生不再遥远，他的手已经能够抚摸小马的脸庞了。九岁的小马顿时就有了极其不好的预感。他相信远方。他从来都不相信"身边"的人，他从来也不相信"身边"的事。既然"从德国回来的"手都能够抚摸他的脸庞，那么，这只手就不再遥远。后来的事实证明了小马的预感，令人震惊的事情到底发生了，父亲把医生摁在了地上，他动用了他的拳头。事情就发生在过道的那一头，离小马很远。照理说小马是不可能听见的，可是，小马就是听见了。他的耳朵创造了一个不可企及的奇迹，小马全听见了。父亲和那个医生一直鬼鬼祟祟的，在说着什么，父亲后来就下跪了。跪下去的父亲并没有打动"从德国回来的"医生，他扑了上去，一下就把医生摁在了地上。父亲在命令医生，让医生对他的儿子保证，再有一年他的眼睛就好了。医生拒绝了。小马听见医生清清楚楚地说："这不可能。"父亲就动了拳头。

九岁的小马就是在这个时候爆炸的。小马的爆炸与任何爆炸都不相同，他的爆炸惊人的冷静。没有人相信那是一个九岁的孩子所完成的爆炸。他躺在病床上，耳朵的注意力已经挪移出去了。他听到了隔壁病房里有人在吃东西，有人在用勺子，有人在用碗。他听到了勺子与碗清脆的撞击声。多么的悦耳，多么的悠扬。

小马扶着墙，过去了。他扶着门框，笑着说："阿姨，能不能给我吃一口？"

小马把脸让过去，小声地说："不要你喂，我自己吃。"

阿姨把碗送到了小马的右手，勺子则塞在了小马的左手上。

小马接过碗,接过勺,没有吃。咣当一声,他把碗砸在了门框上,手里却捏着一块瓷片。小马拿起瓷片就往脖子上捅,还割。没有人能够想到一个九岁的孩子会有如此骇人的举动。阿姨吓傻了,想喊,她的嘴巴张得太大了,反而失去了声音。小马的血像弹片,飞出来了。他成功地引爆了,心情无比的轻快。血真烫啊,飞飞扬扬。可小马毕竟只有九岁,他忘了,这不是大街,也不是公园。这里是医院。医院在第一时间就把小马救活了,他的脖子上就此留下了一块骇人的大疤。疤还和小马一起长,小马越长越高,疤痕则越长越宽,越长越长。

也许是太过惊心触目的缘故,不少散客一躺下来就能看到小马脖子上的疤。他们很好奇。想问。不方便,就绕着弯子做语言上的铺垫。小马是一个很闷的人,几乎不说话。碰到这样的时候小马反而把话挑明了,不挑明了反而要说更多的话。"你想知道这块疤吧?"小马说。客人只好惭愧地说:"是。"小马就拖声拖气地解释说:"眼睛看不见了嘛,看不见就着急了嘛,急到后来就不想活了嘛。我自己弄的。"

"噢——"客人不放心了,"现在呢?"

"现在?现在不着急了。现在还着什么急呢?"小马的这句话是微笑着说的。他的语气是安宁的,平和的。说完了,小马就再也不说什么了。

既然小马不喜欢开口,王大夫在推拿中心就尽可能避免和他说话。不过,回到宿舍,王大夫对小马还是保持了足够的礼貌。睡觉之前一般要和小马说上几句。话不多,都是短句,有时候只有几个字。也就是三四个回合。每一次都是王大夫首先把话题挑起来。不能小看了这几句话,要想融洽上下铺的关系,这些就都是必需的。从年龄上说,王大夫比小马大很多,他犯不着的。但是,王大夫坚持下来了。他这样做有他的理由。王大夫是盲人,先天的,小马也是盲人,却是后天的。同样是盲人,先天的和后天的有区别,这里头的区别也许是天和地的区别。不把这里头的区别弄清楚,你在江湖上肯定就没法混。

就说沉默。在公众面前,盲人大多都沉默。可沉默有多种多样。在先天的盲人这一头,他们的沉默与生俱来,如此这般罢了。后天的盲人不一样了,他们经历过两个世界。这两个世界的链接处有一个特殊的区域,也就是炼狱。并不是每一个后天的盲人都可以从炼狱当中穿越过去的。在炼狱的入口处,后天的盲人必须经历一次内心的大混乱、大崩溃。它是狂躁的、暴戾的、摧枯拉朽的和翻江倒海的,直至一片废墟。在记忆的深处,他并没有失去他原先的世界,他失去的只是他与这个世界的关系。因为关系的缺失,世界一下子变深了,变硬了,变远了,关键是,变得诡秘莫测,也许还变得防不胜防。为了应付,后天性的盲人必须要做一件事,杀人。他必须把自己杀死。这杀人不是用刀,不是用枪,是用火。必须在熊熊烈火中翻腾。他必须闻到自身烤肉的气味。什么叫凤凰涅槃?凤凰涅槃就是你得先用火把自己烧死。

光烧死是不够的。这里头有一个更大的考验,那就是重塑自我。他需要钢铁一样的坚韧和石头一样的耐心。他需要时间。他是雕塑家。他不是艺术大师。他的工序是混乱的,这里一凿,那里一斧。当他再生的时候,很少有人知道自己是谁。他是一尊陌生的雕塑。通常,这尊雕塑离他最初的愿望会相距十万八千里。他不爱他自己。他就沉默了。

后天盲人的沉默才更像沉默。仿佛没有内容,其实容纳了太多的呼天抢地和艰苦卓绝。他的沉默是矫枉过正的。他的寂静是矫枉过正的。他的澹定也是矫枉过正的。他必须矫枉过正,并使矫枉过正上升到信仰的高度。在信仰的指引下,现在的"我"成了上帝,而过去的"我"只能是魔鬼。可魔鬼依然在体内,他只能时刻保持着高度的警觉与警惕:过去的"我"是三千年前的业障，是一条微笑并含英咀华的蛇。蛇是多么的生动啊，它妖娆，通身洋溢着蛊惑的力量，稍有不甚就可以让你万劫不复。在两个“我”之间，后天的盲人极不稳定。他易怒。他要克制他的易怒。

从这个意义上说，后天的盲人没有童年、少年、青年、中年和老年。在涅槃之后，他直接抵达了沧桑。他稚气未脱的表情全是炎凉的内容，那是活着的全部隐秘。他透彻，怀揣着没有来路的世故。他的肉体上没有瞳孔，因为他的肉体本身就是一直漆黑的瞳孔——装满了所有的人，唯独没有他自己。这瞳孔时而虎视眈眈，时而又温和缠绵。它懂得隔岸观火、将信将疑和若即若离。离地三尺有神灵。

小马的沉默里有雕塑一般的肃穆。那不是本色，也不是本能，那是一种炉火纯青的技能。只要没有特殊的情况，他可以几个小时、几个星期、几个月甚至几年保持这种肃穆。对他来说，生活就是控制并延续一种重复。

但生活究竟不可能重复。它不是流水线。任何人也无法使生活变成一座压模机，像生产肥皂或拖鞋那样，生产出一个又一个等边的、等质的、等重的日子。生活自有生活的加减法，今天多一点，明天少一点，后天又多一点。这加上的一点点和减去的一点点才是生活的本来面目，它让生活变得有趣、可爱，也让生活变得不可捉摸。

小马的生活里有了加法。日子过得好好的，王大夫加进来了，小孔也加进来了。

小孔第一次来到小马的宿舍已经是深夜的一点多钟了。推拿师一般要工作到夜间的十二点钟，十二点钟一刻左右，他们“回家”了。一般来说，推拿师们是不说“下班”的，他们直接把下班说成“回家”。一口气干了十四五个小时的体力活，突然轻松下来，身子骨就有点犯贱，随便往哪里一靠都像是“回家”。

回到家,他们不会立即就洗、马上就睡,总要安安静静地坐上一会儿,那是非常享受的。毕竟是集体生活,不可能总安静,热闹的时候也有。冷不丁有谁来了兴致,那就吃点东西。吃着吃着,高兴了,就开始扯皮,扯淡。说说,笑笑,打打,闹闹。在“家里”头聊天实在是舒服,没有任何主题,他们就东拉西扯。他们聊冰淇淋,聊地铁一号线,聊迪斯尼、银行利息、各自的老同学、汽车、中国足球、客人们留下来的“段子”、房地产、羊肉串、电影明星、股票、中东问题、白日梦、日本大选、耐克运动鞋、春节晚会、莎士比亚、包二奶、奥运会、脚气病、烤馒头与面包的区别、NBA、恋爱、艾滋病、慈善。逮着什么聊什么。聊得好好的,争起来了,一不小心还伤了和气。伤了和气也不要紧,修补一下又回来了。当然,有时候,为了更好地聊,男生和女生之间的串门就不可避免了。这一来聊天就要升级了,往往会起哄。他们的起哄往往还伴随着嗑瓜子的声音,收音机的声音——股市行情、评书、体育新闻、点播、心理咨询、广告。当然,再怎么串,规矩是有的。一般来说,上半场在女生的宿舍,到了下半场,场子就摆到男生的这一边来。女生在临睡之前总有一些复杂的工序,是上床之前必要的铺垫。女生总是有诸多不便之处的。哪里能像“臭男人”,臭袜子还没脱就打上呼噜了。

深夜一点多钟,小孔终于来到了王大夫的宿舍。一进门徐泰来就喊了小孔一声“嫂子”。这个称呼有点怪。其实说起来也不怪,王大夫来的日子并不长,可有人已经开始叫王大夫“大哥”了。王大夫就这样,一见面就知道是特别老实的那一类。厚道,强壮,勤快,却嘴笨。是可以吃亏、能够受气的那一路。脑子又不活络,说话慢腾腾的,还有软绵绵的笑容衬在后头——这些都是“大哥”的特征。他都当上“大哥”,小孔不是“嫂子”又是什么?

徐泰来并不喜欢笑闹,平日里挺本分的一个人。就是这样一个本分的人，硬是笨嘴笨舌地把小孔叫做了“嫂子”，效果出来了。一个未婚的女子被人叫做“嫂子”，怎么说也是一件有趣的事。是水深的样子。是心照不宣的样子。好玩了。有了谐谑的意思。大伙儿顿时就哄了起来，一起“嫂子”长，“嫂子”短。小孔没有料到这一出，愣住了。她刚刚洗过澡，特地把自己简单地拾掇了一下，一进门居然就成了“嫂子”了。小孔就是不知道怎样才好。

小孔在杂乱的人声里听到钢丝床的声音，“咯吱”一声。知道了，是王大夫在给她挪座位。小孔循声走过去，当然没法坐到王大夫的上铺上去，只能一屁股坐在小马的下铺上。是正中央。小孔有数得很，她的左侧是王大夫，右一侧只能是小马了。小孔还没有来得及和小马打招呼，张一光已经来到了她的跟前，张一光的审判就已经开始了。

张一光来自贾汪煤矿，做过十六年的矿工，已经是两个孩子的爹了，是“家”里头特别热闹的一个人。张一光在推拿中心其实是有些不协调的。首先是因为年纪。出来讨生活的盲人大多都年轻，平均下来也不过二十五六岁，张一光却已经“奔四”，显然是老了。说张一光在推拿中心不协调倒也不完全是因为他的老，还有这样的一层意思：张一光不能算作“盲人”。三十五岁之前，这家伙一直都有一双炯炯有神的眼睛，也许还是一双虎视眈眈的眼睛。三十五岁之后，他的眼睛再也不能炯炯有神和虎视眈眈了，一场瓦斯爆炸把他的两只瞳孔彻底留在了井下。眼睛坏了，怎么办呢？张一光半路出家，做起了推拿。和其他的推拿师比较起来，张一光没有“出生”，人又粗，哪里能吃推拿这碗饭？可张一光有张一光的杀手锏，力量出奇的大，还不惜力气，客人一上手就“呼哧呼哧”地用蛮，几乎能从客人的身上采出煤炭来。有一路的客人特别地喜欢他。沙复明看中了他的这一点，把他收下了。生意还就是不错。不过张一光年纪再大也没有人喊他大哥。他是为长不尊的。一点做老大的样子都没有。他最大的特点就是“过火”,很少能做出恰如其分的事情来。就说和人相处吧,好起来真好,热情得没数,恨不能把心肝掏出来下酒;狠起来又真狠,也没数,一翻脸就上手。他在盲人堆里其实是没有真正的朋友的。

张一光撑着床框,站起来了,首先宣布了“这个家”的规矩——所有新来的人都必须在这里接受审讯,要不然就不再是“一家子”。“嫂子”也不能例外。小孔当然知道这是玩笑,却多多少少有些紧张。张一光这家伙结过婚哪,都有两个孩子了,他在拷问的“业务”上一定是很“专业”的。小孔的担心很正确。果然,张一光一上来就把审问的内容集中到“大哥”和“嫂子”的“关系”上来了,偏偏又没有赤裸裸,而是拐着特别有意思的弯,以一种无比素净的方法把“特殊”的内容都概括进去,诱导你去联想,一联想就不妙了,叫你不知道怎么说才好。

“先活动活动脑筋,来一个智力测验,猜谜。”张一光说,“说,哥哥和嫂子光着身子拥抱,打一成语,哪四个字?”

哪四个字呢?哥哥和嫂子光着身子拥抱,可干的事情可以说上一辈子,四个字哪里能概括得了?

张一光说:“凶多吉少。”

哥哥和嫂子光着身子拥抱怎么就“凶多吉少”了呢?不过,大伙儿很快就明白过来了,哥哥和嫂子光着身子拥抱,可不是“胸多鸡少”么?大伙儿笑翻了。这家伙是活宝。是推拿中心的潘长江或赵本山。他的一张嘴就是那么能“搞”。

脑子“活动”过了,张一光却把嫂子撇开了,转过脸去拷问王大夫。张一光说:“昨天下午有一个客人夸嫂子的身材好,说,嫂子的身材该有的都有,该没的都没。——你说说,嫂子的身上究竟什么该有,什么该没?”

大伙儿都笑。王大夫也笑。虽说笑得不自然,王大夫的心里头还是实打实的幸福了。嫂子被人夸了,开心的当然是大哥。这还用说么。小孔却扛不住了,也不好说什么,只能不停地挪屁股。似乎她的身体离王大夫远了,她和大哥就可以脱掉干系。可这又有什么用?张一光一直在逼。张一光逼一次小孔就往小马的身边挪一次,挪到后来,小孔的身体几乎都靠在小马的身上了。

王大夫的嘴笨,一转眼已经被张一光逼到山穷水尽的地步。小孔慌不择路,站起来了,突然就擂了小马一拳头,还挺重。小孔说:“小马,我被人欺负,你也不帮帮我!”

小马其实在走神。“家里”的事小马从来不掺和,他所热衷的事情就是走神。从小孔走进“男生宿舍”的那一刻起,小马一直是默然的。没想到嫂子径直就走到小马的床边。小马在第一时间就捕捉到嫂子身上的气味了。准确地说,嫂子身上的气味在第一时间就捕捉到小马了。是嫂子头发的气味。嫂子刚洗了头,湿漉漉的。香波还残留在头发上。但头发上残留的香波就再也不是香波,头发也不再是原先的那个头发,香波与头发产生了某种神奇的化学反应,嫂子一下子就香了。小马无缘无故地一阵紧张。其实是被感动了。嫂子真好闻哪。小马完全忽略了张一光汹涌的拷问,他能够确认的只有一点,嫂子在向他挪动。嫂子的身体在一次又一次地逼近他小马。小马被嫂子的气味笼罩了。嫂子的气味有手指,嫂子的气味有胳膊,完全可以抚摸、搀扶,或者拥抱。小马全神贯注,无缘无故地被嫂子拥抱了。小马的鼻孔好一阵翕张,想深呼吸,却没敢。只好屏住。这一来窒息了。

嫂子哪里有工夫探究小马的秘密,她只想转移目标。为了把王大夫从窘境当中开脱出来,她软绵绵的拳头不停地砸在小马的身上。

“小马,你坏!”

小马抬起头，说：“嫂子，我不坏。”

小马这样说确实是诚心诚意的，甚至是诚惶诚恐的。但他的诚心诚意和诚惶诚恐都不是时候。在如此这般的氛围里，小马的“我不坏”俏皮了。往严重里说，挑逗了。其实是参与进去了。小马平日里不说话的，没想到一开口也能够这样的逗人。语言就是这样，沉默的人一开口就等同于幽默。

大伙儿的笑声使小孔坚信了，小马也在“使坏”。小孔站起来了，用夸张的语气说：“要死了小马，我一直以为你老实，你闷坏！你比坏还要坏！”话是这么说的，其实小孔很得意了，她小小的计谋得逞了，大伙儿的注意力到底还是转移到小马这边来了。为什么不把动静做得更大一点呢？小孔一不做，二不休。趁着得意，也许还有轻浮的快乐，小孔的双手一下子就掐住了小马的脖子，当然，她有数，是很轻的。小孔大声地说：“小马，你坏不坏？”

这里又要说到盲人的一个特征了，因为彼此都看不见，他们就缺少了目光和表情上的交流，当他们难得在一起嬉笑或起哄的时候，男男女女都免不了手脚并用，也就是“动手动脚”的。在这个问题上，他们没有忌讳。说说话，开开玩笑，在朋友的身上拍拍打打，这里挠一下，那里掐一把，这才是好朋友之间应有的做派。如果两个人的身体从来不接触，它的严重程度等同于健全人故意避开目光，不是心怀鬼胎，就是互不买账。

小马弄不懂自己的话有什么可笑的。可嫂子的双手已经掐在小马的脖子上了。小马在不经意之间居然和嫂子肌肤相亲了。嫂子一边掐还一边给自己的动作配音，以显示她下手特别的重，都能把小马掐死。她的身体开始摇晃，头发就澎湃起来。嫂子的发梢有好几下都扫到小马的面庞了。湿漉漉的，像深入人心的鞭打。

“你坏不坏？”嫂子喊道。

“我坏。”

小马没想到他的“我坏”也成了一个笑料。不知不觉的，小马已经从一个可有可无的局外人演变成事态的主角了。还没有来得及辨析个中的滋味，小马彻底地乱了。他不知道自己是怎么动起手脚来的。他的胳膊突然碰到了一样东西，是两砣。肉乎乎的。绵软，却坚韧有力，有一种说不上来的固执。小马顿时就回到了九岁。这个感觉惊奇了。稍纵即逝。有一种幼稚的、蓬勃的力量。小马僵住了，再不敢动。他的胳膊僵死在九岁的那一年。他死去的母亲。生日蛋糕。鲜红鲜红蜡烛所做成的“9”。光芒四射。咚的一声。车子翻了。头发的气味铺天盖地。乳房。该有的都有。嫂子。蠢蠢欲动。窒息。

小马突然就是一阵热泪盈眶。他仰起脸来。他捂住了嫂子的手，说：“嫂子。”

大伙儿又是一阵笑。这阵笑肆虐了。是通常所说的“浪笑”。谁能想得到，闷不吭声的小马会是这样一个冷面的杀手。他比张一光还要能“搞”。

“我不是嫂子，”小孔故作严肃地喊道，“我是小孔！”

“你不是小孔，”小马一样严肃地回答说，“你是嫂子。”

在众人的笑闹中小孔生气了。当然，假装的。这个小马，实在是太坏太坏了，逗死人不偿命的。小孔能有什么办法？小孔拿小马一点办法也没有。好在小孔在骨子里对“嫂子”这个称呼是满意的，小孔气馁了，说：“嫂子就嫂子吧。”

不过，“嫂子”这个称号不是任何一个未婚女人马上就能心平气和地接受的，这里头需要一个扭捏和害羞的进程。小孔在害羞的过程中拉住了小马的手，故意捏了一把。其实是告诫他了，看我下一次怎么收拾你。

小马意识到了来自于嫂子的威胁。他抿了一下嘴。这一抿不要紧，小马却突然意识到自己在笑。这个隐蔽的表情是那样地没有缘由。他清清楚楚地知道笑容是一道特别的缝隙，有一种无法确定的东西从缝隙里钻进去了。是他关于母亲的模糊的记忆。有点凉。有点温暖。时间这东西真的太古怪了，它从来就不可能过去。它始终藏匿在表情的深处，一个意想不到的表情就能使失去的时光从头来过。

王大夫远远地坐在床的另一侧，喜滋滋的。他也在笑。他掏出了香烟，打了一圈，从头到尾都没有说一句话。这也是小孔的一点小遗憾了。王大夫哪里都好，他可以为小孔去死，这一点小孔是相信的。但是，有一点王大夫却做不到，他永远也不能够替小孔说话。说到底还是他的嘴太笨了。

小孔又能说什么呢？小孔什么也不能说。玩笑平息下来了。小孔只能拉着小马的手，有那么一点失神。当然是关于王大夫的。因为失神，她所有的动作都成了下意识，不知道何去何从。小马的手就这么被嫂子抓着，身体一点一点地飘浮起来了。他是一只气球。而嫂子只能是另一只气球。他们一起飘浮起来了。小马注意到，天空并不是无垠的，它是一个锥体。无论它有多么的辽阔，到后来，它只能归结到一个尖尖的顶。两只气球就这样在天空里十分被动地相遇了，在尖尖的塔顶里头，其实他们不是两只气球，是两匹马。天马在行空。没有体重。只有青草和毛发的气味。它们厮守在一起。摩擦。还有一些疲惫的动作。

小孔的第一次串门很不成功。从另外的一个意义上说，又是很成功的。小孔，还有王大夫，和同事们的关系一下子融洽了。融洽向来都有一个标志，彼此之间可以打打闹闹。打打闹闹是重要的，说不上推心置腹，却可以和和美美。是一种仅次于友谊的人际关系。

因为有了第一次的串门，小孔习惯于在每晚的睡眠之前到王大夫这边来一次，坐下来，聊一聊。当然，都是在洗完澡之后。

很快就成了规律。盲人是很容易养成规律的。他们特别在意培养并遵守生活上的规律,一般不轻易更改。一件事,如果第一次是这么做的,接下来他们也一定还是这么做。规律是他们的命根子,要不然就会吃苦头。随便举一个例子,走路时拐弯,你一定得按照以往的规律走,——多一步你不能拐,少一步你同样不能拐。一拐你的门牙就没了。

新的规律养成了,小孔和王大夫之间旧的规律却中断了。自从来到南京的那一天起,小孔和王大夫的生活里头多出了一样规律,每天晚上做两次爱。第一次是大动作。王大夫的第一次往往特别的野,是地动山摇的架势,拼命的架势,吃人的架势;第二次却非常的小,又琐碎又怜惜,充满了神奇的缱绻与出格的缠绵。如果说,第一次是做爱的话,第二次则完全是恋爱。小孔都喜欢。如果一定要挑,小孔也许会挑第二次,太销魂了。然而,也只是十几天的工夫,这个规律中断了。随着他们再一次的打工,他们的大动作与小动作一起没了。一到下班的时候,回到"家",小孔就特别特别地"想"。起初是脑子"想",后来身子也跟着一起"想"。脑子想还好办,身子一想就麻烦了,太折磨人了。小孔恍恍惚惚的,热热烫烫的。欲火中烧了。

这一来小孔每一次串门的情态就格外的复杂。外人不知道罢了。也许连王大夫都不一定知道。小孔很沮丧,人却特别的兴奋。沮丧和兴奋的力量都特别的大,是正比例的关系,拉力十足。这时的小孔其实很容易生气,很容易伤感,很容易动感情。落实到举止上,有意思了,喜欢发嗲,格外地渴望撒娇。娇滴滴的样子出来了。她多想扑到王大夫的怀里去啊,哪怕什么都不"做",让王大夫的胳膊箍一箍,让王大夫的嘴巴咂一咂,其实就好了。胡搅蛮缠一通也行。可是,在集体宿舍里头这怎么可以呢?不可以。小孔自己都不知道,她悄悄地绕了一个大弯子,把她的娇,还有她的嗲,一股脑儿撒到小马的头上去了。她就是喜欢和小马疯。嘴上是这样,手上也是这样。

小马的幸福在一天一天地滋生。对嫂子的气味着迷了。小马却不知道怎样才能描述嫂子的气味,干脆,他把这股子博大的气味叫做了嫂子。这一来嫂子就无所不在了,仿佛搀着小马的手,走在了地板上,走在了箱子上,走在了椅子上,走在了墙壁上,走在了窗户上,走在了天花板上,甚至,走在了枕头上。这一来男生宿舍不再是男生宿舍了,成了小马九岁的大街。九岁的大街是多么的迷人,在大商场和大酒店之外,到处悬挂着热带水果、耐克篮球、阿迪达斯T恤以及冰淇淋的大幅广告。嫂子引领着小马,她不只是和善,也霸蛮。嫂子把小马管教得死死的了。母亲原来也厉声管教过小马的,小马却逆反得很,一直在反抗。可小马在嫂子的面前就不反抗,就让她笑眯眯地挖苦吧,就让她甜滋滋地挤对吧,就让她软绵绵地收拾吧。小马心甘情愿了。似乎还有了默契。他们的配合天衣无缝。

那个星期二的晚上嫂子没有来。她感冒了,小马能听见嫂子遥远的咳嗽。小马一直坐在床沿上,不想睡,无所事事,骨子里在等。等到后来,差不多男生和女生宿舍的人都睡了,小马知道,今天等不来了。小马没有脱衣服,躺下了。他开始努力,企图用自己的鼻子来发明嫂子的气味。这是一次令人绝望的尝试,小马失败了。没有。什么都没有。该有的没有。不该有的也没有。小马在绝望之中抚摸起自己的床单,他希望能找到嫂子的头发,哪怕只有一根。小马同样没有找到。但这次荒谬的举动让小马想起了一件事,他的手臂与嫂子的胸脯那一次神秘的接触,隔着干燥而又柔和的纺织物。他的下体就是在这个妙不可言的瞬间发生了深刻的变化,越来越大,越来越粗,越来越硬。王大夫就在这个时候翻了一个身,同时还补充了一次咳嗽。小马吓住了,警觉起来。他把王大夫的咳嗽理解成了警告。他不想再坚硬,却没有找到解决问题的路径。相反,有些东西在变本加厉。

第四章　都红

都红来到“沙宗琪推拿中心”比王大夫和小孔还要早些，当然，也早不到哪里去，也就是几个月的光景。她是季婷婷推荐到“沙宗琪推拿中心”来的。因为初来乍到的缘故，在最初的那些日子里，都红每天都要和季婷婷厮守在一起。说厮守其实有些过分了，推拿师们的生活半径就这么大，无非就是推拿中心的这点地盘，再不就是宿舍。要是说厮守，十几号人其实每一天都厮守在一起。但是，就在这样的拥挤里，他们之间的关系还是有一些亲疏。她和她要好一些，他和他走动得要多一些，这些都是常有的。不过，都红只和季婷婷厮守了一两个月，很快就和高唯走到一起去了。

高唯是前台。健全人。如果都红的视力正常，都红一定可以发现，高唯是一个小鼻子小眼的姑娘。还爱笑，一笑起来上眼皮和下眼皮之间就什么都没有了，只有星星点点的一些光。大眼睛迷人，小眼睛醉人。高唯眯起眼睛微笑的时候实在是醉人的。都红看不见，当然不可能被高唯的小眼睛醉倒。可都红和高唯一天天好起来了，这是真的。好到什么地步了呢？高唯每天都要用她的三轮车接送都红上下班。盲人的行动是困难的，最大的困难还在路上。现在，有了高唯这样的无私，都红方便了。不知不觉，都红把季婷婷撇在了一边。即使到了吃饭的时间，都红也要和高唯肩并着肩，一起咀嚼，并一起下咽。

高唯前来应聘的时候还不会骑三轮车。自行车当然骑得很利落了。来到“沙宗琪推拿中心”的第一天，沙复明给高唯提出了一个要求，赶紧学会三轮车。高唯说：“自行车两个轮子，我骑上去就跟玩似的，三轮车有三个轮子，还不是上去就走么?”沙复明就让高唯到门口去试试。一试，出洋相了。高唯居然拿她的三轮车和墙面对着干，一边撞还一边叫。所有的盲人都听到了高唯失措的呼喊，最终，咚的一声，高唯和三轮车一起被墙面弹回来了。笑死了。

高唯从地上爬起来，研究了一番，明白了。自行车虽然有龙头，但拐弯主要还是借助于身体的重心，龙头反而是辅助性的了。三轮车因为有三个轮子的缘故，它和路面的关系是固定的。到了拐弯的时刻，骑车的人还是习惯于偏转身体的重心，可这一次不管用了，三轮车还是顺着原先的方向往前冲。那就刹车吧，不行。三轮车的刹车不在龙头底下，用的是手拉，情急之中你想不起来也用不起来。这一来车身就失控了。高唯的运气好，她试车的时候前面是墙，如果是长江，三轮车也照样冲下去，高唯她叫得再响也没有用。

前台最要紧的工作是安排客人，制表和统计一样重要。但是，在推拿中心，有一项工作也必不可少，那就是运送枕巾和床单。按照卫生部门的规定，推拿中心的枕巾和床单必须一人一换。用过的枕巾和床单当然要运回去，漂洗干净了，第二天的上午再运过来。这一来就必然存在一个接送的问题。为了节约人手，沙复明就把接送枕巾和床单的任务交给了前台。不会骑三轮车，无论你的眼睛怎样的迷人和怎样的醉人，沙复明坚决不录用。

好在三轮车也不是飞机，尝试了几下，高唯已经能够熟练地向左转和向右转了，还能够十分帅气地从裤裆的下面拉上刹车。和推拿师以及服务员比较起来，在推拿中心做前台算是一个好差事了。主要是可以轮休。也就是说，做一天就歇一天。但是，高唯从来都不轮休，每一天都要上下班。她上班的目的是为了把都红送过去，到了深夜，再用三轮车把都红接回来。正因为这一层，都红和季婷婷的关系慢慢地淡了，最终和高唯走到了一起。她们两个连说话都不肯大声地喧哗，而是用耳语。叽叽喳喳的。如果有人问她们："说什么呢?"都红一般都是这样回答："说你的坏话呢。"

季婷婷把这一切都"看"在眼里，心里头老大的不痛快。好在都红聪明，在这个问题上调剂得不错，时不时给季婷婷送一些吃的。比方说，三四瓣橘子，七八颗花生，四五个毛栗子。每一次都是这么一点点，却亲亲热热的，像是专门省给了婷婷姐。这一来反而把这一点可怜的吃食弄出人情味来了，越是少吃起来才越是香，完全是女人们之间的小情调。都红偶尔还给季婷婷梳梳头。季婷婷究竟是一个心胸开阔的女人，又比都红年长好多岁，不再介意了。她对都红的态度分外的满意。都红都意思到了，行了。都是盲人，可以理解的。和"三轮车"把关系搞搞好，多多少少是个方便。

都红学推拿不能算是专业，顶多只能算是半路出家。还在青岛盲校的时候，她的大部分精力一直都花在音乐上了。如果都红当初听从了老师的教导，她现在的人生也许就在舞台上了。老师们都说，都红在音乐方面有天分，尤其是音乐的记忆上面。一般来说，当事人永远也不可能知道自己在某个方面的才能，当这种才能展露出来的时候，他能知道的只有一点——做起来特别的简单。

音乐相对于都红来说正是这样了。都红是怎么学起音乐来的呢？这话说起来远了，一直可以追溯到都红的小学五年级。那一天都红她们学校包场去"看"电影，电影是好莱坞的，所描绘的是未来的宇宙，从头到尾就听见很尖锐的声音在那里乱窜。音乐就更乱了，很不着调，又空洞又刺耳，这就是所谓的太空音乐了吧。一个星期之后，都红的音乐老师到卫生间里小解，听到有人在一边哼，耳熟，却不知道是什么。一想，想起来了，可不是好莱坞的太空音乐么？老师洗过手，就站在那里等，最后等出来的却是都红。老师就问，这么乱哄哄的乐曲你也能记得住？都红很不解，笑了，反过来问她的老师："音乐又不是课文，需要记么？"这句话听上去大了。如果这句话是一个健全人说出来的，多多少少都有点自信得过了头的意思。盲人没有这样的自信。即使有，他们的表达也不是这种样子。所以，这句很"大"的话在都红的嘴里只有一个意思，是一句实话。

老师便把都红拉到了办公室，当着所有老师的面，给都红弹奏了一段勃拉姆斯。四句。弹完了，老师把双手放在膝盖上，等着都红视唱。都红站在钢琴的旁边，两只胳膊挂在那儿，怎么说都不出声。老师知道了，她这是不好意思。就用表情示意其他老师"都出去"。老师们都离开了，都红站在那里，还是不肯。躲在窗外的老师们最终失去了耐心，散了。等他们真的散了，都红开始了她的视唱。她视唱的是右手部分，也就是旋律。音程和音高都很准。老师还没有来得及赞叹，令人惊奇的事情发生了，都红把左手的和声伴奏也视唱出来了。这太难了。太难了。只有极少数的天才才能够做到。老师惊呆了，双手扶着都红的肩膀，向左拨了一下，又向右拨了一下，用力地看。这孩子是都红么？是那个数学考试总是四十多分的小姑娘么？

这孩子是都红。学数学，她不灵。学语文，她不灵。学体育，她也不灵。音乐却不用学，一听就灵。怎么就没发现呢？可现在发现也不晚哪，她才五年级。老师当机立断，抓她的钢琴。都红却不感兴趣。老师说，你究竟对什么感兴趣？都红说，我喜欢唱歌。老师坐在了琴凳上，急了，不停地用巴掌拍打自己的大腿，用的是进行曲的节拍——

都红，你不懂事啊，不懂事！你一个盲人，唱歌能有什么出息？你一不聋，二不哑巴，能唱出什么来？什么是特殊教育，啊？你懂么？说了你也不懂。特殊教育一定要给自己找麻烦，做自己不能做的事情。比方说，聋哑人唱歌，比方说，肢体残疾的人跳舞，比方说，有智力障碍的人搞发明，这才能体现出学校与教育的神奇。一句话，一个残疾人，只有通过千辛万苦，上刀山、下火海，做——并做好——他不方便、不能做的事情，才具备直指人心、感动时代、震撼社会的力量。你一个盲人，唱歌有什么稀奇？嘴巴一张就来了嘛。可弹钢琴难哪。盲人最困难的是弹、钢、琴——你懂不懂？你多好的条件啊，怎么就不知道珍惜？你这是懒！——把你的家长喊过来！

都红没有喊家长。妥协了。钢琴老师像一个木匠，她把都红打成了一条凳子，放在了钢琴的前面。都红的进步可以用神速去形容，仅用了三年的工夫，她的钢琴考试达到了八级。都红创造了一个奇迹。

初中二年级，都红的奇迹突然中断了。是她自行了断的。都红说什么也不肯坐到钢琴的面前去了。

这一切都因为一次演出，是一台向残疾人“献爱心”的大型慈善晚会。晚会上来了许多大腕，都是过气的影视明星和当红的流行歌手。作为一名特约演员，都红穿着一身喇叭状的拖地长裙，参加这台晚会来了。都红即将演奏的是巴赫的三部创意曲。这是一部复调作品，特别强调左右手的对位。很难。要说把握，都红对二部创意曲的把握更大些。但是，老师鼓励她了，要上就上难的。这是都红第一次正式的演出，一上台都红就觉得不对劲。她的手紧张。尤其是无名指，突然失去了往昔的自主性，僵硬了，一直都没有呈现出欲罢不能的好局面。要是往细处追究一下的话，“无名指无力”是都红的一个老问题了，都红花过很大的工夫，似乎已经好了。但是，就在这样一个隆重的场合，她“无名指无力”这个老问题再一次出现了。为了增加无名指的力量，都红唯一可做的事情就是发力，她借助于手腕的力量，把无名指往琴键上砸。这一来都红手指上的节奏就乱了，都红自己都不敢听了。这哪里是巴赫？这哪里还是巴赫？

都红是唯美的。她唯一想做的事情就是停下来。停下来，从头开始，重来一遍。可是，这不是练琴，这是公开演出。都红只能顺着旋律把她的演奏半死不活地往下拖。都红的心情严重地变形了。很不甘。她像吃了一大堆苍蝇。手上却又出错了。她的演奏效果连练琴时的一半都没有达到。都红只有破罐子破摔。心中充满了说不出的懊丧。

都红好几次都想哭了，还好，都红没有。都红都不知道自己是怎么弹完的。最后一个音符即将来临，都红伴随着极大的委屈，提起胳膊，悬腕，张开了她的手指。仿佛了却一个心思一样，都红屏住呼吸，把她所有的指头一股脑儿摁在了琴键上。她在等。等弹完最后一个节拍，都红吸气，提腕，做了一个收势。总算完了。第三创意曲丑陋不堪。太丢人了，太失败了。这个时候的都红终于有些憋不住了，想哭。掌声却响了起来，特别的热烈，是那种热烈的、经久不息的掌声。都红就百感交集。站起来，鞠躬。再鞠躬。女主持人就在这个时候出现了。女主持人开始赞美都红的演奏，她一连串用了五六个形容词，后面还加上了一大堆的排比句。一句话，都红的演奏简直就完美无缺。都红想哭的心思没有了，心却一点一点地凉下去。是苍凉。都红知道了，她到底是一个盲人，永远是一个盲人。她这样的人来到这个世界只为了一件事，供健全人宽容，供健全人同情。她这样的人能把钢琴弹出声音来就已经很了不起了。

女主持人抓住都红的手，把她向前拉，一直拉到舞台的最前沿。女主持人说："镜头，给个镜头。"都红这才知道了，她这会儿在电视上。全省，也许是全国人民都在看着她。都红一时就不知道怎么才好了。女主持人说："告诉大家，你叫什么名字？"

都红说："都红。"女主持人说："大声一点好么？"都红大声地说："都——红。"女主持人说："现在高兴么？"都红想了想，说："高兴。"女主持人说："再大声一点好么？"都红的脖子都拉长了，呐喊着说："高——兴！""为什么高兴？"女主持人问。为什么高兴？这算什么问题？这算什么问题呢？这个问题把都红难住了。女主持人说："这么说吧，你现在最想说的话是什么？"都红的嘴巴动了动，想起了"自强不息"，想起了"我要扼住命运的咽喉"，这些都是现成的成语和格言，都红一时却没能组织得起来。好在音乐响起来了，是小提琴，一点一点地，由远及近，由低及高，抒情极了，如泣如诉的。女主持人没有等待都红，她在音乐的伴奏下已经讲起都红的故事了。所用的语调差不多就是配乐诗朗诵。她说"可怜的都红"一出生就"什么都看不见"，她说"可怜的都红"如此这般才鼓起了"活下去的勇气"。都红不高兴了。都红最恨人家说她"可怜"，最恨人家说她"什么都看不见"。都红站在那里，脸已经拉下了。但女主持人的情感早已酝酿起来了，现在正是水到渠成的时候。她声情并茂地问了一个大问题，"都红为什么要再今天为大家演奏呢？"是啊，为什么呢？都红自己也想听一听。台下鸦雀无声。女主持人的自问自答催人泪下了，"可怜的都红"是为了"报答全社会——每一个爷爷奶奶、每一个叔叔阿姨、每一个哥哥姐姐、每一个弟弟妹妹——对她的关爱"！小提琴的旋律刚才还是背景的，现在，伴随着女主持人的声音，推出来了，回响在整个大厅，回响在"全社会"的每一片大地。这是哀痛欲绝的旋律，像挽歌，直往人伤心的地方钻。女主持人突然一阵哽咽，再说下去极有可能泣不成声。"报答"，这是都红没有想到的，她只是弹了一段巴赫。她想弹好，却没有能够。为什么是报答？报答谁呢？她欠谁了？她什么时候亏欠的？还是"全社会"。都红的血在往脸上涌。她说了一句什么，她清清楚楚地知道自己说了一句什么，然而，话筒不在她的手上，说了也等于没说。小提琴的旋律已经被推到了高潮，戛然而止。在戛然而止的同时，女主持人的话刚好画上了句号。女主持人搂住了都红的肩膀，扶着她，试探性地往下走。都红一直不喜欢别人搀扶她。这是她内心极度的虚荣。她能走。即使她“什么都看不见”，她坚信自己一定可以回到后台去。“全社会”都看着她呢。都红想把女主持人的手推开，但是，爱的力量是决绝的，女主持人没有撒手。都红就这样被女主持人小心翼翼地搀下了舞台。她知道了，她来到这里和音乐无关，是为了烘托别人的爱，是为了还债。这笔债都红是还不尽的，小提琴动人的旋律就帮着她说情。人们会哭的，别人一哭她的债就抵消了。——行行好，你就可怜可怜我吧！都红的手都颤抖了，女主持人让她恶心。音乐也让她恶心。都红仰起脸来，骄傲地伸出了她的下巴——音乐原来就是这么一个东西。贱。

都红的老师站在后台，她用她的怀抱接住了都红。她悲喜交加。都红不能理解她的老师哪里来的那么多的喜悦与悲伤，不知道该做怎样的应答。她只是在感受老师的鼻息，炙热的，已经发烫了。

都红似乎是被老师的鼻息烫伤了，再也没有走进钢琴课的课堂。老师一直追到都红的宿舍，问她为什么不去。都红把宿舍里的同学打发干净，说：“老师，钢琴我不学了，你教我学二胡吧。”

老师纳闷了：“什么意思？”

都红说：“哪一天到大街上去卖唱，二胡带起来方便。”

都红的这席话说得突兀了。口吻里头包含了与她的年纪极不相称的刻毒。但都红所说的却是实情，她也不小了，得为自己的未来打算。总不能一天到晚到舞台上去还债吧？她要还到哪一天？

去他妈的音乐！音乐从一开始就他妈的是个卖×的货！她

只是演奏了一次巴赫,居然惹得一身的债。这辈子还还不完了。这次演出成了都红内心终生的耻辱。

都红悬崖勒马了。她在老师的面前是决绝的。她不仅拒绝了钢琴课,同样拒绝了所有的演出。“慈善演出”是什么,“爱心行动”是什么,她算是明白了。说到底,就是把残疾人拉出来让身体健全的人感动。人们热爱感动,“全社会”都需要感动。感动吧,流泪吧,那很有快感。别再把我扯进去了,我挺好的。犯不着为我流泪。

想过来想过去,都红最终选择了中医推拿。说选择是不对的,都红其实别无选择。都红再一次伸出她的双手了,这一次触摸的却不是琴键,而是同学的身体。说起推拿,生活拿都红开玩笑了,钢琴多难?可都红学起来几乎就不用动脑子;推拿这么容易,都红却学不来。就说人体的穴位吧,都红怎么也记不住;记住了,却找不准;找准了,手指头又“拿”不住。钢琴的指法讲究的是轻重与缓急,都红便把这种轻重缓急投放到同学的身体上去了。看看同学们是怎样讥讽都红的,她摁一下,同学就说:“多——”她又摁一下,同学又说:“来——”下面自然是“米发韶拉西”。都红就掐。同学只能“哎哟”。笑是笑了,闹是闹了,都红免不了后悔。那么多的好时光白白地浪费了,毕业之后她如何是好啊。

都红最终绕了一个巨大的弯子才到了南京。通过朋友的朋友的朋友,都红认识了季婷婷。季婷婷远在南京,是那种特别热心的祖宗。她的性格里头有那种“包在我身上”的阔大气派,这一点在盲人的身上是很罕见的。说到底还是她在视力上头有优势。季婷婷的矫正视力可以达到 B-3。虽说是朋友的朋友的朋友,季婷婷对着手机发话了,季婷婷说:“都是朋友。妹子,来吧。南京挺好的。”

还没有见面,季婷婷就把都红叫做“妹子”了,都红只好顺着季婷婷的思路,把季婷婷叫做了“婷婷姐”。其实都红不喜欢这样。土。还有令人生厌的江湖气。但江湖气也有江湖气的好处,利索。一到南京,季婷婷就把都红带到沙复明的面前,季婷婷说:“沙老板,又是一棵摇钱树来啦。”

沙复明提出面试。这个当然。季婷婷是业内人士,自然要遵守这样的一个规矩。季婷婷拉过沙复明,把他推进了推拿房,直接就把沙复明摁在了床上。季婷婷拿起都红的手,放到了沙复明的脖子上去了。都红对季婷婷的这一个举动印象很不好,她也太显摆自己的视力了。都红的手指头一搭上沙复明的脖子沙复明就有数了。都红不是吃这碗饭的人。

沙复明趴在了床上,一边接受都红的推拿,一边开始发问。都红的籍贯啦,都红的年龄啦,就这些,杂七杂八,口气并不怎么好,完全是一副大老板的派头了。都红一一做了回答。沙复明后来又问起了都红所受业的学校,都红还是如实做了回答。沙复明不说话了,话题一转,开始和都红聊起了教育。这时候都红正在给沙复明放松脖子,沙复明的脸陷在洞里头,兀自笑了。这哪里是推拿?挠痒痒了嘛。沙复明很沉重地叹了一口气,说:

“现在的教育,误人子弟啊。”

沙复明所讥讽的是“现在的教育”,和都红没有一点关系。但是,都红多聪明的一个人,停住了。愣了片刻,两只手一同离开了沙复明的身体。

关于都红的业务,沙复明没有给季婷婷提及一个字。他来到了门口,掏出一张人民币。是五十。沙复明说:“给你一天假,你带小姑娘到东郊去遛遛,好歹也来了一趟南京。千里迢迢的。”意思已经都在明处了。季婷婷把钱挡了回去,只是摁住沙复明的手,不动。是恳请的意思。沙复明笑了,是嘴角在笑,说:“你这是在逼我。”沙复明把上身欠过去了,对着季婷婷的耳朵说:“不是一般的差。”

沙复明拍了两下季婷婷的肩膀，离开了。对季婷婷，沙复明一直都是照顾的，多多少少有些另眼相看的意思。然而，现在所面临的是原则性的问题，沙复明不可能让步。沙复明没有走进休息区。他知道都红这刻正在里头，说不准两个人的身体就撞上了。还是不要撞上的好。

季婷婷站在推拿中心的门口，心情一下子跌落下去了。一口气眨巴了十几下眼睛。她掏出手机来，想给远方的赵大姐打个电话。都红毕竟是赵大姐托付给自己的。可这个话怎么对赵大姐说，还是个问题了。赵大姐在电话里给季婷婷交代过的，"无论如何也得帮帮她"，几乎就是恳求了。恳求这东西就是这样，到了一定的地步，它就成了死命令。季婷婷想过来想过去，只好把手机又装回去。

手机却响了。季婷婷把手机送到耳边，却是都红的声音。都红说："婷婷姐，我都知道了，没事的。"

"你在哪儿？"

"我在卫生间里。"

"你干吗不出来和我说话？"

都红停顿了一会儿，轻声说："我还是在卫生间里头待一会儿吧。"

季婷婷越发不知道怎么说好了，隔了半天，说："南京有个中山陵，你知道的吧？"

都红没有说知道，也没有说不知道，都红说："婷婷姐，没事的。"

季婷婷的心口突然就是一阵紧。都红这样文不对题地说话，只能说明一个问题，她的心早已经乱了。都红此时此刻的心情季婷婷能够理解，这毕竟是都红第一次出门远行哪。对一个盲人来说，天底下最困难的事情是什么？是第一次出门远行。尤其是一个人出门远行。这里头的担心、焦虑、胆怯、自卑，都会以一种无限放大的姿态黑洞洞地体现出来,让人怕。这怕是虚的,也是实的,是假的,也是真的。真真假假,虚虚实实,就看你撞上什么了。盲人的怕太辽阔了,和看不见的世界一样广袤,怕什么呢?不知道。都红偏偏就是这样不走运,第一脚就踩空了。是踩空了,不是跌倒了,这里头有根本的区别。跌倒了虽然疼,人却是落实的,在地上;踩空了就不一样了,你没有地方跌,只是往下坠,一直往下坠,不停地往下坠。个中的滋味比粉身碎骨更令人惊悸。

季婷婷把手机握得紧紧的。她到底是个过来人,不知道说什么好了。

当天夜里季婷婷让都红挤在了自己的床上。床太小,两个人都只能侧着身子。起初是背对背,只躺了一会儿,季婷婷觉得不合适,翻了个身,面对着都红的后背了。既然说不出什么来,那就抚摸抚摸都红的肩膀吧,好歹是个安慰。

都红也翻了个身,抬起胳膊,想把胳膊绕到季婷婷的后背上,一不小心,却碰到季婷婷的胸脯上去了。都红把手窝起来,做成半圆的样子,顺势就捂了上去。都红说:"你的怎么这么好啊?"这不是一个好的话题。但是,对于没话找话的两个女人来说,这已经是一个很不错的话题了。季婷婷也摸了摸都红的,说:"还是你的好。"季婷婷补充说:"我原先真是挺好的,现在变了,越长越开,都分开了。"都红说:"怎么会呢?"季婷婷说:"怎么不会呢?"都红就想,自己也有分开的那一天的吧。季婷婷却把嘴唇一直送到都红的耳边,悄声说:"有人摸过没有?"都红说:"有。"季婷婷来劲了,急切地问:"谁?"都红说:"一个女色鬼,很变态的。"季婷婷愣头愣脑的,还想了一会儿,这才弄明白了。一明白过来就捉住都红的乳头,两个指头猛地就是一捏。季婷婷的手指头没轻没重的,都红疼死了,直哈气。季婷婷的手实在是太没轻没重了。

就这么嬉戏了一回，都红也累了，毕竟抑郁，很快就睡着了。睡着了的都红老是往季婷婷的怀里拱，肩膀那个部位还一抽一抽的。盲人的不安全感是会咬人的，咬到什么程度，只有盲人自己才能知道。季婷婷便把都红搂住了，这一搂，季婷婷睡不着了。季婷婷第一次面试的时候是在北京，十分钟不到就给人打了回票。季婷婷是记得的，她就觉得自己的身体在往下坠，一直在往下坠，不停地往下坠。然而，季婷婷毕竟是幸运的，赵大姐就是在那样的时候出现了，她帮助了她。季婷婷对赵大姐永远有说不尽的感谢，一直想报答她。又能报答什么呢？似乎也没有什么可以报答的。季婷婷能做的也就是帮别人，像赵大姐所关照的那样，一个帮一个，一个带一个。季婷婷做到了么？没有。季婷婷怎么也睡不着了。

季婷婷后悔得要命。事情没有办好。都红怎么办呢？季婷婷只能搂着都红，心疼她了。

无论如何，明天得把都红留住。去不去东郊再说，让她在南京歇一天也是好的。还是带都红去一趟夫子庙吧，逛一逛，吃点小吃，最后再给她备上一份小礼物。一句话，一定要让都红知道，南京绝对不是她的伤心地。这里有关心她的人，有心疼她的人。她只是不走运罢了。这么一想季婷婷就不太敢睡，起码不能睡得太死，绝对不能让都红在一清早就提着行李走人。

季婷婷到了下半夜才入睡，一大早，她却睡死了。不过，她所担心的事情却没有发生。一觉醒来，都红表态了，中山陵她不去，夫子庙她也不去。态度相当的坚决。都红说，她还是想"陪着婷婷姐"到推拿中心去。季婷婷误会了，以为都红这样做是为了不耽搁她的收入，好歹也是一天的工钱呢。等来到了推拿中心，季婷婷发现，不是的。她季婷婷小瞧了这个叫都红的小妹妹了。

都红换了一件红色的上衣。她跟在季婷婷的身后，来到了

"沙宗琪推拿中心"。当着所有人的面,突然喊了一声"沙老板"。都红说:"沙老板,我知道我的业务还达不到你的要求,你给我一个月的时间行不行?我就打扫打扫卫生,做做辅助也行。我只在这里吃三顿饭。晚上我就和婷婷姐挤一挤。一个月之后我如果还达不到你的要求,我向这里的每一个人保证,我自己走人。我会在一年之内把我的伙食费寄回来。希望沙老板你给我这个机会。"

都红一定是打了腹稿了。她的语气很胆怯,听上去有些喘,还夹杂了许多的停顿,这一席话她差不多就是背诵下来的。然而,都红自己并不知道,她的举动把所有的人都镇住了。都红胆战心惊地展示了她骨子里气势如虹。

沙复明没有想到会出现这样的一个局面。如果都红是一个健全人,她的这一席话就太普通了,然而,都红是一个盲人,她的这一席话实在不普通。盲人的自尊心是骇人的,在遭到拒绝之后,盲人最通常的反应是保全自己的尊严,做出"此处不留爷自有留爷处"的派头。都红偏偏不这样。沙复明被震惊了。沙复明当即就问了自己一个问题:在同样的情况下,你自己会不会这样做?答案是否定的。然而,都红这样做了,沙复明并不觉得有什么不妥,相反,他惊诧于她的勇气。看起来盲人最大的障碍不是视力,而是勇气,是过当的自尊所导致的弱不禁风。沙复明几乎是豁然开朗了,盲人凭什么要比健全人背负过多的尊严?许多东西,其实是盲人自己强加的。这世上只有人类的尊严,从来就没有盲人的尊严。

"行。"沙复明恍恍惚惚地说。

沙复明天生就是一个老板,有他好为人师的一面。他真的开始给都红上课了,尽心尽力的。而都红,则学得格外的努力。说到底盲人推拿也不是弹钢琴,还是好学的,并不是什么了不得的大学问,也不需要什么了不得的大智慧。都红只是"不通",

在认识上有所偏差罢了。沙复明严肃地告诉都红，穴位呢，一下子找不准其实也没有什么大不了的。你要聪明一些。你要尝试着留意客人的反应。喏，这是天中穴，一个痛穴。沙复明现身说法了，一下子就把都红的天中穴给摁住了，大拇指一发力，都红便是一声尖叫。沙复明说，你看看，你有反应了吧？客人也一样。他们会发出一些声音，再不然就是摆摆腿。——这些反应说明了什么？说明你的穴位找准了。你要在这些地方多用心思。

——不要担心客人怕疼。担心什么呢？你要从客人的角度去认识问题。客人是这样想的：我花了钱请你来做推拿，一点也不疼，不等于白做了？人都是贪婪的，每个人都喜欢贪便宜，各有各的贪法。对有些客人来说，疼，就是推拿；一点不疼，则是异性按摩。所以呢，让他疼去，别怕。疼了他才高兴。如果客人叫你轻一点，那你就轻一点。这个时候轻，他就不会怀疑你的手艺了。

都红在听。都红发现，语言也有它的穴。沙复明是个不一般的人，他的话总能够把语言的穴位给"点"到，然后，听的人豁然开朗。都红很快就意识到了，她的业务始终过不了关，问题还是出在心态上。她太在意别人了，一直都太小心、太犹豫。不敢"下手"。怎么能把客人的身体看作一架钢琴呢？客人的身体永远也不可能是一架钢琴，该出手时一定要出手。他坏不了。下手一定要重。新手尤其是这样。下手重起码是一种负责和卖力的态度。如果客人喊疼了，都红就这样说："有点疼了吧？最近比较劳累了吧？"这样多好，既有人际上的亲和，又有业务上的权威，不愁没有回头客的。说白了，推拿中心就是推拿中心，又不是医院，来到这里的人还不就是放松一下？谁会到这里来治病？一个人要是真的生了病，往推拿中心跑什么，早到医院去了。

依照沙复明原来的意思，好好地调教都红一段日子，往后怎么办，完全看她的修行了。沙复明只要做到问心无愧就可以。行，留下来，不行，都红也不至于让沙复明白白地养活她。不至于的。然而，意想不到的事情发生了，沙复明去了一趟厕所，都红上钟去了。沙复明把前台高唯叫到了一边，问："谁让你安排的？"高唯很委屈，说："是客人自己点的钟，我总不能不安排吧？"沙复明不吭声了，后悔自己不该有这样的妇人之仁。都红的烂手艺迟早要砸了自己的小招牌。"沙宗琪推拿中心"可也是刚刚才上路，口碑上要是出了大问题，如何能拉得回来？

不可思议的不是都红上钟。不可思议的是，都红的生意在沙复明的眼皮子底下一点一点兴旺起来了。清一色是客人点的钟。慢慢地居然还有了回头客。沙复明当然不便阻拦，客人点了她，还回头了，他一个当老板的，总不能从学术的角度去论证自己的推拿师不行吧。沙复明不放心，悄悄做了几回现场的考察，都红不只是生意上热火朝天，和客人相处得还格外的热乎。怎么会这样的呢？

答案很快就揭晓了。答案令沙复明大惊失色，都红原来是个美女，惊人的"漂亮"。关于推拿师们的"长相"，沙复明多少是了解的，他听得多了。客人们闲得无聊，总得做点什么，又做不了，就说说话。其实都是扯咸淡了。有时候免不了也会赞美一番推拿师们的模样，身材，还有脸蛋。老一套了。无非是某某某推拿师（女）"漂亮"，某某某推拿师（男）"帅气"。沙复明自己还被客人夸过"帅气"呢，说的人和听的人都不会往心里去。退一步说，就算客人们说的都是真话，某某某（女）确实是个美女，沙复明反正也看不见，操那份心做什么？他才不在乎谁"漂亮"谁"不漂亮"呢。把生意做好了，把客人哄满意了，你就是"漂亮"。

这一天来了一拨特殊的客人，是一个剧组，七八个人，一起挤在了过道里。领头的是一个五十开外的男子,嗓音很浑,一口地道的京腔。大伙儿都叫他“导演”。导演是怎样的人物,沙复明知道。虽说是过路客,沙复明还是做出了一个决定,给予导演与剧组最优质的服务。他亲自询问了人数,派出了推拿中心的所有精英,当然,他自己倒没有亲自出马,却把另外一位老板张宗琪也安排进去了。推拿中心的面积本来就不大,七八个人一起挤进来,浩浩荡荡的了,“沙宗琪推拿中心”顿时就洋溢起生意兴隆的好气象。沙复明的心情好极了。把客人和推拿师成双成对地安顿好了,沙复明搓着手,来到了休息区,说:“拍电视剧的,拍过《大唐朝》,你们都听说过吧?”

《大唐朝》,都红听说过。还“看”过一小部分。音乐一般,主题曲《月比太阳明》倒还不错。都红正坐在桌子的左侧,脸对着沙复明,两只手平放在大腿上,微笑着。说起都红的“坐”,她的“坐”有特点了。是“端坐”。因为弹钢琴的缘故,都红只要一落座,身姿就绷得直直的,小腰那一把甚至有一道反过去的弓。这一来胸自然就出来了。上身与大腿是九十度,大腿与小腿是九十度。两肩很放松,齐平。双膝并拢。两只手交叉着,一只手覆盖着另一只手,闲闲静静地放在大腿上。她的坐姿可以说是钢琴演奏的起势,是预备;也可以说,是一曲幽兰的终了。都红“端坐”在桌子的左侧,微笑着,其实在生气。她在生沙老板的气,同时也生自己的气。沙老板凭什么不安排她?她都红真的比别人差多少么?都红不在意一个钟的收入,她在意的是她的脸面。但是都红有一个习惯,到了生气的时候反而能把微笑挂在脸上。这不是给别人看的,是她内心深处对自己的一个要求。即使生气,她也要仪态万方。

都红微笑了差不多有一个小时,这就是说,她生了一个小时的气。一个小时之后,导演带着他的人马浩浩荡荡地出来了。导演似乎来了一股特别的兴致,他想在推拿中心走一走,看一看。说不定下一次拍戏的时候用得上呢。沙复明就把导演带到了休息区。推开门,沙复明说:“导演来看望大家了。大家欢迎。”休息区的闲人都站立起来了,有几个还鼓了掌。掌声寥落,气氛却热烈,还有点尴尬。主要是大伙儿有点激动。他们可是“剧组”的人哪。

都红只是微笑,轻轻点了点头。却没有起身。导演一眼就看到了都红。都红简直就是一个刚刚演奏完毕的钢琴家。他站住了,不说话,却小声地喊过来一个女人。沙复明就听见那个女人轻轻地“啊”了一声。是赞叹。沙复明当然不知道这一声赞叹的真实含义:都红在那个女人的眼里已经不再是钢琴家了,而是一个正在加冕的女皇。亲切,高贵,华丽,一动不动,充满了肃穆,甚至是威仪。沙复明不知情,客客气气地说:“导演是不是喝点水?”导演没有接沙老板的话,却对身边的一个女人低语说:“太美了。”女人说:“天哪。”女人立即又补充了一句:“真是太美了。”那语气是权威的,似科学的结论一样,毋庸置疑了。沙复明不明所以,却听见导演走进了休息区。导演小声问:“你叫什么?”漫长的一阵沉默之后,沙复明听到了都红的回答,都红说:“都红。”导演问:“能看见么?”都红说:“不能。”导演叹了一口气,是无限的伤叹,是深切的惋惜。导演说:“六子,把她的手机记下来。”都红不卑不亢地说:“对不起,我没有手机。”沙复明后来就听见导演拍了拍都红的肩膀。导演在门外又重复了一遍:“太可惜了。”沙复明同时还听到了那个女人进一步的叹息:“实在是太美了。”她的叹息是认真的,严肃的,发自肺腑,甚至还饱含了深情。

浩浩荡荡的人马离开了。刚刚离开,“沙宗琪推拿中心”再一次安静下来了。说安静不准确了。这一回的安静和平日不一样,几乎到了紧张的地步。所有的盲人顷刻间恍然大悟了,他们知道了一个惊天的秘密:“他们”中间有一位大美女。惊若天人。要知道,这可不是普通客人的普通戏言。是《大唐朝》的导演说的。是《大唐朝》的导演用普通话严肃认真地朗诵出来的。简直就是台词。还有证人,证人是一位女士。

当天夜里,推拿中心的女推拿师们不停地给远方的朋友们发短信,她们的措辞是神经质的,仿佛是受到了惊吓:——你知道吗?——我们店有一个都红,——你不知道她有多美!她们一点都不嫉妒。被导演“看中”的美女她们怎么可能嫉妒呢?她们没有能力描述都红的“美”。但是,没关系。她们可以夸张。实在不行,还可以抒情。说到底,“美”无非是一种惊愕的语气。她们不是在说话,简直就是在咏叹,在唱。

这是一个严肃的夜晚。沙复明躺在床上,满脑子都是都红。却不成形。有一个问题在沙复明的心中严重起来了。很严重。

什么是“美”?

沙复明的心浮动起来了,万分的焦急。

第五章　小孔

情欲是一条四通八达的路，表面上是一条线，骨子里却链接着无限纷杂和无限曲折的枝杈。从恢复打工的那一天起，小孔就被情欲所缠绕着。王大夫也一直被情欲所缠绕着。当情欲缠绕到一定火候的时候，新的枝杈就出现了，新的叶子也就长出来了。小孔，王大夫，他们吵嘴了。恋爱中的人就这样，他们的嘴唇总是热烈的，最适合接吻。如果不能够接吻，那么好，吵。恋爱就是这样的一个基本形态。

王大夫和小孔吵嘴了么？没有吵。却比吵还要坏。是冷战，腹诽了。不过，两个当事人还是心知肚明的，他们吵嘴了。

小孔每天深夜都要到王大夫这边来，王大夫当然是高兴的。次数一多，时间一久，王大夫看出苗头来了。小孔哪里是来看他？分明是来看望小马。看就看吧，王大夫的这点肚量还是有的。可是，慢慢地，王大夫扛不住了，她哪里是来看望小马，简直就是打情骂俏。小马还好，一直都是挺被动的，坐在那里不动。可你看看小孔现在是一副什么模样，是硬往上凑。王大夫一点也看不见自己的表情，他的表情已经非常严峻了。嘴不停地动。他的两片嘴唇和自己的门牙算是干上了，一会儿张，一会儿闭。还用舌头舔。心里头别扭了。是无法言说的酸楚。

小孔哪里是打情骂俏，只是郁闷。是那种饱含着能量、静中有动的郁闷，也就是常人所说的“闷骚”。上班的时候尤其是这样。下了班，来到王大夫的宿舍，她的郁闷换了一副面孔，她的人来疯上来了。精力特别的充沛。她的人来疯当然是冲着王大夫去的，可是，不合适，却拐了一个神奇的弯，扑到小马的头上去了。这正是恋爱中的小女人最常见的情态了，做什么事都喜欢指西打东。王大夫哪里知道这一层，王大夫就觉得他的女朋友不怎么得体，对着毫不相干的男人春心荡漾。他的脸往哪里放？

好好的，小孔和小马终于打了起来。说打起来就冤枉小马了，是小孔在打小马。为了什么呢？还是为了“嫂子”这个称呼，是历史上遗留下来的老问题了。小孔在这个晚上格外的倔强，一把揪起小马的枕头，举了起来。她威胁说，再这么喊她就要“动手”了。可她哪里知道小马，软弱无用的人犟起来其实格外犟。小孔真的就打了。她用双手抡起了枕头，一股脑儿砸在了小马的头上。她知道的，终究是个枕头罢了，打不死，也打不疼。

这一打打出事情来了，小马不仅没有生气，私底下突然就是一阵心花怒放。小马平日里从来不回嘴，今天偏偏就回了一句嘴：

“你就是嫂子！”

小马的话无异于火上浇油。枕头不再是枕头，是暴风骤雨。抡着抡着，小孔抡出了瘾，似乎把所有的郁闷都排遣出来了。一边抡，她就一边笑。越笑声音越大，呈现出痛快和恣意的迹象来了。

小孔是痛快了，一旁的王大夫却没法痛快。他的脸阴沉下去，嘴巴动了几下，想说点什么，最终却什么都没说。悄悄地，爬到自己的上铺去了。小孔正在兴头上，心里头哪里还有王大夫？她高举着枕头，拼了命地砸。一口气就砸了好几十下。几十下之后，小孔喘着粗气，疲乏了。回过头再找王大夫，王大夫却没了。小孔“咦”了一声，说：“人呢？”王大夫已经在上铺躺下了。小孔又说了一句：“人呢？”

上铺说:“睡了。”

声音含含糊糊的。他显然是侧着身子的,半个嘴巴都让枕头堵死了。

恋人之间的语言不是语言,是语气。语气不是别的,是弦外之音。小孔一听到王大夫的口气心里头就是一沉,立即意识到了,他不高兴了。宿舍里顿时安静了下来。这安静让小孔的脸上很不好看,是那种下不了台的很不好看。小孔对王大夫的不高兴很不高兴。你还不高兴了!你知道我心里的感受么?你凭什么不高兴?小孔的双肩一沉,丢下了手里的枕头。脸上已经很不好看了。小孔客客气气地对小马说:“小马,不早了,我也睡觉去了。明天见。”

这是王大夫的第一个失眠之夜。小孔走后,他哪里“睡了”,不停地在床上翻。因为不停地翻,下床的小马也无法入睡,也只能不停地翻。彼此都能够感觉得到。翻过来翻过去,王大夫想明白了,小孔只是他的女朋友,还不是他的妻子。不能因为他们有了半个月的“蜜月”小孔就一定是他的人了。这么一想问题就有些严重。王大夫坐了起来,想给小孔打一个电话。刚刚拨出去,手机刚出现传呼,王大夫却听见了隔壁的铃声。手机的铃声吓了王大夫一跳,这电话怎么能打?这不是现场直播么?王大夫想都没有来得及想,匆忙把手机合上了。又担心小孔把电话拨回来,王大夫干脆关了机。没想到距离还真的是恋爱的一个大问题,太远了是一个麻烦,太近则是另外一个麻烦。

王大夫其实是用不着关机的,小孔根本就没有搭理他。不只是当时没有搭理,第二天的一整天都没有。王大夫昨晚的举动太过分了,让小孔太难堪了,当着一屋子的人,就好像她小孔是个朝三暮四的浪荡女了。不能再惯着他了。只要王大夫的脚步声一靠近,小孔立马就离开。推拿中心的床多着呢,你“睡”去吧!

王大夫当然感觉出来了,却不敢上去。毕竟第一次吵嘴,王大夫要是硬着头皮凑上去,小孔究竟是一个什么样的态度,王大夫还吃不准。再怎么说也不能在推拿中心丢脸。这个脸王大夫丢不起。

时间在一分一秒地过去,王大夫不知所措了。好不容易到了晚上,回到家,小孔却没有来。王大夫其实是难受的,又不敢到小孔的宿舍去。睡不着了,不停地在床上翻。小马也睡不着,却不敢翻。他不敢把自己失眠的消息传到上铺去。这一夜小马难受了,他只能采用一个睡姿,做出一副睡得很香的假象来。硬挺着了。

到了第三天,王大夫明白过来了,事情好像不像他想象的那样简单,真的麻烦了。小孔不会喜欢上小马了吧?很难说的。王大夫已经深切地感受到小孔的痛苦了。恋爱的前夕小孔就是这样的,痛苦得很,做什么事都有气无力。小孔又一次有气无力了,她说话的气息在那里呢。小孔的痛苦加重了王大夫的痛苦,开始理不出头绪了。这一天的生意偏偏又特别的好,王大夫接二连三地上钟,越来越疲惫。这里头有自责,也有担忧。他哪里能够知道,这其实就是恋爱了。到了下午,王大夫几乎都支撑不住了。有了失魂落魄的迹象。无论如何,得给小孔打个电话了。这电话又怎么打呢?好不容易熬到下钟,王大夫一个人走进了卫生间,反锁上门,拨通了小孔的手机。小孔接得倒是挺快,口气却是冷冷的。小孔说:“喂,谁呀?”王大夫就不知道说什么好了。不知道该从哪一头开始说起。小孔又问了一声:“谁呀?”王大夫脱口说:“想你。”

小孔正在上钟,也是魂不守舍,也已经失魂落魄。王大夫的那一声“想你”是很突然的,小孔听在耳朵里,百感交集了。这里头既有欣慰的成分,也有“得救”的成分。小孔好好地松了一口气。她是不可能主动向王大夫认输的,可私下里也有点怕，——他们的恋爱不会就这么到头了吧？毕竟是冷战的第三天了。太漫长、太漫长了。小孔实在是太疲惫了，就想趴到王大夫的怀里去，好好地哭一回。还有什么比恋人认输了更幸福的呢？

可小孔毕竟在上班，两只手都在客人的身上，手机是压在耳朵边上的。再说了，上钟就是上钟，不是谈情说爱的时候。身边还有客人和同事呢。小孔不能太放肆的，她选择了客客气气的语气，仿佛在打发远方的朋友。小孔说："知道了。我在上钟，回头再说吧。"挂了。心里头甜蜜蜜。

王大夫捏着自己的手机。他听到了挂机的声音，心口早已经凉了半截。他听出来了，小孔的口气是在打发他。这样的口气要是还听不出来，他王大夫就真的是个二百五了。王大夫傻了好大的一会儿，记起来了，自己还在厕所呢。该出去了。是该出去了。就拉门。该死的门却怎么也拉不开。王大夫的懊恼已到了极点，用蛮了，只能使劲地拉。拉了半天，想起来了，门已经被自己插上了。

小孔一下钟就来到了休息区，火急火燎。王大夫却又上钟了。小孔多聪明的一个人，她刚才听到卫生间的动静了，是水滴的声音。既然王大夫能躲在卫生间里打电话，她为什么不能？小孔来到卫生间，微笑着掏出手机，把玩了半天，然后，用两个大拇指一五一十地往键盘上揿号码。手机通了。小孔原封不动地把王大夫献给她的两个字回献给了她心爱的男人。还多出了两个字。是"我也"。小孔说："我也想你。"这个"我也"是多么的好，它暗含了起承转合的关系，暗含了恋人之间的全部隐秘。时间隔得再久也不要紧，一下子就全部衔接起来了。恋爱是多么的好啊。

王大夫说"想你"已经是半个小时以前的事了，中间夹杂了太多的内心活动。很剧烈的，说到底是很悲情的。他已经做好了最坏的打算了。但是,突然,小孔说话了,是“我也想你”。王大夫就要哭。但王大夫怎么能哭?他的身边有客人、有同事呢。王大夫客客气气地说:“知道了。一样的。回头再说吧。”王大夫恨死了这样的口吻。但恨归恨,王大夫到底还是知道了,生活的根本是由误解构成的,许多事情不是自己亲身经历那么一下,也许就没法理解。这是一个教训,下一次要懂得设身处地。

小孔和王大夫终于在休息室里见面了。休息室里都是人,他们当然不会做出出格的举动。王大夫来到小孔的身边,小孔这一回没有躲,他们就坐在一张废弃的推拿床上,肩并着肩。也没有说话。但是,这种不说话和先前的不说话不一样了。是起死回生的柔软。值得两个人好好地珍藏一辈子。王大夫终于把他的手放到小孔的大腿上去了。小孔接过来,抓住了。这一下真的是好了。王大夫的每一个手指都在对小孔的指缝说“我爱你”,小孔的每一个手指也在对王大夫的指缝说“我也爱你”。小孔侧过脸,好像这一次才算是真的恋爱了一样。

王大夫和小孔静悄悄的,十个指头越抠越紧,还摩挲。他们到底做过爱,这一抚摸就抚摸出内容来了,都是动人的细节种种。他们多么想好好地做一次爱啊,只有做了才能让对方知道,自己是多么地爱对方。可是,到哪里做去呢?不可能的。只能忍。不只是忍,也在用手指头劝对方,忍忍吧。忍忍。这是怎样的劝说?它无声,却加倍的激动人心。劝过来劝过去,两个人都已经激情四溢了。可激情四溢又怎么样?只能接着忍。“忍”不是一种心底的活动,而是个力气活。它太耗人了。忍到后来,小孔彻底没了力气了,身子一软,靠在了王大夫的肩膀上。嘴巴也张开了。王大夫闻到了小孔嘴巴里的气息,烫得叫人心碎。王大夫微微地喘着气,一心盼望着自己能够早一点做老板。要做老板哪,赶紧的。打工仔的日子实在不是人过的日子。

小孔没有想到吵架能吵出这样的效果来,知足了。但吵架终究是吵架,太伤人了。还是不要吵架的好。小孔仔细地回顾了一下,之所以会出现这样的情况,说到底还是自己举止不妥当,说到底,自己也有值得检点的地方。无论如何,当着自己男朋友的面,和别人那样调笑总是有失分寸的。小孔暗自告诉自己,男生宿舍她是不会再去了。事到如今,小孔都是无心的,但真的让王大夫误解了,毕竟不是一件好事情。

小孔不再到男生宿舍去,剩下来的选择就只有一种,王大夫只能到小孔的女生宿舍来。但是,王大夫很快就察觉出来了,串门和串门是不一样的。王大夫是那种偏于稳重的人,女生们一般是不会和他开玩笑。当着众人的面,小孔和王大夫也不便说悄悄话,这一来王大夫的串门就有些寡味,和小孔的串门不可同日而语了。也就是坐坐罢。像一个仪式。是枯坐。摆设一样的。

王大夫这才认真地留意起小孔来了。小孔一直忧心忡忡的。王大夫看不见小孔的脸,但小孔说话的腔调在这儿,她再也不是以往的那副样子了。其实,不只是现在,从第二次打工开始,小孔就闷闷不乐了,王大夫没有往心里去罢了。小孔在深圳的时候是什么样子?嗓门亮,说话快,一开口就顾前不顾后,偶尔还有粗口。这一来小孔就快乐了。小孔一直给人以快乐和通透的印象。小孔现在的不开心王大夫是可以理解的,说一千,道一万,还是王大夫没有让人家当上老板娘。往根子上说,小孔是被王大夫"骗"到南京来的。他没有骗她。可在事实上,他骗了。王大夫的心情就这么沉重起来了。

心情沉重的王大夫就回到自己的宿舍,躺在上铺听收音机。盲人都喜欢收音机,听听综艺,听听体育,好歹也是个乐子。王大夫喜欢综艺,也喜欢体育。可王大夫现在哪里还有那样的心思,他所关注的只有股市。因为心里头有一本特别的账,王大夫又不想让人家知道,他就特地配了一副耳机。耳机塞在耳朵眼里，听过来听过去，股市还是一具尸体，冰冷的，一点呼吸的迹象都没有。

收音机里不只有股市，还有南京的房地产行情。说起南京的房地产行情，王大夫情不自禁地想起了四个字：祸不单行。股市疯过了，把王大夫套进去了，还没有来得及悲伤，南京的房地产却又疯了。他王大夫怎么尽遇上疯子的呢？南京的房地产还不是一般的疯子，是个武疯子，是一条疯狗，狗链子都拴不住，直往人的鼻尖和脑门子上扑。现在看起来，他王大夫回到南京实在是自投罗网了。房地产的价格决定了门面房的价格，在现有的条件下，即使王大夫在股市上解了套，再想开店，难了。当初要不是入市，退一万步，就算王大夫不开店，两室一厅的房子肯定买好了。现在倒好，股市先疯，房地产再疯，他的那点钱越来越不是钱了。有一点王大夫是相信了，“自食其力”的人注定了要穷一辈子。无论你辛辛苦苦挣回来多少，即使你累得吐血，一觉醒来，你时刻都有一贫如洗的危险。对未来，王大夫有了“死无葬身之地”的忧虑。

小孔哪一天才能当上老板娘啊。

其实王大夫错了。小孔忧心忡忡是真的，却不是为了当老板娘，而是别的。到现在为止，小孔潜入到南京其实还是一个秘密，她一直瞒着她的父母亲。她不敢把她恋爱的消息告诉他们。他们不可能答应的。尤其是她的父亲。

关于男朋友，小孔的父母对小孔一直有一个简单的希望，其实是命令——别的都可以将就，在视力上必须有明确的要求。无论如何，一定要有视力。全盲绝对不可以。远走深圳的前夜，父母把一切都对小孔挑明了，概括起来说，你的恋爱和婚姻我们都不干涉，但你要记住了，生活是“过”出来的，不是“摸”出来的，你已经是全盲了，我们不可能答应你嫁给一个“摸”着“过”日子的男人！

事实上，为了找个人可以和自己一起“过”，小孔努力过。很遗憾，除了眼泪，她什么也没有得到。什么也没有得到的小孔反而明白了一个道理，一个人，无论他（或她）多么聪明，多么明理，一旦做了盲人的父母，他（或她）自己首先就瞎了，一辈子都生活在自己的一厢情愿里头。小孔又何尝不想找一个一起“过”日子的人呢？难哪。然而，盲人的父母就是盲人的父母，他们的固执是不讲道理的，原因很简单，在孩子的面前，他们的付出非比寻常；他们的担忧非比寻常；他们的希望非比寻常；他们的爱非比寻常。一句话，他们对孩子的基本要求就必然非比寻常。他们的本意绝不是干涉孩子们的婚姻，可他们必须要干涉，不放心哪。

王大夫恰恰就是全盲。从恋爱的一开始，小孔就打定主意了，先瞒着家里，处处看。哪里能那么巧，一辈子正好就赶上这一锤子买卖。处了一些日子，爱上了。小孔对自己的感情想来是警惕的，可是，当一个女孩子第一次感受到爱情的时候，警惕又有什么用？爱情是小蚂蚁，千里之堤就等着毁于蚁穴。小孔只是在自己千里之堤上头开了一个很小很小的小口子，后来想堵的，来不及了。小孔就哭。哭完了，小孔决定爱。小孔有自己的小算盘，等事态到了一定的火候，也就是常人所说的“生米煮成了熟饭”，回过头来总是有办法的。当然，得有非比寻常的耐心。话又说回来了，做盲人的就必须有耐心。耐心是盲人的命根子，只有耐心才能配得上他们看不见的眼睛。说到底，盲人要学会等。无论遇上什么事，盲人都不能急吼吼地扑上去，一扑，就倒了。也许还要赔进去一嘴的牙。

小孔可以等，恋爱却不等人。小孔怎么也没有想到，她的恋爱居然会以这样一种令人眩晕的速度奔涌起来，她这么快她就来到了南京。说起南京，小孔的心潮澎湃了，那是怎样的波澜壮阔。是王大夫向小孔提起来的，他想带着小孔“一起到南京去”

过春节。“一起到南京去”隐藏了怎样的潜台词,小孔不是小姑娘,知道的。小孔没有答腔。不是不想答,是不敢答。她知道她的声音是怎样的,一定会颤抖得失去了体面。王大夫没有得到答案,吓得缩回去了。小孔不敢答腔还不只是紧张,这里头有她人生最为重大的那一个步骤。一旦跨出去,她就再也不回头了。“不回头”就必然带来这样的一个问题:背叛自己的父母。这“背叛”的具有怎样的含义,健全人通常是理解不了的。小孔又哭。还是哭。然而,“一起到南京去”这六个字拥有不可抗拒的魔力,它蛊惑人心,散发出妖冶的召唤。它们像丝,把小孔捆起来了,把小孔绕起来了,把小孔缠起来了,它还把小孔缝起来了。小孔自己都知道了,是她自己在吐丝。她在作茧自缚。一遍又一遍的,到最后连挣扎的力气都没有了。她在沉迷。

小孔可没有沉迷。她行动了。小孔的行动惊天动地,说出口能吓死人。她去了一趟美发店,把头发重新做过了。做好了头发,她开始买。她买了一双高跟鞋。高跟鞋是盲人的忌讳,其实用不上的,但是,哪怕就穿一次,就用一天,就两个小时,她也舍得。她还买了一套戴安芬内衣,很薄,摸上去有叹为观止的针织镂空。最后,她拿出了吃奶的力气,其实是勇气,买了一瓶香奈尔5号。为什么要买这个?这就牵扯到两个年轻的女客人了,其中的一个是小孔的贵宾。她们一边享受着推拿,一边在聊天,海阔天空的。其实是做梦。梦想着自己奢靡的、不着边际的生活。她们一下子就聊起了高阔而又豪华的海景房,聊起了窗帘,床,还有一个迷人的、在床上像一台永动机的男人。小孔的贵宾马上就引用了玛丽莲·梦露的名言,她说,如果有这样的日子的话,她“睡觉的时候只穿香奈尔5号”。另一个就笑,说她骚。这句话小孔其实并没有听懂,然而,究竟是女人,几乎就在同时,小孔又懂了。小孔的心突然就是一阵慌,她对“只穿香奈尔5号”充满了令人窒息的狂想。

等把这一切都置办好了,小孔甚至把自己都吓住了,这不是把自己嫁出去么?是的,小孔是要把自己悄悄地嫁出去。一切都预备好了,年底也逼近了,王大夫的那一头却沉默了,再也不提南京的事。王大夫到底碰过一次钉子了,哪里还有勇气?没有了。最终还是小孔把电话打过去的。小孔说,日子一天天靠近啦,你到底回不回南京哪?王大夫支吾了半天,说,是啊,是啊。小孔压住性子,问,是啊是啊是什么意思?王大夫这个木头,居然还是"是啊是啊"。小孔上火了,主要是委屈,对着手机喊道,你可想好了!想好了再给我打电话!挂线了。话都到了这一步了,王大夫只能抓耳挠腮。抓完了,挠完了,腹稿也打好了,可还是没有勇气说出口。两分钟之后,他把电话回过去了,说,我只想和你在一起。这句话是虚的,不涉及实质性的内容。王大夫就觉得自己聪明,话说得漂亮极了,甚至还有点得意自己的油滑,不停地吊动他的眉梢。这个呆子,憨厚得真是叫人心疼。小孔所迷恋的又何尝不是这一点呢?小孔轻声说:"那你对我好不好?"口风松动了,口吻完全是一个新娘子。王大夫哪里能知道女人这座山有多高,女人这汪水有多深,却听出了希望。希望给了王大夫庄严,他不敢再油滑了,突然开口了,一开口就无比的肃穆,他在手机的那一端高声地说:"我要对你不好一出门就让汽车撞死!"

小孔的这一头完全是新婚的心态。新婚需要誓言,却忌讳毒誓。小孔说:

"乌鸦嘴!操你妈的,再也不理你了!"

小孔就这样来到了南京。对父母,她撒了一个谎,说自己要到香港去。这还是小孔第一次对自己的父母亲撒谎,内心里其实愧疚得厉害。但是,"这种事"不撒谎又能怎么样?小孔不相信自己能有这样的胆量,色胆包天哪。想起来都害怕。可是话又得反过来说,要是有人把事情的真相告诉了父母,小孔的父母一定是不信的。他们的女儿在“这上头”是多么的本分、多么的安稳。然而,就是这样一个又本分又安稳的姑娘,一锤子,硬是把所有的买卖全做了。

小孔胆大了。小孔愿意。小孔爱。如果能回过头来,小孔还是愿意做出这样的选择。在恋爱这个问题上,说到底,父母亲都是被欺骗的。小孔的“眼里”只有新郎了。小孔喜欢他的脖子,喜欢他的胸膛,还有,喜欢他蛮不讲理的胳膊。他是火炉。他多暖和啊。他的温度取之不尽。她要他的身体,她要他的体重,他的怀抱是多么的安全。只要他把她箍进来,她就进了保险箱了。这些都还不是全部。最要紧的是,他爱她。她知道他爱她。她有完全的、十足的把握。他不会让她有一点点的危险。即使面对的是刀,是火,是钉子,是玻璃,是电线杆子,是建筑物的拐角,是飞行的摩托,是莽撞的滑轮,是滚烫的三鲜肉丝汤,他都会用他的身躯替她挡住这一切。其实她不需要。她能对付。但是,他愿意去做。爱真好。比浑身长满了眼睛都要好。

小孔真正喜欢的还是他的脾性。他稳当,勤勉,在任何一个地方都受到人们的尊敬。当然,他的“小弟弟”调皮得很,没日没夜地“要”。小孔也“要”。可是,和“要”比较起来,小孔更热爱的是事后。她已经把“香奈尔 5 号”穿在身上了,她“只穿”香奈尔 5 号。两个人风平浪静的,她就躺在他的怀里,他抚摸着她,她也抚摸着他。即使外面都是风,都是雨,都是雪,都是冰,都是狼,都是虎,和他们又有什么关系呢?他们安安稳稳的,暖暖和和的。这样的时分小孔舍不得睡,在许多时候,她在装睡。他以为她睡着了,还在亲她,小声地喊她“宝贝”。她怎么舍得把这种蓬松的时光用来睡觉呢?她就熬。实在熬不住了,那么好吧,鼻孔里出一口粗气,两个肩头一松,就在他的怀里睡着了。

即使两个人都睡着了,她的手也要坚持放在他的胸脯上。她不放心。不愿意撒手。四处摸。不小心的时候也有,一摸,摸到他的“小弟弟”上了。他的“小弟弟”机警得很，小孔的指头一过来，立即就醒了，一阵一阵地扩张，一阵紧似一阵。它一醒小孔就醒了。他也醒了。醒过来了他就“要”。夜深人静的，小孔真的不想“要”了，她累得都不行了。但是，小孔认准了一个死理，她是他的，只要他要，她就给。“小弟弟”坏。太坏。这个小小的冤家，他可不像他的“哥哥”那样本分。

小孔幸福。不过，即使在最幸福的时候，她都没有放松对手机的戒备。这里所说的手机是“深圳的手机”。她已经在南京配备了新手机了，可是，她必须依靠“深圳的手机”来撒谎，号码不一样的。谎言使她的幸福打了折扣，有了不洁的痕迹。一想起父母漫长而又过分的付出，她每一次都觉得被欺骗的不是父母，而是她自己。然而，谎言是一种强迫性的行走，只要你迈出左腿，就必然会迈出右腿，然后，又是左腿，又是右腿。可谎言终究是不可靠的，它经不起重复。重复到一定的时候，谎言的力量不仅没有得到加强，而是削弱，直至暴露出它本来的面目。

就在小孔和王大夫冷战的关头，母亲终于起了疑心。她不相信了：“你到底在哪里？”

“在深圳哪。”

母亲的语气斩钉截铁了：“你不在深圳。”

小孔的语气更加的斩钉截铁：“我不在深圳还能在哪里？”

是深圳，还是南京，这是一个问题。小孔不能把“南京”暴露出去。一旦暴露，接下来必然是下一个更大的问题：好好的你为什么要去南京？

说谎话的人都是盲目的，他们永远低估了听谎话的人。其实母亲已经听出来了，她的女儿不在深圳。女儿手机的背景音突然没有以往那样嘈杂了，最关键的是，没有了拖声拖气的广东腔。他们的宝贝女儿肯定不在深圳。

母亲急了，父亲也急了。女儿的生活里究竟发生了什么？

她到底在哪里?

小孔把深圳的手机设定成震动。每一次震动,小孔的心都一拎——又要撒谎了。小孔只能走到推拿房的外面,做贼一样,和父亲与母亲打一番关于“人在何处”的狗头官司。当着其他人的面,当着王大夫的面,她说不出“我在深圳”这样的话。撒谎本来就已经很难了,当众撒谎则难上加难。

还有一件事情是小孔必须小心的,她不能让王大夫知道“父母不同意”。这会伤害他的。所以,她在撒谎的时候必须瞒着王大夫。

第六章　金嫣和泰来

推拿中心并不止有小孔和王大夫这一对恋人，还有一对，那就是金嫣和徐泰来。同样是恋爱，与小孔和王大夫比较起来，金嫣和泰来不一样了。首先是开头不一样，小孔和王大夫在来之前就已经是一对恋人，而金嫣和泰来呢，却是来了之后才发展起来的。还有一点，那就是恋爱的风格。小孔和王大夫虽说是资深的恋人，却收着，敛着，控制着，看上去和一般的朋友也没什么两样。金嫣和泰来不一样了，动静特别的大。尤其是金嫣的这一头，这丫头把她的恋爱搞得哗啦啦、哗啦啦的，就差敲锣打鼓了。

一般来说，恋爱的开局大多是这样的，男方对女方有了心得，找一个合适的机会，悄悄地向女方表达出来。当然，女追男的也有。女追男总要直接得多，反而不愿意像男方那样隐蔽。金嫣和泰来正是这样。但是，金嫣有金嫣独特的地方，认识徐泰来还没有两天，金嫣发飙了。一切都明火执仗。她是扛着炸药包上去的。泰来那头还没有回话，金嫣在推拿中心已经造成了这样一种态势：其他人就别掺和了，徐泰来这个人归我了。金嫣我势在必得。

金嫣的举动实在是夸张了，泰来又不是什么稀罕的宝贝，谁会和你抢？泰来真的是一个一般人，几乎没有什么特别的地方。就说长相吧，四个字就可以概括了，其貌不扬。十个徐泰来放在大街上，一棍子下去可以撂倒八九个。盲人们相互之间看不见，但是，到底生活在健全人的眼皮子低下，通过健全人的言谈，彼此的长相其实还是有一个大致的了解的——泰来和金嫣根本就配不上。金嫣这样不要命地追他，不可理喻了。一定要寻找原因的话，不外乎两个，徐泰来呆人有呆福，——这没什么道理好说，对上了呗；要不就是金嫣的脑袋搭错了筋。

其实，金嫣和泰来之间的事情复杂了。是有渊源的。这口井真的很深，一般人不知情罢了。不要说一般的人不知情，甚至连泰来本人也不知情。

徐泰来是苏北人，第一次出门打工去的是上海。金嫣是哪里人呢？大连人。他们一个在天南，一个在地北，根本就不认识。严格地说，风水再怎么转，他们两个也转不到一起去。

泰来在上海打工的日子过得并不顺心。他这样的人并不适合出门讨生活。原因很简单，泰来的能力差，一点也不自信，甚至还有那么一点封闭。就说说话，这年头出来混的盲人谁还没有受过良好的教育呢？良好的教育有一个最基本的标志，那就是能说普通话。泰来所受的教育和别人没有质的区别，但是，一开口，差距出来了，一口浓重的苏北口音。泰来也不是完全说不来普通话，硬要说，可以的。可是，泰来一想到普通话就不由自主地耸肩膀，脖子上还要起鸡皮疙瘩。泰来干脆也就不说了。有口音其实并不要紧，谁还能没有一点口音呢？可是，自卑的人就是这样，对口音极度的敏感，反过来对自己苛刻了。

为什么要苛刻呢？因为他的口音好玩，有趣。徐泰来的苏北口音有一个特点，“h”和“f”是不分的。也不是不分，是正好弄反了。“h”读成了“f”，而“f”偏偏读成了“h”。这一来“回锅肉很肥”就成了“肥锅肉很回”，“分配”就只能是“婚配”。好玩了吧。好玩了就有人学他的舌。就连前台小姐有时候也拿他开心：“小徐，我给你‘婚配’一下，上钟了，九号床。”

被人学了舌，泰来很生气。口音不是别的，是身份。泰来最怕的还不是他的盲人身份,大家都是盲人,徐泰来不担心。徐泰来真正在意的是他乡下人的身份。乡下人身份可以说是他的不治之症,你再怎么自强不息,你再想扼住命运的咽喉,乡下人就是乡下人,口音在这儿呢。别人一学,等于是指着他的鼻子了:个乡巴佬。

气归气,对前台,徐泰来得罪不起。但是,这并不等于什么人他都得罪不起。对同伴,也就是说,对盲人,他的报复心显露出来了,他敢。他下得了手。他为此动了拳头。他动拳头并不是因为他英武,而是因为他懦弱。因为懦弱,他就必须忍,忍无可忍,他还是忍。终于有一天,忍不住了,出手了。他自己一点都不知道他是怎样的小题大做,完全是蛮不讲理了。可是,话又得说回来,老实人除了蛮不讲理,又能做什么呢?

这一打事情果然就解决了,再也没有一个人学他了。徐泰来扬眉吐气。从后来的结果来看,徐泰来的扬眉吐气似乎早了一点。几乎所有的人都一起冷落他了。说冷落还是轻的,泰来差不多就被大伙儿晾在一边,不再答理他。泰来当然很自尊,装得很不在意。不理拉倒,我还懒得答理你们了呢。泰来弄出一副嫉妒傲岸的样子,干脆就把自己封闭起来了。但是,再怎么装,对自己他装不起来。有一点泰来是很清楚的,如果说傲岸必须由自己的肩膀来扛,郁闷同样必须由自己的肩膀来担当。徐泰来就这样把郁闷扛在肩膀上,一天一天郁闷下去了。郁闷不是别的,它有利息。利滚利,利加利,徐泰来的郁闷就这样越积越深。

郁闷当中徐泰来特地注意了一个人,小梅。一个来自陕西的乡下姑娘。徐泰来关注小梅也不是小梅有什么独到的地方。不是。是小梅一直在大大方方地说她的陕西方言。她说得自如极了,坦荡极了,一点想说普通话的意思都没有。泰来很快就听出来了,陕西话好听,平声特别的多,看似平淡无奇的,却总能在一句话的某一个地方夸张那么一下，到了最后一个字，又平了，还拖得长长的，悠扬起来了，像唱。要说口音，陕西方言比苏北方言的口音重多了，小梅却毫不在意，简直就是浑然不觉。她就是那样开口说话的。听长了，你甚至会觉得，普通话有问题，每个人都应当像小梅那样说一口浓重的陕西话才对。比较下来，苏北方言简直就不是东西，尤其在韵母的部分，没头没脑地采用了大量的入声和去声，短短的，粗粗的，是有去无回的嘎，还有犟。泰来自惭形秽了，他怎么就摊上苏北方言了的呢？要是陕西话，乡下人就乡下人吧，他认了。

意外的事情偏偏就发生了。这一天的晚上泰来和小梅一起来到了盥洗间，小梅正在汰洗一双袜子，两个人站在水池子的边上，小梅突然说话了，问了泰来一个很要命的问题，你为什么总也不说话嘛？泰来的眼皮子眨巴了两三下，没有答理她。小梅以为徐泰来没有听见，又问了一遍。泰来回话了，口吻却不怎么好。

"你什么意思?"

"偶沫(没)有意思，偶就是想听见你说话嘛。"

"你想听什么?"

"偶啥也不想听。偶就想听见你说说话嘛。"

"什么意思?"

"浩(好)听嘛。"

"你说什么?"

"你的家乡话实在是浩(好)听。"

这句话有点吓唬人了。徐泰来花了好大的工夫才把小梅的这句话弄明白。这真是隔锅饭香了。方言让徐泰来自卑，是他的软肋。可他的软肋到了小梅的那一头居然成了他的硬点子。泰来不信。可由不得泰来不信，小梅的口气在那里，充满了实诚，当然，还有羡慕和赞美。

泰来在小梅面前的自信就这样建立起来了。说话了。说话的自信是一个十分鬼魅的东西,有时候,你在谁的面前说话自信,你的内心就会酝酿出自信以外的东西,使自信变得绵软,拥有缠绕的能力。两个人就这样热乎起来了,各自说着各自的家乡话,越说话越多,越说话越深,好上了。

泰来与小梅的恋爱一共只存活了不到十个月。那是九月里的一个星期天,小梅的父亲突然给上海打来了一个电话,他"请求"小梅立即回家,嫁人,父亲把所有的一切都挑明了,男方是一个智障。小梅的父亲不是一个蛮横的人,他把话都说得明明白白的,他"不敢"欺骗自己的女儿,他也"不敢"强迫自己的女儿,只是和小梅"商量"。是"请求"。父亲甚至把内里的交易都告诉了小梅,一句话,"事成之后",小梅的一家都有"好处"。

"娃,回来吧"。

小梅的离开没有任何迹象。她只是在附近的旅馆里开了一间房,然后,悄悄把泰来叫过去了。一觉醒来,泰来从小梅的信件上知道小梅离开的消息,他用他的指尖抚摸着小梅的信,每一个声母和韵母都是小梅的肌肤,是小梅拔地而起的毛孔。在信中,小梅把一切都对"泰来哥"说了。到了信的结尾,小梅这样写道:"泰来哥,你要记住一件事,我是你的女人了,你也是我的男人了。"泰来不知道自己把小梅的信读了多少遍,读到后来,泰来把小梅的信放在了大腿上,开始摩挲,开始唱。开始还是低声的,只唱了几句,泰来把他的嗓子扯开了,放声歌唱。泰来的举动招来了旅馆的保安,他们把泰来请了出去,直接送回到推拿中心。徐泰来一定是着了魔了,回到推拿中心他还是唱,差不多唱了有一天半。一开始大伙儿还替他难过的,到后来大伙儿就不只是难过,而是惊诧。泰来怎么会唱那么多的歌?他开始大联唱了,从二十世纪八十年代末一直串联到二十一世纪初。什么风格的都有,什么唱法的都有。令人惊诧的还在后头,谁也没有想到泰来能有那么好的嗓音，和他平日里的胆怯一点也不一样，他奔放，呼天抢地。还有一点就更不可思议了，泰来一直说不来普通话，可是，他在歌唱的时候，他居然把每一个字的声母和韵母吃得都很准，“f”和“h”正确地区分开来了，“n”和“L”也严格地区分开来了，甚至连“zh、ch、sh”和“z、c、s”都有了它们恰当的舌位。泰来一个人躺在宿舍的床上，不论同事们怎么劝，他都不吃，不喝，只是唱。

从来就没有冷过　因为有你在我身边
你总是轻声地说　黑夜有我
你总是默默承受　这样的我不敢怨尤
现在为了什么　不再看我
我是不是你最疼爱的人　你为什么不说话

白天和黑夜只交替没交换
无法想像对方的世界
我们仍坚持各自等在原地
把彼此站成两个世界
你永远不懂我伤悲
像白天不懂夜的黑

九妹九妹漂亮的妹妹
九妹九妹透红的花蕾
九妹九妹可爱的妹妹
九妹九妹心中的九妹

原来给你真爱的我　是无悔是每一天
原来只要共你活一天
凡尘里一切再不挂牵

原来海角天际亦会变

你这刹那在何方　我有说话未曾讲
如何能联系上　与你再相伴在旁
爱意要是没回响　这世界与我何干

风中有朵雨做的云　一朵雨做的云
云在风中伤透了心　不知风将吹向哪里去

我家住在黄土高坡　大风从坡上刮过
不管是西北风还是东南风
都是我的歌
我的歌

告诉你我等了很久　告诉你我最后的要求
我要抓起你的双手　你这就跟我走
这时你的手在颤抖　这时你的泪在流
莫非你是正在告诉我　你爱我一无所有
你这就跟我走

唱到后来泰来已经失声了，只有气流的喘息。就在大伙儿以为要出人命的时候，泰来没有出人命。他做出了一个平静的举动，自己爬起来了。没有任何人劝他吃，他吃了。没有任何人劝他喝，他喝了。吃饱了，喝足了，泰来没事一样，上班去了。

那个时候的金嫣还在大连。大连离上海有多远？起码也有两千公里，可以说是两重天。然而，在手机时代，两千公里算什么？是零距离。金嫣在第一时间就从她的一位老乡那里听说了泰来的事。事实上，手机的转述中，事情离它的真相已经很远了，它得到了加工，再加工，深度加工。事件上升到了故事的高度。它有了情节,开始跌宕,起伏,拥有了叙事人的气质特征,拥有了爱情故事的爆发力。它完整,破碎,激烈,凄迷。徐泰来与小梅的故事在盲人的世界里迅速地传播,是封闭世界里无边的旋风。金嫣听完了故事,合上手机,眼泪都还没有来得及擦,金嫣已经感受到了爱情。"咚"的一声,金嫣掉下去了,陷进去了。这时候的金嫣其实已经恋爱了。她的男朋友就是故事里的男主人公。她的恋人叫徐泰来。

一个星期之后,金嫣辞去大连的工作,疯狂的火车轮子把她运到了上海。一份工作对金嫣来说真的无所谓,作为一个推拿师,她所有的手艺都在十个手指头上,这里辞去了,换一个地方还可以再赚回来。但爱情不一样。爱情只是"这个时候",当然,爱情也还是"这个地方",错过了你就一辈子错过了。作为一个盲人,金嫣是悲观的。她的悲观深不可测。她清楚地看到了她的一生:这个世界不可能给她太多了。悲观反而让金嫣彻底轻松下来了。骨子里,她洒脱。她不要。她什么都可以舍弃。今生今世她只要她的爱情,饿不死就行了。在爱情降临之后,她要以玫瑰的姿态把她所有花瓣绽放出来,把她所有的芬芳弥漫出来。爱一次,做一次新娘子,她愿意用她的一生去做这样的预备。为了她的爱情,她愿意把自己的一生当作赌注,全部压上去。她豁出去了。

金嫣却扑了一个空。就在金嫣来到上海前的一个星期,泰来早已经不辞而别。像所有的传说一样,主人公在最后的一句话里合理地消失了,消失在一个"很远很远的地方"。无影无踪。金嫣拨通了泰来的手机,得到的答复是意料之中的,"您拨打的手机已停机"。金嫣并不沮丧。"已停机"不是最好的消息,却肯定也不是最坏的消息。"已"是一个信号,它至少表明,那个"故事"是真的,泰来这个人是真的。有。泰来不在这儿,却肯定在"那儿",只不过他的手机"已经"停机了。这又有什么关系？停机就停机吧，爱情在就行了。

金嫣的恋爱从一开始就只有一半，一半是实的，一半是空的；一半在地上，一半在天上；一半是已知的，一半是未知的；一半在“这儿”，一半在“那儿”。一半是当然，一半是想当然。这很迷人。这很折磨人。因为折磨人，它更加的迷人，它带上了梦幻和天高地迥的色彩。

泰来在哪里？金嫣不知道。然而，不幸的消息最终还是来到了，几乎就是噩耗。金嫣的手机告诉金嫣，她拨打的手机不再是“停机”，而是“空号”。

金嫣没有悲伤，心中却突然响起了歌声。所有的歌声都响起来了，像倾盆的雨，像飞旋的雪，从八十年代末到二十一世纪初，什么唱法的都有，什么风格的都有。它们围绕在金嫣的周遭，雾气茫茫。金嫣的心无声，却纵情歌唱。

泰来，一个失恋的男人，一个冥冥中的男人，一个在虚无的空间里和金嫣谈恋爱的男人，他哪里能够知道他已经又一次拥有了他的爱情呢？他姓徐。他叫徐泰来。金嫣的心苍茫起来了，空阔起来了。海阔凭鱼跃，天高任鸟飞。可满世界都是毫不相干的鱼，满世界都是毫不相干的鸟。泰来被大海和天空无情地淹没了，他在哪——里啊，在哪里？

金嫣决定留在上海。气息奄奄。像一个梦。她在泰来曾经工作过的推拿中心留下来了。金嫣是悲伤的，却一点也不绝望，这可是泰来生活和工作过的地方。她清清楚楚地知道，她所做的事情并不盲目。她了解盲人的世界，盲人的世界看起来很大，从实际的情况来说，很小，非常小。与此同时，盲人都有一个致命的特征，恋旧。上海有泰来的旧相识，泰来总有一天会把他的电话打回到上海来的。金嫣要做的事情其实只有一件，等，在小小的世界里守株待兔。又有谁能知道金嫣的心是怎么跳动的呢？金嫣是知道的。别人的心跳像兔子，她的心跳则像乌龟。

乌龟一定能在一棵大树的底下等到一只属于它的兔子。金嫣坚信,一个恋爱中的女人每一次心跳都是有价值的,她的心每跳动一次就会离她的恋人近一点,再近一点,更近一点。金嫣看不见,但是,她的瞳孔内部装满了泰来消逝的背影——重重叠叠,郁郁葱葱。金嫣在恋爱,她的恋爱只有一个人。一个人的恋爱是最为动人的恋爱。一个人的恋爱才更像恋爱。亲爱的,我来了。亲爱的,我来了。

金嫣给了自己一个时间表,大致上说,一年。金嫣愿意等。时间这东西过起来很快的,它的意义完全取决于你有没有目标。等待的人是很艰难的,说到底又是幸福的,每一天,每一个小时,其实都在接近。它们都用在了刀刃上。只要能够接近,等待必然意味着一寸光阴一寸金。

金嫣并没有等待一年。命运实在是不可捉摸的东西,金嫣在上海只等了五个月。五个月之后,金嫣听到了命运动人的笑声。那是一个夜晚,金嫣他们已经下了夜班了,几个"男生"聚集在金嫣的宿舍里,胡乱地嗑瓜子,瓜子壳被他们吐得到处飞。大约在凌晨的一点多钟,他们扯来扯去的,怎么就扯到泰来的身上去了。一说起泰来大伙儿便沉默。这时候坐在门口的"野兔"却说话了,十分平静地说:"他现在挺好的。在南京呢。"

谈话的气氛寂静下来了。

"你说谁?你说谁挺好?"金嫣侧过脸问。

"野兔""嗨"了一声,说:"一个活宝。你不认识的,徐泰来。"

金嫣控制住自己,声音却还是颤抖了,金嫣说:"你有他的手机号么?"

"有啊。""野兔"说,"前天中午他还给我打电话了。"

金嫣说:"你为什么不告诉我?"这句话问得有些不讲道理了。

“野兔”把一粒瓜子架在牙齿的中间，张着嘴，不说话了。金嫣的话问得实在没有来路。“野兔”想了想，说：“你不认识他的。”

金嫣说：“我认识他的。”

“野兔”说：“你怎么认识他的？”

金嫣想了想，说：“我欠他的。”

南京。南京啊南京。当金嫣还在大连的时候，南京是一个多么遥远的地方，像一个谜底，隐藏在谜语的背后。而现在，南京哗啦一下，近了，就在上海的边沿。金嫣突然就感到了一阵害怕，是“近乡情更怯”的恐惧。可金嫣哪里还有时间害怕，她的心早已是一颗子弹，经过五个多月的瞄准，“啪”的一声，她扣动了扳机，她把她自己射出去了。也就是两个多小时的火车，当然，还有二十多分钟的汽车，第二天的下午三点二十七分，出租车稳稳当当地停泊在了“沙宗琪推拿中心”。

金嫣推开“沙宗琪推拿中心”的玻璃门，款款走了进去。她要点钟。她点名要了徐泰来。前台小姐告诉她，徐大夫正在上钟，我给你另外安排吧。金嫣平平淡淡地给了前台小姐三个字：

“我等他。”

“我等他。”金嫣等待徐泰来已经等了这么久了，她哪里还在乎再等一会儿。以往的“等”是怎样的一种等，那是空等、痴等和傻等，陪伴她的只是一个人的恋爱，其实是煎熬。现在，不一样了。等的这一头和等的那一头都是具体的，实实在在的。她突然就爱上了现在的“等”，她要用心地消化并享受现在的“等”。金嫣说：“给我来杯水。”

在后来的日子里，金嫣一直不能相信自己的平静与镇定。她怎么能这样的平静与镇定呢？她是怎样做到的呢？太不同寻常了。金嫣惊诧于自己的心如止水。她就觉得她和泰来之间一定有上一辈子的前缘，经历了一个纷繁而又复杂的转世投胎，她，和他，又一次见了面。就这么简单。

徐泰来终于出现在了金嫣的面前。很模糊，雾蒙蒙的，是个大概。然而，金嫣可以肯定，这是一个“实体”。高度在一米七六的样子。金嫣的眼睛和别的盲人不一样，她既是一个盲人，又不能算是一个彻底的盲人。她能够看到一些。只是不真切。她的视力毁坏于十年之前的黄斑病变。黄斑病变是一种十分阴险的眼疾，它是漫长的，一点一点的，让你的视力逐渐地减退，视域则一点一点地减小，最后，这个世界就什么都没了。金嫣的视力现在还有一些，却是棍状的，能看见垂直的正前方，当然，距离很有限，也就是几厘米的样子。如果拿一面镜子，金嫣只要把鼻尖贴到镜面上去，她还是可以照镜子的。这句话也可以这样说，如果金嫣把徐泰来抓住，一直拉倒自己的面前，金嫣努力一下，完全可以看清徐泰来的长相。但是金嫣丝毫也不在意徐泰来的长相。和他的杜鹃啼血比较起来，一个男人的长相又算得了什么？

泰来的手指头终于落在金嫣的身上了。第一步当然是脖子。他在给她做放松。他的手偏瘦。力量却还是有的。手指的关节有些松弛，完全符合他脆弱和被动的天性。从动作的幅度和力度上看，不是一个自信的人，是谨小和慎微的样子。不会偷工。每一个穴位都关照到了。到了敏感的部位，他的指头体贴，知道从客人的角度去感同身受。他是一个左撇子。

老天爷开眼了。从听说徐泰来的那一刻起，金嫣就知道徐泰来是“怎样的”一个人了。仿佛收到了神谕，对徐泰来，金嫣实在一无所知，却又了如指掌。现在看起来是真的，泰来就是金嫣想要的那一号。他是她的款。金嫣不喜欢强势的男人。强势的男人包打天下，然后，女人们在他的怀里小鸟依人。金嫣不要。金嫣所钟情的男人不是这样的。对金嫣来说，好男人的先决条件是柔软，最好能有一点缠绵。然后，金嫣像一个大姐，或者说，母亲，罩住他，引领着他。金嫣所痴迷的爱情是溺爱的，她就是要溺爱她的男人,让他晕,一步也不能离开。金嫣有过一次短暂的爱情,小伙子的视力不错,能看到一些。就是这么一点可怜的视力把小伙子害了,他的自我感觉极度良好,在金嫣的面前飞扬跋扈。金嫣都和他接吻了。但是,只接了一次吻,金嫣果断地提出了分手。金嫣不喜欢他的吻。他的吻太自我、太侵略,能吃人的。金嫣所渴望的是把"心爱的男人"搂在自己的胸前,然后,一点一点地把他给吃了。金嫣了解她自己,她的爱是抽象的,却更是磅礴的,席卷的,包裹的,母老虎式的。她喜欢乖男人,听话的男人,惧内的男人,柔情的男人,粘着她不肯松手的男人。和"被爱"比较起来,金嫣更在乎"爱",只在乎"爱"。

金嫣的黄斑病变开始于十岁。在十岁到十七岁之间,金嫣的生活差不多就是看病。八年的看病生涯给了金嫣一个基本的事实,她的眼疾越看越重,她的视力越来越差,是不可挽回的趋势。金嫣最终说服了她的父母,不看了。失明当然是极其痛苦的,但是,金嫣和别人的失明似乎又不太一样,她的失明毕竟拥有一个渐变的过程,是一路铺垫着过来的,每一步都做足了心理上的准备。十七岁,在一个女孩子最为充分、最为饱满的年纪,金嫣放弃了治疗,为自己争取到了最后的辉煌。她开始挥霍自己的视力,她要抓住最后的机会,不停地看。看书,看报,看戏,看电影,看电视,看碟片。她的看很快就有了一个中心,或者说,主题,那就是书本和影视里的爱情。爱情多好哇,它感人,曲折,富有戏剧性,衣食无忧,撇开了柴米油盐酱醋茶,还有药。爱情迷人啊。即使这爱情是人家的,那又怎么样?"看看"呗。"看看"也是好的。慢慢地,金嫣又看出新的头绪出来了,爱情其实还是初步的,它往往只是一个铺垫。最吸引人的又是什么呢?婚礼。金嫣太喜爱小说和电影里的婚礼了,尤其是电影。她总共看过多少婚礼?数不过来了。古今中外的都有。金嫣很快从电影里的婚礼上总结出戏剧的规律来了,戏剧不外乎悲剧和喜剧，一切喜剧都以婚礼结束，而一切悲剧只能以死亡收场。婚礼，还有死亡，这就是生活的全部了。说什么政治，说什么经济，说什么军事，说什么外交，说什么性格，说什么命运，说什么文化，说什么民族，说什么时代，说什么风俗，说什么幸福，说什么悲伤，说什么饮食，说什么服装，说什么拟古，说什么时尚，别弄得那么玄乎，看一看婚礼吧，都在上头。

作为一个心智特别的姑娘，金嫣知道了，她终究会是一个瞎子，她的心该收一收了。老天爷不会给她太多的机会。除了不被饿死，不被冻死，还能做什么呢？只有爱情了。但她的爱情尚未来临。金嫣告诉自己，这一辈子什么都可以没有，爱情不能没有。她要把她的爱情装点好。怎么才能装点好呢？除了好好谈，最盛大的举动就是婚礼了。从某种意义上说，从放弃了治疗的那一刻起，金嫣每一天都在婚礼上。她把自己放在了小说里头，她把自己放在了电影和电视剧里头。她一直在结婚——有时候是在东北，有时候是在西南，有时候是在中国，有时候是在国外，有时候是在远古，有时候是在现代。这是金嫣的秘密，她一点也不害羞，相反，婚礼在支撑着她，给她蛋白质，给她维生素，给她风，给她雨，给她阳光，给她积雪。当然，金嫣不只是幸福，担心也是有的，金嫣最大的担心就是婚礼之前双目失明。无论如何也要在双目失明之前把自己嫁出去。她要把自己的婚礼录下来，运气好的话，她还可以把自己的录像每天看一遍，即使趴在屏幕上，她也要看。直到自己的双眼什么都看不见为止。有一个成语是怎么说的？望穿双眼。

还有一个成语，望穿秋水。金嫣是记得自己的眼睛的，在没有黄斑病变之前，她的眼睛又清，又澈，又亮，又明，还有点涟漪，还有点晃。再配上微微上挑的眼角，她的眼睛不是秋水又是什么？金嫣有时候就想了，幸亏自己的眼睛不好，要是一切都好的话，她在勾引男人方面也许有一手。这些都是说不定的事情。

金嫣趴在床上，感受着徐泰来的手指头，微微叹了一口气，像在做梦。但她无比倔强地告诉自己，这不是梦。是真的。她一遍又一遍地警告自己，挺住，要挺住，这不是梦，是真的。她多么想翻过身来，紧紧地抓住泰来的手，告诉他，我们已经恋爱很久了，你知道吗？

金嫣说："轻一点。"

金嫣说："再轻一点。"

"你怎么那么不受力？"徐泰来说。这是徐泰来对金嫣所说的第一句话。徐泰来说："再轻就没有效果了。"

怎么能没有效果呢？推拿轻到一定的地步就不再是推拿，而是抚摸。男人是不可能懂得的。金嫣轻轻哼唧了一声，说："先生您贵姓？"

"不客气。"徐泰来说，"我姓徐。"

金嫣的脸部埋在推拿床的洞里，"噢"了一声，心里头却活络了。——金嫣说话了："如果你愿意告诉我你有几个兄弟姐妹，我能算出你的名字，你信不信？"

泰来撤下一只手，想了想，说："你是干什么的？"

"我是学命理的。"

"就是算命的吧？"

"不是。凡事都有理。道有道理，数有数理，物有物理。命也有命理。"

"那你告诉我，我有几个兄弟姐妹？"

"你把名字告诉我。只要知道了你的名字，我就能知道你有几个兄弟姐妹。"

徐泰来想了想，说："还是你来说我的名字吧。我有一个妹妹。"

果然是苏北人。果然是一口浓重的苏北口音。只有苏北人才会把"妹妹"说成了"咪咪"。徐泰来说，他有一个"咪咪"。

金嫣想了想，说："你姓徐是吧？一个妹妹是吧？你叫——徐——泰——来。没错。你叫徐泰来。"

徐泰来的两只手全部停止了。——"你是谁？"

"我是学命理的。"

"你怎么知道我的名字？"

"凡事都有理，清清楚楚。你姓徐，你有一个妹妹，你只能是徐泰来。"

"我为什么要相信你？"

"我不要你信我。我只要你相信，你是徐泰来。你信不信？"

过了好大的一会儿，徐泰来说："你还知道什么？"

金嫣坐起来了，通身洋溢的都是巫气。金嫣是知道的，自己的身上没有巫气，是喜气。"把手给我。"

徐泰来乖乖的，依照男左女右这个原则，把自己的左手伸到了金嫣的手里。金嫣却把他的双手一股脑儿握在了手上。这是金嫣第一次触摸徐泰来，她的心顿时就难受了。但是，金嫣没有让自己难受，她正过来摸，反过来又摸。然后，中止了。金嫣拽着泰来的手，笃笃定定地说：

"你命里头有两个女人。"

"为什么是两个？"

"第一个不属于你。"

"为什么不属于我？"

"命中注定。你不属于她。"

徐泰来突然就是一个抽搐，金嫣感觉出来了。他在晃，要不就是空气在晃。

"她为什么不是我的女人？"

"因为你属于第二个女人。"

"我要是不爱这个女人呢？"

“问题就出在这个地方。”金嫣放下徐泰来的手，说，“你爱她。”

徐泰来仰起脸。他的眼睛望着上方，那个地方叫宇宙。

徐泰来站在了宇宙里，罡风浩荡，他四顾茫茫。

金嫣已经不和他纠缠了。金嫣说：“麻烦你一件事，把你们的老板叫过来。”

徐泰来傻在了那里，不知道他的命运里头究竟要发生什么。徐泰来自然是不会相信身边的这个女人的，但是，说到底盲人是迷信的，多多少少有点迷信，他们相信命。命是看不见的，盲人也看不见，所以，盲人离命运的距离就格外的近。徐泰来木头木脑的，想了想，以为客人要投诉，真的把沙复明叫过来了。沙复明的步履相当的匆忙。一进门，知道了，不是投诉，是求职来了。

金嫣早已经反客为主，她让沙复明躺下，自说自话了，活生生地把推拿房当成了面试的场景。当即就要上手。沙复明也是个老江湖了，哪里能受她的摆布？沙复明谢绝了，说：“我们是小店，现在不缺人手。”

“这怎么可能？”金嫣说，“任何地方都缺少优秀的人手。”

金嫣拉着沙复明，让他躺下了。沙复明也没见过这样的阵势，总不能拉拉扯扯和人家动手吧，只好躺下了。也就是两分钟，沙复明有底了，她的手法不差，力道也不差，但是，好就说不上了，不是她所说的那样“优秀”。沙复明咳嗽了两声，坐起来，客气地、尽可能委婉地说：“我们是小店，小庙，是吧。你沿着改革路往前走，四公里的样子，就在改革路与开放路的路口，那里还有一家店面，你可以去那里试试运气。”为了缓和一下说话的气氛，沙复明还特地调皮了一下，说：“改革和开放一路都是推拿和按摩。”

金嫣没有笑。金嫣说：“我哪里也不去。我就在这里了。”这句话蛮了，沙复明还没有见过这样求职的。沙复明自己却笑起来,说:“这句话怎么讲呢?”

金嫣说:“我不是到你这儿打工的。要打工,我就会到别的地方去了。”

沙复明又笑,说:“那我们也不缺老板哪。”

金嫣说:“我只是喜欢你们的管理。我必须在这里看看。”这句话一样蛮,却漂亮了,正中了沙复明的下怀。像搓揉。沙复明的身子骨当即就松了下来。不笑了。开始咧嘴。咧过嘴,沙复明说:“——你是听谁说的?”

“在上海听说的。”这句话含糊得很,等于没说。它不涉及具体的“谁”,却把大上海推出来了。这等于说,沙复明的管理在大上海也都是人人皆知的。这句没用的话已不再是搓揉,而是点穴,直接就点中了沙复明的穴位。沙复明已不是一般的舒服,当然,越是舒服沙复明就越是不能龇牙咧嘴。沙复明在第一时间表达了一个成功者应有的谦虚与得体,淡淡地说:“摸着石头过河罢了,其实也一般。”

金嫣说:“我就想在这里学一学管理,将来有机会开一家自己的店。老板要是害怕,我现在就可以向你保证,万一我的店开在南京,我的店面一定离你十公里,算是我对你的报答。”

说是“报答”,这“报答”却充满了挑战的意味。沙复明不能不接招。人就是这样,你强在哪里,你的软肋就在哪里。沙复明又笑了,清了清嗓子,说:“都是盲人,不说这个。你挣就是我挣。沙宗琪推拿中心欢迎你。”

金嫣谢过了,后怕却上来了。这么长的时间过去了,徐泰来始终都杳无音信,她一直坚守着一个人的恋爱,金嫣是一往无前的,却像走钢丝,大胆,镇定,有勇气,有耐心。现在,终于走到徐泰来的身边了。走钢丝的人说什么也不可以回头的,回头一看,金嫣自己把自己吓着了,——每一步都暗含着掉下去的危险。金嫣突然就是一阵伤恸,有了难以自制的势头。好在金嫣没有哭，她体会到了爱情的艰苦卓绝，更体会到了爱情的荡气回肠。这才是爱情哪。金嫣一下子就爱上自己的爱情了。

但问题是，泰来还蒙在鼓里。他什么都不知道。对金嫣来说，如何把一个人的恋爱转换成两个人的恋爱，这有点棘手了。有一点是很显然的，徐泰来还没有从第一次失败当中缓过劲来，就是缓过劲来了，那又怎么样？他哪里能知道金嫣的心思，退一步说，知道了，他又敢说什么？

金嫣不想拖。想过来想过去，金嫣决定，还是从语言上入手。南京虽然离苏北很近，但是，泰来口音上的特征还是明白无误地显示出来了。他对他的口音太在意、太自卑了。如果不帮着泰来攻克语言上的障碍，交流将是一个永久的障碍。

机会还是来了。金嫣终于得到了一个和泰来独处的机会。就在休息区。金嫣是知道的，这样的机会不会保留太久，五分钟，两分钟，都是说不定的。

问题是泰来怕她。从"算命"的那一刻起，泰来就已经怕她了。这一点金嫣是知道的。金嫣没有一上来就和徐泰来聊天，假装着，掏出手机来了，往大连的老家打了一个电话，也没人接。金嫣就叹了一口气，合上手机的时候说话了。金嫣说："泰来，你老家离南京不远的吧？"

"不远。"泰来说，"也就两三百里。"

"也就两三百里？"金嫣的口气不解了，"怎么会呢？"金嫣慢腾腾地说，"南京话这么难听，也就两三百里，你的家乡话怎么就这样的呢？你说话好听死了。真好听。"

这句话是一颗炸弹。是深水炸弹。它沿着泰来心海中的液体，摇摇晃晃，一个劲地下坠。泰来感觉到了它的沉坠，无能为力。突然，泰来听到了一声闷响。它炸开了。液体变成了巨大的水柱，飞腾了，沸腾了，丧心病狂地上涌，又丧心病狂地坠落。没有人能够描述他心中的惊涛与骇浪。金嫣直接就听到了徐泰来粗重的呼吸。

泰来傻乎乎地坐在那里。金嫣却离开了。她一边走一边说：

“我就知道，喜欢听你说话的人多了，肯定不止我一个。”

这句话泄气了，含有不自量力的成分。是自艾。意味特别的深长。

第七章　沙复明

“美”是什么？“美”是什么呢？从导演离开推拿中心的那一刻起，沙复明就被这个问题缠住了。他挖空了心思，却越来越糊涂。“美”究竟是个什么东西呢？它长在哪儿？

严格地说，沙复明想弄清楚的并不是“美”，而是都红。可是，“美”在都红的身上，这一来“美”和都红又是一码子事了。你不把“美”这个问题弄明白，你就永远不可能弄懂真正的都红。沙复明焦躁了，伤神了。他的焦躁没有任何结果，留给他的只有更加开阔的茫然，自然还有更加深邃的黝黑，那是一个永远都无法抵达的世界。“把都红从头到脚摸一遍吧。”沙复明这样想。这个念头吓了沙复明一跳。说到底，手又能摸出什么来呢？手可以辨别出大小、长短、软硬、冷热、干湿、凸凹，但手有手的极限。手的极限让沙复明绝望，整个人都消沉了。他终日枯坐在休息厅里，在想。在胃疼，面色凝重。

书上说，美是崇高。什么是崇高？

书上说，美是阴柔。什么是阴柔？

书上说，美是和谐。什么是和谐？

什么是高贵的单纯？什么是静穆的伟大？什么是雄伟？什么是壮丽？什么是浩瀚？什么是庄严？什么是晶莹？什么是清新？什么是精巧？什么是玄妙？什么是水光潋滟？什么是山色空濛？什么是如火如荼？什么是郁郁葱葱？什么是绿岛凄凄？什么是白雾茫茫？什么是黄沙漫漫？什么是莽莽苍苍？什么是

妩媚？什么是窈窕？什么是袅娜？什么是风骚？什么是风姿绰约？什么是嫣然一笑？什么是帅？什么是酷？什么是潇洒？什么是风度？什么是俊逸铿锵？什么是挥洒自如？流水为什么潺潺？烟波为什么澹澹？天路为什么逶迤？华光为什么璀璨？戎马为什么倥偬？八面为什么玲珑？虚无为什么缥缈？岁月为什么峥嵘？

什么是红？什么是绿？什么是"红是相思绿是愁"？什么是"知否知否，应是红肥绿瘦"！

沙复明记忆力出众，至今能背诵相当数量的诗词和成语。还在小学阶段，他出色的记忆力曾为他赢得过"小博士"这个伟大的称号。这些诗词和成语他懂么？不懂。许多都不懂，学舌罢了。慢慢地，随着年岁的增加，似乎又懂了。这个"懂"是什么意思呢？是他会用。严格地说，盲人一直在"用"这个世界，而不是"懂"这个世界。

问题是，"美"不是用的，它是需要懂的。

沙复明急了，急火攻心。一颗心其实已经暴跳如雷了。然而，暴跳如雷没有用，沙复明只能控制住自己，在休息区里坐下来了。他拨弄着自己的手指，像一个念珠的老僧，入定了。他怎么能入定？他的心在寂静地翻涌。

他和这个世界有关系么？有的吧，有。应该有。他确确实实就处在这个世界里头，这个世界里头还有一个姑娘，叫都红。就在自己的身边。可是，"美"将他和都红隔开了，结结实实地，隔离开来了。所以，他和这个世界无关。这个突发的念头让沙复明的心口拎了一下，咕咚就是一声。对这个世界来说，他沙复明只是一个假设；要不然，这个世界就是一个假设。

问题是，"美"有力量。它拥有无可比拟的凝聚力。反过来说，它给了你驱动力。它逼着你，要挟着你，让你对它做出反应。从这个意义上说，与其说是都红的"美"吸引了沙复明，不如说是导演对“美”的赞叹吸引了他。导演的赞叹太令人赞叹了，“美”怎么会让一个人那样的呢？它具有怎样的魔法？

足足被“美”纠缠了一个星期，沙复明扛不住了。瞅准了一个空当，沙复明鬼鬼祟祟地把都红叫了过来，他想“看一看”她的“业务”。都红进来了，沙复明关上门，一只手却摸到了墙壁上的开关，“啪”的一声，灯打开了。灯光很黑，和沙复明的瞳孔一样黑。为什么一定要开灯呢？沙复明想了想，也没有想出什么结果来。考核完毕，沙复明说：“很好。”人却不由自主地紧张起来了。他只好笑，他的笑声前言不搭后语，最终，沙复明拿出一种嬉戏的、甚至是油滑的口吻，说：“都红，大家都说你美，能不能把你的‘美’说给我听听？”

“老板你开玩笑了。”都红说。都红这样说得体了。在这样的时候，还有什么比谦虚更能够显得有涵养呢。“人家也是开玩笑。”

沙复明收敛起笑容，严肃地指出：“这不是玩笑。”

都红愣了一下，差不多都被沙老板的严肃吓住了。“我哪里能知道，”都红说，“我和你一样，什么也看不见的。”

这个回答其实并不意外。可是，沙复明意外。不只是意外，准确地说，沙复明受到了意外的一击。他的上身向后仰了一下，像是被人捅了一刀，像是被人打了一个闷棍。“美”的当事人居然也是什么都不知道的。这让沙复明有一种说不出口的悲哀。这悲哀阒然不动，却能够兴风作浪。

沙复明无限的疲惫，他决定放弃，放弃这个妖言惑众的、骗局一般的“美”。但沙复明低估了“美”的能力，——它是诱惑的，它拥有不可抗拒的吸引力。它是漩涡，周而复始，危险而又迷人。沙复明陷进去了，不停地沉溺。

“美”是灾难。它降临了，轻柔而又缓慢。

胃却疼了。它不该这样疼的。它比平时早到了两个小时。

就在忍受胃疼的过程中，沙复明无缘无故地恨起了导演，还有导演身边的那个女人。如果是一个普普通通的客人，他们对都红说："小姑娘，你真漂亮啊！"沙复明还会往心里去么？不会。可这句话偏偏就是一个艺术家说出来的，还带着一股浓郁的文艺腔。像播音。他们说什么也不该闯入"沙宗琪推拿中心"。艺术家是祸首。柏拉图一心想把艺术家从他的"理想国"当中驱逐出去，对的。他们就会蛊惑人心。当然，这是气话了。沙复明从心底里感谢导演和那个女人。沙复明感谢他们的发现。是他们发现并送来了一个黑暗的、撩人的、却又是温暖的春天。

如果春天来了，夏天还会远么？沙复明闻到了都红作为一朵迎春花的气息。

但沙复明究竟悲哀。沙复明很快就意识到了，即使到了钟情的时刻，盲人们所依靠的依然是"别人"的判断。盲人和所有的人一样，到了恋爱的关头都十分在意一件事，那就是恋人的长相。但是，有一点又不一样了，盲人们不得不把"别人"的意见记在心上，做算术一样，一点一点地运算，最后，得到的答案仿佛是私人的，骨子里却是公共的。盲人一辈子生活在"别人"的评头论足里，没有我，只有他，只有导演，只有导演们。就在"别人"的评头论足里，盲人拥有了盲人的一见钟情，盲人拥有了盲人的惊鸿一瞥或惊艳一绝。

说起来沙复明曾经有过一次惊鸿一瞥，那可是真正的惊鸿一瞥，在沙复明十六岁的那一年。那时候沙复明还是一个在校就读的中学生。十六岁的中学生哪里能想得到，他在马路上居然会撞上了爱情。

沙复明至今都还记得那个阳光明媚的夏日午后，阳光照耀在他的额头上，铺张而又有力，在跳，一根一根的。沙复明刚刚从苏果超市里头出来，浑身的皮肤都像燃烧起来了一样。沙复明从台阶上往下走,刚刚走到第五步,沙复明的手突然被另一只手拽住了。沙复明当即就害羞起来,站在那里直努嘴。盲人行走在大街上得到一些帮助其实是常有的事,可是,这只手不一样。这是一个少女的手。皮肤上的触觉在那儿。沙复明的内心好大的一阵扭捏,跟着她走了。沙复明一点都没有意识到这一次的跟随意味着什么。到了拐弯的地方,沙复明放下女孩的手,十分礼貌同时也十分拘谨地说了一声"谢谢"。女孩却反过来把沙复明的手拉住了,说:"一起去喝点什么吧?"果然是个女孩子,十六岁,或者十七岁。这个是不可能错的。沙复明一时还不能确定是该高兴还是该生气。——不少人好心得过了头,他们在帮助盲人之后情不自禁地拿盲人当乞丐,胡乱地就施舍一些什么。沙复明不喜欢这样的人,沙复明不喜欢这样的事。沙复明客客气气地说:"谢谢了。马上就要上课了。"女孩却坚持了,说:"我是十四中的,也有课——还是走吧。"十四中沙复明知道,就在他们盲校的斜对面,上学期两所学校还联合举办过一次文艺汇演呢。女孩说:"交个朋友总可以吧?"她的胳膊摇晃起来,沙复明的胳膊也一起摇晃起来了,而脸上的皮肤也感受到了异样,——这就是所谓的"面红耳赤"了吧。沙复明只能把脸侧过去,说:"还是谢谢了,我下午还有课呢。"女孩子把嘴巴送到了沙复明的耳边,说:"我们一起逃课怎么样?"

在后来的日子里,沙复明终于找到了一个恰当的成语来描绘当时的情形了,少女的话简直就是"晴天霹雳",具有震撼人心的力量。他一直都是一个好学生,不要说逃课,对他来说,迟到都是不可能的。现在,情况不一样了,一个女孩子向他发出了邀请,这邀请千娇百媚。——"逃课"怎么样?——"一起"逃课怎么样?——"我们"一起逃课怎么样?

沙复明在刹那间受到了蛊惑。犹豫了。他认准了他的"晴天霹雳"的背后隐藏着一种动人的东西,那东西就叫做"主流社会”。是从什么时候开始的？盲人们一直拥有一个顽固的认识，他们把有眼睛的地方习惯性地叫做“主流社会”。“晴天霹雳”背后的不只是“主流社会”了，还是“主流社会”里最另类的那一个角落。主流，却另类，沙复明摩拳擦掌了，心中凭空就荡漾起探险与搏击的好奇与勇气。

他们去的是长乐路上的酒吧。女孩子显然是酒吧里的常客了，熟练地点好了冰镇可乐。这是沙复明第一次走进酒吧，心情复杂了。振奋是一定的，却也有拘谨，还有那么一点点鬼头鬼脑的怕。主要是害怕在女孩子的面前露了怯。好在沙复明的脑子却是清醒的，不停地在判断，不停地记。也就是十来分钟，沙复明轻松下来了，慢慢地活络了。沙复明的活络表现在言语上，他的话一点一点地多了。话一多，人也就自信起来。但沙复明终究是不自信的，他的自信就难免表现得过了头，话越说越多，一句连着一句，一句顶着一句。话题已经从酒吧里的背景音乐上引发开来了。这是沙复明的一个小小的计谋，必须把话题引到自己的强项上去。慢慢地，沙复明控制住了话题，拥有了话语的控制权。和这个年纪的许多孩子一样，他们所依仗的不是理解，而是记忆力，沙复明就开始大量地引用格言，当然，还有警句。沙复明用格言和警句论述了音乐和灵魂的关系，一大堆。在一大堆的格言与警句面前，沙复明突然一个急刹车，意识到了，女孩子都已经好半天没有开口了。人家也许不感兴趣了吧？沙复明只好停顿下来。可以说戛然而止。女孩子似乎意识到了什么，说：“我在听呢。”为了表明她真的“在听”，她拽出了沙复明的一只手，一起放在了桌面上。她说：“我在听呢。”

沙复明的双手是合十的，放在大腿的中间，被两只膝盖夹得死死的。现在，他的左手被女孩拽出来了，放在了桌面上。她的手掌是躺着的，而他的手掌则俯着。女孩的手指找到了沙复明的手指缝，扣起来了。这个看不见的场景远远超出了沙复明的想象，他无法想象两只毫不相干的手可以呈现出这样一种简单而又复杂的结构关系，像精密的设计，每一根手指与每一个手指缝都派上了用场。很结实，很稳固。他的手却无力了，有些颤。内心却掀起了波涛，自信与自卑在不要命地荡漾。上去了，又下来了，下来了，又上去了。仿佛是在原地，似乎又去了远方。沙复明稳定下来，慢慢地，他们聊到唐诗上去了。唐诗是沙复明最为擅长的领域了，他出色的记忆力这时候派上了用场，他能背。说一会儿他就引用一两句，再说一会儿他就再引用一两句。虽说是闲聊，可他的闲聊显得格外的有理有据，都是有出处的。是有底子的模样。腹有诗书气自华，沙复明的才华出来了，他感受到了自己的“气质”。他一边聊，一边引用，还一边阐发。可到底还是不自信，就想知道女孩是不是在听。女孩在听。她已经把另外的一只手加在沙复明的手上了。这等于说，她小小的巴掌已经把沙复明的手捂在了掌心。沙复明再一次停顿下来。他不敢张嘴，一张嘴他的心脏就要蹦出去了。

“你叫什么？”女孩问。

“沙复明。”沙复明伸出脖子，咽了咽，说，“黄沙的沙，光复的复，明亮的明。——你呢？”

为了能把自己的姓名介绍得清晰一些，女孩子有创意了。她从杯子里取出一块冰，拉过沙复明的胳膊，在沙复明胳膊上写下了三个字。

沙复明的胳膊感受到了冰。他的胳膊感受到了冰凉的一横、一竖、一撇、一捺。这感受是那样的奇特，沁人心脾。由于温度的关系，女孩子的一横一竖与一撇一捺就不再是“写”出来的了，而是“刻”。铭心刻骨的“刻”。沙复明腰部的那一段慢慢地直了起来。他想闭上眼睛。他担心自己的眼睛流露出迷茫的内容。但是，他没有闭，睁开了，目视前方。

女孩子却顽皮了，执意让他大声地说出她的名字。“告诉我，我是谁？”

沙复明抽回自己的胳膊。静默了好大的一会儿，沙复明终于说：“我，不识字的。”

沙复明说的是实情。他说的是汉语，其实，这汉语又不是真正的汉语，是一种特殊的语言。准确地说，是盲文。他没有学过一天的汉字。尽管他可以熟练地背诵《唐诗三百首》。

女孩子笑了。以为沙复明在和他逗。女孩说：“对，你不识字。你‘还’是个文盲呢。”

一个人在极力表现自信心的时候是顾不上玩笑的，沙复明转过脸，正色说：“我不是文盲。可是我真的不识字。”

沙复明脸上的表情让事态严重起来。女孩子端详了半天，相信了。“怎么可能呢？”向天纵说。

沙复明说：“我学的是盲文。”为了把这个问题弄清楚，也为了使谈话能够走向深入，他问清楚女孩子的姓名，同样摸出了一块冰，捂在掌心。冰化了，开始流淌。沙复明伸出他的食指，郑重其事了。他在桌面上“写”下了“向天纵”这三个字，其实是一些水珠，是大小不等的小圆点。

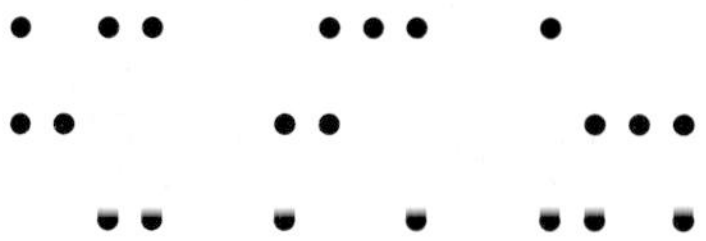

向天纵望着桌面，桌面上是杂乱却又有序的水珠。这就是她了。这就是她的姓和名了。向天纵向左歪过脑袋，看，向右歪过脑袋，看。多么古怪的语言！他们一直在说话，可是，沙复明使用的其实是“外语”。这感觉奇妙了，有趣了，多好玩哦，是罗曼蒂克的场景，可遇不可求。向天纵用双手一把捂住沙复明的脸，在酒吧里喊了起来：“你真——酷哎！”

沙复明对语气的理解力等同于他对语言的理解力。他从向天纵的语气里把所有的自信都找回来了。更何况他的脸还在向天纵的手心里呢。沙复明直起脖子，咳嗽了一声，要咧开嘴笑。因为担心被向天纵看见，即刻又止住了。这很难，可沙复明用他无比坚强的神经控制住了，他做到了。笑是一个好东西，也是一个坏东西，好和坏取决于它的时机。有时候，一个人的笑容会使一个人丧失他的尊严。沙复明绝对不能让自己失去尊严。沙复明故作镇定，再一次开口说话了。这一次的说话不同于一般，几乎就是一场学术报告：

“这是一种很年轻的语言，它的创造者姓黄，叫黄乃。黄乃你也许不知道，但他的父亲你一定知道，那就是我国近代史上著名的民主革命家、辛亥革命重要的领导人，黄兴。黄乃是黄兴最小的儿子。他是一个遗腹子。

“黄乃在年轻的时候喜欢足球，由于踢足球受伤，黄乃失去了他的右眼。1949 年，左眼视网膜脱落，从此双目失明。

“敬爱的周恩来总理对黄乃的病情十分关心，1950 年，敬爱的周恩来总理把黄乃送到了苏联，准确地说，前苏联。终因发病过久，医治无效。

“黑暗使黄乃更加懂得光明的意义，他想起了千千万万的盲人是多么地需要一种理想的文字来学习文化、交流思想啊。但是，当时的中国流传着两种盲文，都有很大的缺陷，黄乃下定了决心，决定创造一种崭新的盲文。

“经过无数次的试验、失败、改进，1952 年，黄乃研究出了以北京语音为标准、以普通话为基础的拼音盲文体系，第二年，获得了国家教育部的批准，并在全中国推广。

“由于有了盲文，所有的盲人一下子有了眼睛，许多盲人成了教师、作家和音乐家。郑州有一位盲姑娘，叫王虹，经过艰苦的努力，最终成了广播电台的节目主持人。”

沙复明其实不是在讲话，而是背诵了。——这些话他在课堂上听过多少遍了？除了“准确地说,前苏联”是他临时加进去的,其他的部分他已经烂熟于心。沙复明怎么能仅仅局限于背诵呢？他说：

“中国的盲文其实就是拼音,也就是拉丁化。五四运动之后不少学者一直在呼吁汉语的拉丁化,很遗憾,后来没有实施。如果实施了,我们在语言学习上起码可以节省二分之一的时间。只有我们盲文坚持了汉语拉丁化的道路。盲文其实很科学。”

这才是沙复明最想说的。最想说的说完了,沙复明十分恰当地停止了谈话。该把说话的机会让给别人了。

“你怎么这么聪明?”

向天纵的语调抒情了。沙复明感觉到了向天纵对自己的崇敬。他的身体像一个气球,被气筒撑起来了,即刻就有了飘飘欲仙的好感受。十六岁的沙复明说:“走自己的路,让别人说去吧。”算是回答了。想了想,不合适,就改了一句,十分认真地说:“我把别人喝咖啡的时间都用在了学习上。”

酒吧里的背景音乐像游丝一样,缭绕着,纠缠着,有了挥之不去的缠绵。就在这样的缠绵里,向天纵做出了一个出格的举动,她放下沙复明,拉起沙复明的手,把它们贴到自己的面庞上去了。这一来其实是沙复明捂着向天纵的面庞了。沙复明的手不敢动。沙复明使出了吃奶的力气,不敢动。还是向天纵自己动了,她的脖子扭动了两下,替沙复明完成了这个惊心动魄的抚摸。

就在酒吧的不远处,左前方,一个角落里头,正坐着一个无比高大的高中男生。他是第十四中学篮球队的主力中锋,他的怀里歪着一个桃红柳绿的小女生。这是沙复明不可能知道的。主力中锋的怀抱在四天之前还属于向天纵,但是,它现在已经被一个“不知羞耻的女人”给霸占了。向天纵的心口正在流血,她不服输。她要有所行动。向天纵就是在“有所行动”的路上遇见沙复明的，想都没有想，一把就把沙复明的手拉过来了。她一定要拉着一个男生出现在主力中锋的面前。

向天纵的耳朵"在听"沙复明，可她的眼睛一刻也没有离开左前方。她一直都盯着那一对"狗男女"。主力中锋正望着窗外。向天纵的眼睛却在挑衅。而桃红柳绿的"小女人"也在挑衅。但是，这挑衅是可爱的，她们的目光都没有表现出咄咄逼人的气势，相反，内容是幸福的，柔和的。她们在竞赛，这是她们的奥林匹克。她们就是要比较一下，看看谁的目光更柔、更轻、更媚，一句话，她们在比谁更快乐、更幸福。作为一个胜利者，"小女人"的目光更为妙曼，是妩媚的姿态，还有"烟笼寒水月笼沙"的劲头。向天纵怎么能输给她？向天纵就不看这个小妖精了，她转过目光，凝视着沙复明，她的目光越来越迷蒙了，已经到了痴迷的地步，是排山倒海般的心满意足。——跟我来这一套，你还嫩了点，少来！你的眼睛那么闪亮全是因为你的隐形眼镜，别以为我不知道！

沙复明看不见，但是，这不等于说，他对情意绵绵毫无知觉。他知道的。他所不知道的只有一点，那就是左前方的秘密。幸福就这么来了，猝不及防。

"逃课好不好？"

"好。"

"你开心不开心？"

沙复明动了动嘴唇，一时找不到合适的词。要让一个十六岁的少年描述现在的心境是困难的。沙复明的脑子乱了，但是，还没有糊涂。没糊涂就记得唐诗。沙复明说："此情可待成追忆。"他粗粗地喘了一口气，对自己的回答分外满意。

向天纵靠在了沙复明的怀里，说："我就想这么坐下去。一辈子。"

沙复明往嘴里送了一块冰。他把冰含在嘴里。他的嘴在融化，而冰块却在熊熊燃烧。

沙复明一直都不知道他的爱情是从哪里来的，又到哪里去了。他的爱情并没有在酒吧里持续“一辈子”，他可怜的“小爱情”只持续了两个多小时。然后，没了。彻底没了。两个多小时，短暂的时光；两个多小时，漫长的岁月。两个多小时之所以可以称之为“岁月”，沙复明还是在后来的日子里体会到的。他的爱情再也没有了踪影，无疾而终。真是“此情可待成追忆”。沙复明只有“追忆”，只有梦。在沙复明的梦里，一直有两样东西，一样是手，一样是冰。手是缠绕的，袅娜的，天花乱坠的，淙淙作响的；突然，它就结成了冰。冰是多么的顽固，无论梦的温度怎样的偏执，冰一直是冰，它们漂浮在沙复明的记忆里，多少年都不肯融化。让沙复明永远也不能释怀的是，那些冰始终保持着手的形状，五指并拢在一起，没有手指缝。沙复明再怎么努力也找不到搀扶的可能。水面上漂满了手，冰冷，坚硬，浩浩荡荡。

两个多小时的“小爱情”对沙复明后来的影响是巨大的。他一直在渴望一双眼睛，能够发出目光的眼睛。他对自己的爱情与婚姻提出了苛刻的要求：一定要得到一份长眼睛的爱情。只有眼睛才能帮助他进入“主流社会“。

沙复明的婚姻就这样让自己拖下来了。眼睛，主流社会，这两个关键词封闭了沙复明。它们不再是婚恋的要求，简直就成了信仰。人就是这样，一旦有了信仰，他就有决心与毅力去浪费时光。

一般来说，盲人在恋爱的时候都希望找一个视力比自己好的人，这里头既有现实的需要，也有虚荣的成分。这一点在女孩子的这一头更为显著了，她们要攀比。一旦找到一个视力正常的健全人，绝对是生命里的光荣，需要额外的庆祝。

沙复明不虚荣。他只相信自己的信仰。没有眼睛，他愿意一辈子不恋爱,一辈子不娶。可是,在“美”的面前,他的信仰无力了。信仰是一个多么虚妄的东西,有时候,它的崩溃仅仅来自于一次内心的活动。

内心的活动不只是内心的活动,它还有相匹配的行为。利用午饭过后一小段清闲的时光,沙复明来到休息厅的门口,敲了敲休息区的房门。沙复明说:“都红。”都红站起来了。沙复明说:“来一下。”公事公办了。

“来一下”干什么,沙复明也不交代,只坐在推拿床上,不动。都红又能做什么呢?站在一边,也不动。都红是有些担忧的,老板最近一些日子一直闷闷不乐,会不会和自己有什么瓜葛?她还不是“沙宗琪推拿中心”的正式员工呢。都红便把近几天的言谈和举止都捋了一遍,没有什么不妥当,心里头也就稍稍放宽了些。都红说:“老板,放松哪儿?”

老板就是不说话,也没有指定都红去放松哪儿。都红一点都不知道,沙复明的胳膊已经抬起来了,两只手悬浮在半空。它们想抚摸都红的脸。它们想在都红的脸上验证并认识那个叫做“美”的东西。那双手却始终在犹豫。不敢。沙复明最终还是抓住了都红的手。都红的手冰凉。却不是冰。没有一点坚硬的迹象。柔软了。像记忆里的感动。都红的手像手。一共有五个手指头。沙复明一根又一根地抚摸,沙复明很快就从都红的手上得到了一个振奋人心的新发现:都红的手有四个手指缝。沙复明甚至都没有来得及想,他的手指已经插到都红的手指缝里去了。原来是严丝合缝的。到了这个时候沙复明终于意识到了,不是都红的手冰凉,而是自己的手冰凉。却融化了。是自己的手在融化,滴滴答答。眼见得就有了流淌和奔涌的迹象。

沙复明孟浪了,突然拽过都红的手。他要抢在融化之前完成一项等待已久的举动。他把都红的手摁在了自己的腮帮子上。都红不敢动。沙复明的脑袋轻轻的一个摇晃,都红就抚摸他了。都红是多么的暖和啊。

“老板,这样不好吧。”

这是一个多么漫长的梦,穿越了如此不堪的岁月。原来就在这里。一步都不曾离开。

“留下吧”,沙复明说,“都红,永远留下。”

都红把自己的手抽出来,全是汗。都红说:“沙老板,这不成交易了么?”

第八章　小马

嫂子突然就不到“男生”这边来了。有些日子不来了。

小马其实已经感觉出来了，嫂子这样做是在回避自己。在宿舍里是这样，在推拿房也是这样。

从嫂子回避小马的那一刻起，小马就开始了他的忧伤。但是，嫂子为什么要回避自己呢？小马忧伤的脸上平白无故地浮上了笑容。很浅，稍纵即逝。小马看到了回避的背后所隐藏的内容。他的身体已接近生动。

嫂子的气味。嫂子头发的气味。湿漉漉的气味。嫂子“该有”的“有”。嫂子“该没”的“没”。

小马沉默了，像嫂子的气味一样沉默。小马平日里就沉默，所以，外人是看不出他的变化来的。只有小马自己才能够知道，这不一样。他过去的沉默是沉默，现在的沉默则是沉默中的沉默。

什么是沉默呢？什么是沉默中的沉默呢？小马都知道。

——小马在沉默的时候大多都是静坐在那里，外人“看”上去无比的安静。其实，小马的安静是假的，他在玩。玩他的玩具。没有一个人知道他的玩具是什么。他的玩具是时间。

小马不用手表，没有时钟。轮到他上钟了，小马会踩着幽静的步伐走向推拿房。一个小时之后，小马对客人说一声“好了”，然后，踩着幽静的步伐离开，不会多出一分钟，也不会少掉一分钟。小马有一绝，小马对时间的判断有着惊人的禀赋，对他来说，时间有它的物质性，具体，具象，有它的周长，有它的面积，有它的体积，还有它的质地和重量。小马是九岁的那一年知道“时间”这么一个东西的，但是，那时候的“时间”还不是他的玩具。在没有玩具的日子里，他的眉梢在不停地向上扯，向上拽。他想睁开眼睛。他心存侥幸，希望有奇迹。那时候的小马没日没夜地期盼着这样一个早晨的来临：一觉醒来，他的目光像两只钉子一样从眼眶的内部夺眶而出，目光刺破了他的上眼皮，他眼眶的四周全是血。他的期盼伴随着常人永远也无法估量的狂暴，就在死亡的边沿。

四年之后，这个十三岁的少年用他无与伦比的智慧挽救了自己，他不再狂暴。他的心安宁了。他把时间活生生地做成了他的玩具。

小马至今还记得家里的那只老式台钟。圆圆的，里面有一根时针、一根分针和一根秒针。秒针的顶端有一个红色的三角。九岁的小马一直以为时间是一个囚徒，被关在一块圆形玻璃的背后。九岁的小马同样错误地以为时间是一个红色的指针，每隔一秒钟就咔嚓一小步。大概有一年多的时间，小马整天抱着这台老式的时钟，分分秒秒都和它为伍。他把时钟抱在怀里，和咔嚓玩起来了。咔嚓去了，咔嚓又来了。可是，不管是去了还是来了，不管咔嚓是多么的纷繁，复杂，它显示出了它的节奏，这才是最要紧的。咔嚓。咔嚓。咔嚓。咔嚓。咔嚓。咔嚓。它不快，不慢。它是固定的，等距的，恒久的，耐心的，永无止境的。

咔嚓。咔嚓。咔嚓。咔嚓。咔嚓。咔嚓。咔嚓。咔嚓。咔嚓。咔嚓。咔嚓。咔嚓。咔嚓。咔嚓。咔嚓。

时间在“咔嚓”。它不是时间，它是咔嚓。它不是咔嚓，它是时间。咔嚓让他喜欢。他喜欢上时间了。

事实上，小马在一年之后就把那只老式的台钟舍弃了。他不需要。他自己已经会咔嚓了。他的身体拥有了咔嚓的节奏，绝对不可能错。时间在他身体的内部，在咔嚓。不用动脑子，不用分神,在什么情况下他自己都能够咔嚓。他已经是一只新式的台钟了。但是,他比钟生动,他吃饭,还睡觉,能呼吸。他知道冷,他知道疼。这是小马对自己比较满意的地方。他吃饭的时候会把米饭吃得咔嚓咔嚓的,他呼吸的时候也能把进气和出气弄得咔嚓咔嚓的。如果冷,他知道冷了多少个咔嚓,如果疼,他也知道疼了多少个咔嚓。当然,睡觉的时候除外。可是,一觉醒来,他的身体就自动地咔嚓起来了。他在咔嚓。

小马不满足于咔嚓。这种不满给小马带来了崭新的快乐。他不只是在时间里头,他其实是可以和时间玩的。时间的玩法有多种多样,最简单的一种则是组装。

咔嚓一下是一秒。一秒可以是一个长度,一秒也可以是一个宽度。既然如此,咔嚓完全可以是一个正方形的几何面,像马赛克,四四方方的。小马就开始拼凑,他把这些四四方方的马赛克拼凑在一起,咔嚓一块,咔嚓又一块。它们连接起来了。咔嚓是源源不断的,它们取之不尽,用之不竭。两个星期过去了,小马抬起头来,意外地发现了一个博大的事实,大地辽阔无边,铺满了咔嚓,勾勒纵横,平平整整。没有一棵草。没有一棵树。没有一座建筑物。没有一个电线杆子。即使是一个盲人骑着盲马,马蹄子也可以像雪花那样纵情驰奔。小马没有动,耳边却想起了嗡嗡的风声。他的头发在脑后飘起来了。

时间一久,小马感到了组装的单调,也可以说,建设的单调。既然所有的东西都是人建的,那么,所有的东西就必须由人来拆。疯狂的念头出现了,小马要破坏。他想拆。他首先做了一个假定:一个标准的下午是五个小时。这一来就好办了,他把五个小时划分成五个等份,先拿出一个,一小时。他把一小时分成了六十个等份,一分钟就出现了;再分,这一来最精细的部分就出现了,是秒。咔嚓来了。咔嚓一下他拿掉一块,再咔嚓一下他又拿掉一块。等最后一个咔嚓被他拆除之后,一个开阔无边的下午就十分神奇地消失了。空荡荡的笑容浮现在了小马的脸上。一个多么壮丽的下午啊,它哪里去了呢?是谁把它拆散的?它被谁放在了什么地方?这是一个秘密。是谜。

再换一个角度,再换一种方法,时间还可以玩。小马就尝试着让自己和时间一起动。时钟是圆的,小马的运动就必然是圆周运动。在圆周的边缘,小马周而复始。大约玩了两三个月,小马问了自己一个问题,时间为什么一定是圆形的呢?时间完全可以是一个三角!每一个小时都可以是一个三角,每条边等于二十分钟。每一分钟也可以是一个三角,每条边等于二十秒。就这样又玩了一些日子,一个更大胆、更狂放的念头出现在了小马的脑海中——时间的两头为什么要连接起来呢?没有必要。可不可以把时间打开呢?谁规定不能打开的呢?小马当即就做了一个新鲜的尝试,它假定时间是一条竖立的直线,咔嚓一下,他就往上挪一步,依此类推。小马开始往上爬了。——事实很快就证明了,并没有什么东西可以阻挡小马。两个小时过去了,整整两个小时过去了,小马始终都没有回头的意思。但小马突然意识到了,他清醒地意识到了,他已经来到了高不可攀的高空。他在云端。这个发现吓出了小马一身的冷汗,他兴奋而又惊悚,主要是恐高。可是,小马是聪明的,冷静的,他把自己的两只手握紧了,这就保证了他不会从高不可攀的高空摔下来。他是悬空的,无依无靠。天哪。天哪。天哪!他在天上。这太惊险、太刺激了。这时候,哪怕是一个稍纵即逝的闪念都足以使小马粉身碎骨。

是冷静与镇定帮了小马的忙。小马做出了一个无比正确的决定,怎么爬上来的,他就怎么爬下去。小马吸了一口气,开始往下爬。还是一个咔嚓一步。小马耐着性子,咔嚓。咔嚓。咔嚓……七百二十个咔嚓过去了,仅仅是七百二十个咔嚓,奇迹发生了,小马的屁股胜利抵达了他的座位。这是一次英武的冒险,这同样又是一次艰难的自救。小马一身的冷汗，他扶住椅子，支撑起自己的身体，站起来了。他成功了，成功啦！小马幸福无比，振奋异常。他体会到了前所未有的狂放，在无人的客厅里大声地呼喊：

"我发现了，我发现啦！时间不是圆的！不是三角的！不是封闭的！"

既然时间不是封闭的，咔嚓就不可能是囚徒，从来都不是。它拥有无限的可能。通过艰苦卓绝的探险，小马终于发现了时间最为简单的真相。这个真相恰恰是被自己的眼睛所蒙蔽的。——眼见不为实。如果小马是个先天的盲人，换句话说，如果他一生下来就没有见过那只该死的老式台钟，他怎么会认为时间是圆的呢？咔嚓从一开始就不是一个囚徒。

看不见是一种局限。看得见同样是一种局限。高傲的笑容终于挂在了小马的脸上。

时间有可能是硬的，也可能是软的；时间可能在物体的外面，也可能在物体的里面；咔与嚓之间可能有一个可疑的空隙，咔与嚓之间可能也没有一个可疑的空隙；时间可以有形状，也可以没有形状。小马看到时间魔幻的表情了，它深不可测。如果一定要把它弄清楚，唯一可行的办法就是贯穿它，从时间的这头贯穿到时间的那头。

人类撒谎了。人类在自作多情。人类把时间装在了盒子里，自以为控制它了，自以为可以看见它了。还让它咔嚓。在时间面前，每一个人都是瞎子。要想看见时间的真面目，办法只有一个：你从此脱离了时间。

小马就此懂得了时间的含义，要想和时间在一起，你必须放弃你的身体。放弃他人，也放弃自己。这一点只有盲人才能做到。健全人其实都受控于他们的眼睛，他们永远也做不到与时间如影随形。

与时间在一起，与咔嚓在一起，这就是小马的沉默。

——沉默中的沉默却是另外的一副样子。沉默中的沉默不再是沉默。小马没有和时间在一起，他被时间彻底地抛弃了。他学会了关注。小马机警地关注嫂子的一举一动，甚至，嫂子的一个转身。嫂子在转身的时候空气会动，小马能感受到这种细微到几乎不存在的震颤。休息室不再是休息室，小马的眼前突然呈现出童年时代的场景，有山，有水，有草，有木，有蓝天，有白云。还有金色的阳光。嫂子是一只蝴蝶，她在无声地飞。蝴蝶真多啊，满天遍野，一大群，拥挤，斑斓。但嫂子是那样的与众不同，即使有再多的蝴蝶嫂子也能和它们区分开来：她是唯一的一只玉蝴蝶。在众多的蝴蝶中，嫂子是那样的醒目，她的翅膀上有瑰丽的图案，她的翅膀发出了毛茸茸的光芒。她在翩翩起舞。她的翻飞没有一点喧闹，一会儿上去了，一会儿又下来了，最终，她离开了蝴蝶群，安静地栖息在一片修长的叶片上。她的整个身躯就是两片巨大的玉色的翅膀，平行，对称，轻巧而又富丽堂皇。

"小马，你干吗跟着我？"嫂子说，"你坏。你坏死了！"

小马壮着胆子，同样栖息在嫂子的那片叶子上了。嫂子是没有体重的，小马也是没有体重的，但是，修长的叶子还是晃动了一下。嫂子一定感受到了这阵晃动，她再一次起飞了。然而，这一次的起飞不同了，浩瀚的晴空万里无云。浩瀚的晴空一碧如洗。浩瀚的晴空只有两样东西，嫂子，还有小马自己。小马的心情无限的轻旸，他尾随着嫂子，满世界就只剩下了四只自由自在的翅膀。

嫂子再一次栖息下来了。这一次她栖息在了水边。小马围绕着嫂子，在飞，小心翼翼，最终，他栖息了。这是一次壮丽的栖息——小马栖息在了嫂子的身上。一阵风过来了，嫂子和小马的身体就起伏起来了，像颠簸，像荡漾，激动人心，却又心安理得。小马侧过头去,他在水中看到了他和嫂子的倒影,这一来又仿佛是嫂子栖息在小马的身上了。嫂子的倒影是多么的华美,而自己呢?却是一只黑蝴蝶,是蠢笨的样子,简直就是一只蠢笨的飞蛾。小马自惭形秽了,他的眼前一黑,身体从嫂子的身上滑落下来了,不可挽回,掉在了水里。

这时候偏偏就过来了一大群的鱼。是鱼群。它们黑压压的,成千上万。每一条鱼都是一样的颜色,一样的长短,一样的大小。小马突然发现自己已经不再是飞蛾了,而是一条鱼。他混杂在鱼群里,和所有的鱼都是同样的颜色,同样的大小。这个发现让小马恐惧了:到底哪一条鱼才是自己呢?茫茫鱼海,鱼海茫茫啊,嫂子还能辨认出自己么?小马奋力来到了水面,竭尽全力,想跳出去。可是,小马的努力是徒劳的,他的跃起没用,每一次都是以回落到水中作为收场。连声音都没有,连一朵水花都没能溅起。

为了确认自我,小马想从鱼群当中脱离出来。然而,不敢。离开了他的鱼群,他只能独自面对无边的大海。他不敢。离群索居是怎样的一种大孤独?他不敢。离开?还是不离开?小马在挣扎。挣扎的结果给小马带来了绝望,他气息奄奄,奄奄一息。小马感觉到自己失去了最后的一点力气,他的身体翻过去了。他白色的肚皮即将漂浮在水面。他的命运将是以尸体的形式随波逐流。

一条海豚就在这个时候出现了。它光洁,润滑。全身的线条清晰而又流畅。它游过来了,为了前进,它的身躯在不停地扭动。它一边游,一边对着鱼群喊:“小马,小马,我是嫂子!”小马一个激灵,抖擞了精神,跟上去了。小马大声地喊道:“嫂子!我是小马!”嫂子停住了,用她溜圆的眼睛望着小马,不信。嫂子不相信眼前的家伙就是小马。如果它是小马,那么,大海里谁又不是小马呢?小马急了。小马仰过身子,说:“嫂子你看,我的脖子上有一条很大的疤！”嫂子看见了，她看见了。小马永远也不能依靠自己的脸庞去证明自己，然而，一道骇人的伤痕让他们重逢了。这叫人心痛。然而，他们没有心痛，他们激动，无比的激动，想拥抱。可是，他们没有胳膊，没有手。他们唯一能做的只有相对而泣。一颗又一颗巨大的泪珠流出了眼眶。他们的眼泪是气泡。气泡哗啦啦，哗啦啦，笔直地扑向了遥不可及的天空。

“我从来都没这么哭过，”嫂子说，“小马你坏死了！”

小马就这样坐在休息室里，做着他的白日梦，无休无止。在白日梦里，嫂子已经把他死死地拽住了。在嫂子没有任何动静的时候，嫂子是一只蝴蝶，嫂子是一条鱼，嫂子是一抹光，一阵香，嫂子是花瓣上的露珠，山尖上的云。嫂子更是一条蛇，沿着小马的脚面，盘旋而上，一直纠缠到小马的头顶。小马就默默地站起来了，身上盘了一条蛇。他是休息室里无中生有的华表。

但嫂子在休息室里不可能永远是坐着的，她毕竟有走动的时候。只要嫂子一抬脚，哪怕是再小的脚步声，小马也能在第一时间把它捕捉到，并放大到惊人的地步。嫂子的脚步声有她的特点，一只脚的声音始终比另一只脚的声音要大一些。这一来嫂子就是一匹马了。当嫂子以一匹马的形象出现的时候，休息室的空间动人了，即刻就变成了水草丰美的大草原。这一切都是小马为嫂子预备好了的。

小马固执地认定嫂子是一匹棕红马。小马在无意间听客人们说起过的，嫂子的头发焗过油，标准的棕红色。现在，嫂子的鬃毛和尾巴都是棕红色的。当嫂子扬起她的四只蹄子之后，她修长的鬃毛就像风中的波浪，她修长的尾巴同样是风中的波浪。小马在八岁的时候见过一次真正的马，马的睫毛给了小马无限深刻的印象。马的眼睛是清亮的，这清亮来自于它的潮湿。在潮湿的眼睛四周，马的睫毛构成了一个不规则的椭圆。迷人了。

含情脉脉,可以看见远山的影子。嫂子用她椭圆形的和潮湿的眼睛看了小马一眼,长嘶一声,纵情奔驰了。小马紧紧地跟随,一直就在嫂子的一侧,他们是并驾齐驱的。因为速度,他们的奔跑产生了风。风撞在了小马的瞳孔上,形成了一道根本就不可能察觉的弧线。风从小马的眼角膜上滑过去了。多么的清凉,多么的悠扬。嫂子的瞳孔一定感觉到了这阵风,她的蹄子得意起来,差不多就腾空了。

嫂子说:“小马,你是真正的小马。”

这句话说得多好。这句看似平淡的话里有多么自由的内容。小马的蹄子纵情了,他和嫂子一起爬上了一道山冈。在山冈的最高处,开阔的金牧场呈现在了他们的眼前。金牧场其实是一块巨大的盆地,一些地方碧绿,一些地方金黄。阳光把云朵的阴影投放在了草场上,阴影在缓缓地移动。这一来金牧场运动起来了,兀自形成了一种旋转。这旋转是围绕着一匹棕红色的母马——也就是嫂子——而运行的。嫂子却不知情,她撩起了她的两只前蹄,长嘶一声,然后,打了一连串的吐噜。在她打吐噜的时候,她的尾巴飞扬起来,在残阳的夕照中,千丝万缕,纷纷扬扬,飘飘洒洒,形成了一道又一道棕红色的线条。这线条是透明的,散发出灼灼的华光,像没有温度的火焰,在不可思议地燃烧。小马把他的鼻子靠上去了,嫂子就用她的火焰拂拭小马的面孔。小马闻到了火焰醉人的气味。嫂子后来就转过身来,她背对着金牧场,把她的脖子架在了小马的背脊上。嫂子的脖子奇特了,她脖子下面的那一块皮肤温热而又柔滑,松软到了不可思议的地步。小马就不动,用心地体会这种惊人的感受。最终,他让开了,反过来把自己的脖子架在嫂子的背脊上。嫂子的身上全是汗,她的肌肉还在不规则地颤动。一阵风过来了,嫂子的身体和小马的身体挨在了一起,他们拥有了共同的体温,他们还拥有了共同的呼吸。他们各自用自己的一只眼睛凝视对方。

嫂子一点都不知道,她亮晶晶的瞳孔里头全是金牧场的影子,还有小马的头部。小马的头部在嫂子的瞳孔里头是弯曲的,它的弧度等同于嫂子瞳孔表面的弧度。

嫂子的眼睛眨巴了一下。在她眨巴眼睛的过程中,她所有的睫毛都参与到这个美妙的进程中来了。先是聚集在一起,然后,啪地一下,打开了。这个啪的一声让小马震撼,他的脖子蹭了一下嫂子。作为回报,或者说,作为责备,或者说,作为亲昵,嫂子也用她的脖子蹭了小马一回。小马愿意自己的半张脸永远沐浴在嫂子的鼻息里。到死。到永远。

一个牧人这时候却走了过来,大步流星。他的肩膀上扛着一副马鞍。牧人几乎没有看小马,直接来到嫂子的面前,他把他的马鞍放到嫂子的身上去了。小马大声说:"放开,别碰她!"牧人却拍了拍嫂子的脖子,对嫂子说:"吁——"

牧人跨上嫂子的背脊,对嫂子说:"——驾!"

牧人就走了。是骑着嫂子走的,也可以说,是嫂子把他带走的。牧人的背影在天与地的中间一路颠簸。小马急了,撒开四只蹄子就追。然而,只追了几步,小马就发现自己不对劲了。小马回过头去,吃惊地发现自己的身体散落一地,全是螺丝与齿轮,还有时针、分针与秒针。小马原来不是马,而是一台年久失修的闹钟。因为狂奔,小马自己把自己跑散了。他听到了嫂子的四只马蹄在大地上发出的撞击声,咔嚓,咔嚓,咔嚓,咔嚓。

"王大夫,孔大夫,小马,上钟了!"小马闭着眼睛,还在那里天马行空,大厅里突然就响起了高唯的一声叫喊。

小马醒来了。不是从沉默中醒来的,而是从沉默中的沉默中醒来了。小马站起身。嫂子也站起身。站起身的嫂子打了一个很长的哈欠,同时伸了一个很充分的懒腰。嫂子说:"唉,又要上钟了。困哪。"

客人是三个。偏偏就轮到了王大夫、嫂子还有小马。小马不情愿。然而,小马没有选择。作为一个打工仔,永远也没有理由和自己的生意别扭。

三位客人显然是朋友。他们选择了一个三人间。小马在里侧,嫂子居中央,王大夫在门口,三个人就这样又挤在一间屋子里了。这样的组合不只是小马别扭,其实,王大夫和小孔也别扭。因为别扭,三个人都没有说话。这是中午。从气息上说,中午的时光和午夜的时光并没有任何的区别。它安宁,静谧,适合于睡眠。也就是三四分钟,三个客人前前后后睡着了。比较下来,王大夫的客人最为酣畅,他已经打起了响亮的呼噜。

那边的呼噜刚刚打起来,小马的客人也当仁不让,跟上了。他们的呼噜有意思了,前后刚刚差了半个节拍。此起,彼伏,此伏,彼起。到底是朋友,打呼噜都讲究呼应,却分出了两个声部,像二重唱了。原本是四四拍的,因为他们的呼应,换成了进行曲的节奏。听上去是那种没有来头的仓促。好像睡眠是一件很繁忙的事情。有趣了。小孔笑着说:"这下可好了,我一个指挥,你们两个唱,可好了。"

小孔的这句话其实也就是随口一说,没有任何特定的含义。可是,说话永远都是有场合的。有些话就是这样,到了特别的场合,它就必然有特别的意义。不可以琢磨。一琢磨意义就大了,越琢磨就越觉得意义非凡。

"我一个指挥,你们两个唱",什么意思呢?王大夫在想。小马也在想。王大夫心不在焉了,小马也心不在焉了。

除了客人的呼噜,推拿室里就再也没有动静了。可推拿室里的静默并没有保持太久,王大夫和小孔终于说话了。是王大夫把话头挑起来的。他们谈论的是最近的伙食,主要是菜。小孔的意思很明确,最近的饭菜越来越不像话。这句话王大夫倒是没有接,他可不想在这个问题上纠缠过多,万一传到金大姐的耳朵里,总归是不好。金大姐是推拿中心的厨师,她那张嘴也是不饶人的。王大夫就把话岔开了,开始回忆深圳。王大夫说,还是深圳的饭菜口味好。小孔同意。他们一起回顾了深圳的海鲜,还有汤。

因为客人在午睡,王大夫和小孔说话的声音就显得很轻细。有一句没一句的。也没有任何感情上的色彩。很家常的,仿佛老夫和老妻,在卧室里,在厨房里。就好像身边没有小马这个人似的。但小马毕竟在,一字一句都听在耳朵里。在小马的这一头,王大夫和嫂子的谈话已经超出了闲聊的范畴,是另一种意义上的调情了。小马没有去过深圳,就是去过,他也不好插嘴的。小马能做的事情只有一个,在沉默中沉默。内心的活动却一点一点地加剧了。羡慕有一些,酸楚有一些,更多的却还是嫉妒。

不过嫂子到底是嫂子,每过一些时候总要和小马说上一两句,属于没话找话的性质。这让小马平静了许多。再怎么说,嫂子的心里头还是有小马的。小马羡慕,酸楚,嫉妒,但多多少少也还有一些温暖。

不管怎么样,这一个小时是平静的,对他们三个人来说却又有点漫长。三个人都希望能够早一点过去。还好,小马手下的客人第一个醒来了,一醒来就长长地舒了一口气。这口气把另外的两个客人都弄醒了。这一来推拿室里的气氛恢复了正常,再也不是老夫老妻的厨房和卧室了。客人们睡眼惺忪地探讨了这个午觉的体会,他们一致认为,这个中午好。这个中午来做推拿,是一个伟大、光荣和正确的抉择。

高唯这个时候进来了,站在王大夫的身边耳语了一句,王大夫的一个贵宾来了,正在4号房等他。床已经铺好了。王大夫说了一声“知道了”,给客人拽了拽大腿,说了两句客气话,告别了。客人们则开始在地板上找鞋子。利用这个空隙,小孔已经把深圳的手机摸出来了。她打算留下来,在客人离开之后和父亲通一次话。小马已经听出了嫂子的磨蹭。她没有要走的意思。小孔一点也不知道,时间正在咔嚓,小马的心脏也在咔嚓。

客人终于走了,小马走到门口,听了听过廊,没有任何动静了。小马拉上门,轻声喊了一声"嫂子"。小孔侧过脸,知道小马有话想对她说,便把手机放回到口袋里,向前跨一步,来到了小马的跟前。小马不知道自己要说什么,却闻到了嫂子的头发。嫂子的头发就在他的鼻尖底下,安静,却蓬勃。小马低下头,不要命地做了一个很深很深的深呼吸。

"嫂子。"

这一个深呼吸是那样的心旷神怡。它的效果远远超越了鼻孔的能力。"嫂子。"小马一把搂住小孔,他把嫂子箍在了怀里,他的鼻尖在嫂子的头顶上四处游动。

小孔早已是惊慌失措。她想喊,却没敢。小孔挣扎了几下,小声地却是无比严厉地说:"放开!要不我喊你大哥了!"

第九章　金嫣

徐泰来说话了。他到底说话了。徐泰来一开口事情就好办了,金嫣当即就开始了她的情感攻势。这攻势别致了。她的进攻是从外部做起的,扫荡一样,把外围的一切都扫平了。这句话怎么讲呢？这句话的意思是,当徐泰来意识到金嫣喜欢自己的时候,推拿中心的人早就知道了。

金嫣做了两件事,一,吃饭的时候坐在泰来的身边;二,下班的路上拉着泰来的手。对盲人们来说,这两个举动其实都是家常的,一般来说,并没有特殊的含义,尤其在下班的路上。——盲人下班历来都是集体行动,三个一群,四个一组,由一个健全人搀扶着,手拉着手"回家"。但是,金嫣就是金嫣,永远都是不同凡俗的。

应当说,推拿中心的人对金嫣和徐泰来的关系并没有做好精神上的准备。相对说来,哪一个男的会追哪一个女的,或者说,哪一个女的会追哪一个男的,人们大致上会有一个普遍的认识。简单地说,看起来"般配"。"般配"这东西特别的空洞,谁也说不出什么来。但是,一旦落实到实处,落实到人头上,"般配"这东西又格外的具体。再怎么说,林黛玉总不会和鲁智深恋爱的吧。黛玉和鲁达"不配"。金嫣和泰来也"不配"。既然"不配",谁还会往"那上头"想呢？

金嫣高调出场了。这一天的中午金大姐来了。她的到来是一个信号,中午饭开场了。金大姐是一个健全人,是推拿中心的专职厨师。她的特点是准时,不用摁表,她一进门一定是北京时间中午十二点。金大姐勤勤恳恳的,客客气气的,她把饭钵递到每一个人的手上。大伙儿很快就狼吞虎咽了。年轻人就这样,不可能好好地吃的,不分男女,要不狼吞,要不虎咽。金嫣这一次却没有。她把饭钵放在桌面上,反过来喝水去了。金大姐说:"金嫣,快吃吧,今天的伙食不错呢。"金嫣是这样平心静气地回答金大姐的:"不着急。我要等泰来。我们一起吃。"

金嫣说这句话的时候泰来还在上钟。他的一个贵宾崴了脚踝,需要理疗,所以就加了半个小时的钟。金嫣这么一说大伙儿想起来了,昨天午饭的时候金嫣特地走到了泰来的面前,说:"泰来,我坐在你身边可以吗?"金嫣说得大大方方的,大伙儿都以为只是一个普普通通的玩笑,谁也没往心里去。都红站了起来,特地给她让开了座位。坐吧,徐泰来又不是贝克汉姆,你爱坐多久坐多久。

可是,金嫣这一次说的是"我要等泰来",这一次说的是"我们一起吃",大伙儿很快静默下来了。多么轻描淡写。轻描淡写就是这样,它的本质往往是敲锣打鼓。金嫣才来了几天?也太快了吧也。她怎么就看上徐泰来了呢?

不会吧。搞错了吧?

没搞错。金嫣看上泰来了。是不是恋爱了现在还说不上,不过,事态却是明摆着的。金嫣对泰来不是一般的好。更不是同事之间的那种好。泰来下了钟,金嫣先让他去洗手。洗过手,金嫣和泰来坐在了一处,吃起来了。金嫣一边吃,一边关照泰来"慢一点";一边关照,一边从自己的碗里给泰来拨菜。嘴里头还絮絮叨叨的。这哪里是同事嘛。休息区安静了,泰来听到了这种安静,低下头,想拒绝。金嫣放下碗,搡了泰来一把,说:"男人要多吃,知道吗?"泰来已经窘迫得不知所措了,就知道扒饭,都忘记了咀嚼,满嘴都塞得鼓鼓囊囊的。——这是哪儿?这可是休息区啊，所有的人都在。金嫣就是有这样的一种辽阔的气魄，越是大庭广众，越是旁若无人。

金嫣吃着，说着，偶尔还发出一两声的笑。声音小小的，低低的，呈现出来的是一种亲昵的格局，是“恋人”才有的局面。这一来休息区里的人们反倒不好意思大声说话了，静悄悄的，只剩下金嫣和泰来的咀嚼。咀嚼声一唱一和，或者说，夫唱妇和。大伙儿只能保持沉默，心底里却复杂了。徐泰来算什么？算什么？刚刚来了一个美女，偏偏就看上他了。泰来还爱理不理的，谁信呢。

如果说，一起吃饭时金嫣所表现出来的是她的勇敢，高调，到了深夜，在“回家”的路上，金嫣又不一样了。金嫣呈现出来的是另外的一面，无能而又娇怯。她对泰来依赖了。一定要拉着泰来的手，别人的则坚决不行。

深夜的大街安静了，马路上不再有喧闹的行人，不再有拥挤的车辆。这是喧闹和拥挤之后的安静，突然就有些冷清。大街一下子空旷起来，成了盲人们的自由世界，当然，也是一个孤独的世界。盲人们虽然结着伴，但到底是孤独的。金嫣所喜欢的正是这份孤独，他们沿着马路的左侧，一路低语，或一路说笑。每到这样的时刻，金嫣都有一个无限醉人的错觉，这个世界是她的，只有她和泰来两个人。像荒漠。

我是一匹来自北方的狼
走在无垠的风雨中
凄厉的北风吹过
漫漫的黄沙掠过

还有什么比这更好的么？没有了。想想吧，在深夜，在寂寥的大街上，也可以说，在苍凉的荒原上，一个姑娘拉着一个小伙子的手，他们在走，义无反顾。多么的严峻，多么的温馨。

慢慢地跟着你走
慢慢地知道结果
……
直到天长地久
Love is forever

泰来却一直都没敢接招。他如此这般的胆怯,一方面是天性,另一方面还是被他的初恋伤得太重了。是一朝被蛇咬,十年怕井绳的惊悚。然而,这恰恰是金嫣迷恋泰来最大的缘由。在骨子里,金嫣有救死扶伤的冲动。如果泰来当初就没有受伤,金嫣会不会这样爱他呢?难说。金嫣是知道自己的,她不爱铁石心肠,不爱铜墙铁壁。金嫣所痴迷的正是一颗破碎的心。破碎的心是多么的值得怜爱啊,不管破成怎样,碎成怎样,金嫣一定会把所有的碎片捡起来,捧在掌心里,一针一线地,针脚绵密地,给它缝上。她要看着破碎的心微微地一颤,然后,完好如初,收缩,并舒张。这才是金嫣向往的爱情哪。

午饭是一顿连着一顿的,下班是一夜连着一夜的。金嫣和泰来始终在一起。同事们都知道了这样的一个基本事实,金嫣,还有泰来,他们恋爱了。那就爱吧。既然这个世界上有鲜花,有牛粪,鲜花为什么就不能插在牛粪上?

然而,问题是,他们没有恋爱。金嫣知道的,他们还没有。恋爱永远不能等同于一般的事,它有它的仪式。要么一句话,要么一个动作,也可以两样一起上,一起来。只有某一个行为把某一种心照不宣的东西"点破"之后,那才能算是恋爱。

金嫣把能做的都做了,大开大阖,大大方方。但是,在"仪式"这一个问题上,金嫣体现出了一个女孩子应有的矜持。"我爱你"这三个字她坚决不说。她一定要让泰来说出来。在这个问题上金嫣是不可能妥协的。泰来不说,她就等。金嫣有这个耐心。金嫣太在意泰来的这三个字了,她一定要得到。她有权利得到。她配得上。只有得到这三个字,她的恋爱才有意义。

泰来却始终都没有给金嫣这三个字。这也是金嫣意料之中的事了。在这个问题上金嫣其实是有些矛盾的,一方面,她希望早一点得到这三个字,另外一方面,她又希望泰来的表白来得迟一些。泰来毕竟刚刚经历了一场恋爱。一个男人有没有恋过爱,有没有结过婚,有没有生孩子,这些问题金嫣一点也不在乎。她在乎的是一个男人对待女人的态度,尤其是对待前一个女友的态度。泰来刚刚从死去活来的恋爱当中败下阵来,一调头,立即再把这三个字送给金嫣,金嫣反而会寒心的。金嫣才不急呢。爱情的表白是上好的汤,要熬。

日子在一天一天过去,一天,又一天,一个星期,又一个星期。泰来什么都没有对金嫣表白。金嫣有耐心,但有耐心并不意味着金嫣不等待。时间久了,金嫣毕竟也有沉不住气的时候。无论金嫣做什么,怎么做,泰来的那一头就是纹丝不动。陪金嫣吃饭,可以,陪金嫣下班,可以,陪金嫣聊天,可以。但是,一到了"关键"的时候,泰来就缄默了。坚决不接金嫣的招。

泰来的缄默是吓人的。回过头来一看,金嫣自己把自己都吓了一跳,他们认识的日子已经"不短"了。泰来的那一头连一点表达的意思也没有。泰来不是欲言又止,也不是吞吞吐吐,他所拥有的仅仅是"关键"时刻的无动于衷。泰来在"关键"时候的缄默几乎摧毁了金嫣的自信心,——他也许不爱自己的吧。"鲜花"插在"牛粪"上,"牛粪"就是不要,可以吧?可以的。

金嫣有点力不从心了。她感到了累。可事已至此,金嫣其实已经没有了退路。最累人的已经不是泰来的缄默了,——所有的人都知道他们的关系,她是高调出击的,现在,他们正在"恋爱",她金嫣有什么理由不高调呢?没有。金嫣时刻必须做出春暖花开的样子,这就有点吃不消了。

金嫣不点破,泰来也不点破。金嫣有耐心,泰来更有耐心。

金嫣以为自己可以一直等下去的,这一次却错了。她所等待的不是泰来,是时间,时间本身。时间是无穷无尽的,比金嫣的耐心永远多一个“明天”。明天深不见底,它遥遥无期。金嫣终于意识到了,她等不下去了。她被自己的耐心击垮了。泰来更为坚韧、更为持久的耐心让她彻底崩溃了。泰来的耐心太可怕了。他简直就不是人。金嫣只有一个心思,好好地哭一回。好在金嫣知道自己的德行,哭起来惊天动地。为此,她专门请了半天的假,去了卡乐门。那是一家卡拉 OK 厅。金嫣在卡乐门卡拉 OK 厅的包间里把音量调到了最大,然后,全力以赴地痛哭了一回。

哭归哭,金嫣在私下里还是做起了准备。她给母亲打了一个电话,她告诉母亲,自己的身体状况似乎“不怎么好”。她知道母亲会说什么,无非是让她早一点回去。金嫣也就顺水推舟,说,再看看吧。这个“再看看”是大有深意的,它暗含了一个决心:金嫣决定和姓徐的把事情挑明了,行,金嫣就留在南京,不行,金嫣就立马打道回府。

最后翻牌的依然不是泰来,是金嫣。这一天晚上是张宗琪、季婷婷、泰来和金嫣一组,由服务员小唐带领着,一起“回家”了。到了“家”门口,就在住宅楼的底下,金嫣站住了。金嫣走到张宗琪的一侧,把泰来的另一只手从张宗琪的掌心里拔出来,说:“张老板,你们先上楼吧,我们再溜达一会儿。”张宗琪笑笑,拉过小唐的手,上楼去了。金嫣拽了拽泰来的上衣下摆,站在了道路的旁边。听着同事们都上楼了,金嫣没有拐弯子,直截了当了。金嫣说:“泰来,我想和你谈谈。”这句话的架势非常大,泰来的表情当即就凝重了起来。他不知道他的表情会不会被金嫣看见,他没有把握。他把头低了下去。凭直觉,泰来知道,今天晚上一定会发生一点什么。

但无论发生什么,泰来打定了主意,不说话。金嫣明明是打算在这个晚上和泰来把事情挑明了的,“看见”泰来的这一副姿态,生气了。金嫣在这个晚上特别的倔强,你不说,好,你不说我也不说,就这么耗下去,看你能耗到什么时候。大不了耗到天亮,姑奶奶我陪着你了。

然而,这一次金嫣又错了。她的耐心怎么也比不过徐泰来。也就是十来分钟,金嫣撑不住了,她火暴的脾气上来了。金嫣全力控制住自己,一只手扶在了泰来的肩膀上。金嫣说:

"泰来,店里头都是盲人,所有的盲人都看出来了,都知道了,你看不出来?你就什么也不知道?"

泰来咳嗽了一声,用脚尖在地上划拉。

"看起来你是逼着我开口了。"金嫣的声音说变就变,都带上哭腔了,"——泰来!我可是个女人哪……"

金嫣说:"泰来,你就是不说,是不是?"

金嫣说:"泰来,你就是要逼着我说,是不是?"

金嫣说:"泰来,你到底说不说?"

泰来的脚在动,嘴唇在动,舌头却不动。

金嫣的两只手一起扶住了泰来的肩膀,光火了。她火冒三丈。压抑已久的郁闷和愤怒终于冲上了金嫣的天灵盖。金嫣大声说:"你说不说?!"

"——我说。"泰来哆嗦了一下,脱口说,"我说。"他"望着"金嫣,憋了半天,到底开口了:

"我配不上你。"

泰来说这句话的时候早已是心碎。似乎也哭了。他知道的,他配不上人家。怕金嫣没听清楚,泰来诚心诚意地重复了一遍:"金嫣,我实在是配不上你。"

原来是这样。天啊,老天爷啊,原来是这样。这样的场景金嫣都设想过一万遍了,什么都想到了,偏偏就没有想到这个。"我配不上你","我实在是配不上你",天下的恋爱有千千万,还有什么比这更好的开头么?没有。没有了。因为恋爱,她一直是谦卑的，她谦卑的心等来的却是一颗更加卑微的心。谦卑，卑微，多么的不堪。可是，在爱情里头，谦卑与卑微是怎样的动人，它令人沉醉，温暖人心。爱原来是这样的，自己可以一丝不挂，却愿意把所有的羽毛毫无保留地强加到对方的身上。金嫣收回自己的胳膊，定定的，“望着”泰来。她的肩膀颤抖起来。她的身体颤抖起来。她还能说什么？让她说什么好啊？金嫣握紧了自己的拳头，脑子里全空了。此时此刻，除了哭，她还能做什么？金嫣哇的一声，号啕大哭。

金嫣的哭声飞扬在深夜。夜很深了，很静了。金嫣的哭喊突如其来。这是什么地方？这可是居民小区啊。张宗琪很快就带领着金大姐和高唯下楼来了。他们想把金嫣拉回去，金嫣死活不依。张宗琪没有办法，只能拉下脸来："金嫣，我们是租来的房子，你这样，小区会有意见的。"金嫣哪里还听得进去，她才不管呢。她就是要哭。这个时候不好好地哭，还等什么？

金大姐已经睡了一觉，懵里懵懂地被张老板喊起来。一醒来就听到了金嫣泼妇般的号叫。她是不可能知情的。但是，既然金嫣都哭成这个样子了，原因只能有一个，徐泰来欺负人家了。女人在任何时候都必须站在女人的这一边。金大姐就拿出了大姐的派头，劈头盖脸就问了徐泰来一个严峻的问题："徐泰来，你怎么能这样欺负我们金嫣?!"徐泰来很委屈，他怎么也想不通，金嫣为什么会有这么大的动静。

徐泰来被张宗琪拉走了。金大姐一把搂住金嫣，说："好了，我们不哭了。"金嫣哽咽了一声，抬起头，差一点岔过气去。金嫣说："金大姐，你先回去，你让我再哭五分钟。"这话奇怪了。什么样的伤心会持续"五分钟"呢？借助于路灯的灯光，金大姐仔细研究了一番金嫣的表情，金嫣的表情和她的嚎哭完全不相匹配。金大姐的心里当即就有数了，看起来徐泰来十有八九是被她冤枉了。冤枉了也就冤枉了吧，下次吃肉的时候给他多添两块就是了。既然徐泰来是被冤枉的,那金嫣肯定就没事。金大姐柔和起来,说:“听话,跟我上楼去。你不睡,人家可要睡呢。”金嫣把金大姐推开了,说:“不行啊大姐,不哭不行啊。”

金大姐心底里叹了一口气。世道真是变了,年轻人说话她都听不懂了。什么叫“不哭不行啊”!

“我爱你”这句话最终还是金嫣说出来的。是在泰来的怀里说的。泰来自卑,对爱情有恐惧,对感情的表达就更加恐惧。但泰来对金嫣的珍惜金嫣还是感受到了。他怕金嫣,怕把她碰碎了,怕把她碰化了,紧张得只知道喘气,每一个手指头都是僵硬的。金嫣歪在泰来的怀里,情意绵绵的,一不小心就把那三个字说出口了。他不说就不说了吧,不要再逼他了。金嫣算是看出来了,在爱情面前,泰来是一个农夫,怯懦,笨拙,木讷,死心眼。这些都是毛病。可是,这些毛病一旦变成爱情的特征,不一般了。金嫣决意要做农夫怀里的一条蛇。当然,不是毒蛇,是水蛇,是一条小小的、七拐八弯的水蛇。是蛇就要咬人。她可是要咬人的。她的爱永远都要长着牙齿的。想着想着,金嫣就笑了,无声地笑了。

“泰来,我好不好?”

“好。”

“你爱不爱?”

“爱。”

“你在睡觉之前想我么?”

“想。”

“你能不能一辈子对我好?”

“能。”

金嫣就咬了他一口。不是咬着玩的,是真咬。她咬住了他的脖子,直到泰来发出很疼痛的声音,金嫣才松口了。

“你疼不疼?”

“疼。”

“你知不知道我也很爱你?”

“知道。”

“你知不知道我就是想嫁给你这样的人?”

“知道。”

“你也咬我吧。”

“我不咬。”

“咬吧。”

“我不咬。”

“为什么不咬?”

“我不想让你疼。”

这个回答让金嫣感动。被感动的金嫣又一次咬住了泰来的脖子。他们的约会还不到一个小时,泰来就已是遍体鳞伤。

金嫣似乎突然想起什么来了,她从泰来的怀抱当中挣脱开来,一把把泰来搂在了自己的怀里,问了泰来一个无比重要的大问题:

“泰来,我可漂亮了。我可是个大美女,你知道么?”

“知道。”

金嫣一把抓住泰来的手,说:

“你摸摸,好看么?”

“好看。”

“你再摸摸,好看么?”

“好看。”

“怎么一个好看法?”

徐泰来为难了。他的盲是先天的,从来就不知道什么是好看。徐泰来憋了半天,用宣誓一般的声音说:

“比红烧肉还要好看。”

第十章　王大夫

王大夫一个人回到了家。之所以没有带小孔一起回去，是因为母亲在电话里的声音有些不对劲。王大夫也没有多问，下了钟只是和沙复明打了个招呼，就回家去了。说起家，王大夫其实还是有些怕，想亲近的意思有，想疏远的意思也有，关键是不知道和父母说什么。照理说，回到南京了，王大夫应当经常回家看看才是，王大夫没有。王大夫也就是每天往家里打一个电话，尽一份责任罢了。就一般的情形来看，王大夫正处在热恋当中，热恋中的人常回家多好！许多事情在外面终究不那么方便。王大夫还是不愿意。他宁愿他的父母亲都在远方，是一份牵挂，是一个念头，他似乎已经习惯于这样了。

一进家门王大夫就感觉到家里的气氛不对。父母都不说话，家里头似乎有人。出什么事了吧？阴森森的。

王大夫突然就有些慌，后悔没在回家的路上先给弟弟打个电话。再怎么说，弟弟是个健全的人，他是这个家的顶梁柱。有弟弟在，家里的情形肯定就不一样了。好在王大夫还算沉着，先和母亲打了招呼，再和父亲打了招呼，一只手摸着沙发，另一只手却在口袋里摸到了手机。他在第一时间就把弟弟的手机号码拨出去了。

"这是大哥吧？"一个好听的声音说。

王大夫假装吃了一惊，笑起来，说："家里头有客人嘛。怎么称呼？"

王大夫的手机却在口袋里说话了："对不起，您拨打的手机已关机。"

"怎么称呼告诉你也没意思。还是问问你弟弟吧。可他的手机老是关机。"

手机在十分机械地重复说："对不起，您拨打的手机已关机。"

客厅里很安静，手机的声音反而显得响亮了。王大夫很尴尬，干脆把口袋里的手机掐了，心里的恐惧却放大了，不可遏止。

"妈，怎么不给客人倒茶？"

"不客气。倒了。"

"那么，——请喝茶。"

"不客气。我们一直在喝。我们是来拿钱的。"

王大夫的胸口咯噔了一下，果然是遇上麻烦了，果然是碰上人物了。可转一想，似乎也不对，明火执仗抢到家里来，不至于吧。王大夫客客气气地说："能不能告诉我，谁欠了你们的钱？"

"你弟弟。"

王大夫深深地吸了一口气，明白了。一明白过来就不再恐惧了。

"请问你们是哪里的？"

"我们是裆里的。"

"什么意思？"

"裆嘛，就是裤裆的裆。我们不是裤裆里的。我们是麻将裆里的。我们是规矩人。"

王大夫不吭声了，开始掰自己的手指头。掰完了左手掰右手，掰完了右手再掰左手。可每一个关节只有一响，王大夫再也掰不出清脆的声音来了。

"欠债还钱，理所应当。"王大夫说，"可我爸不欠你们的钱，我妈不欠你们的钱，我也不欠你们的钱。"

“裆里的规矩就不麻烦你来告诉我们了。我们有他的欠条。欠条上有电话,有地址。我们只认欠条,不认人。我们是规矩人。”

这已经是这个好听的声音第二次说自己是规矩人了。听着听着,王大夫的心坎就禁不住发毛。刚刚放下来的心又一次揪紧了。——“规矩人”是什么意思?听上去一点都不落底。

“我们没钱。”王大夫说。

“这不关我们的事。”好听的声音说。

王大夫吸了一口气,鼓足了勇气说:“有我们也不会给你。”

“这不可能。”

“你想怎么样吧?”王大夫说。

“我们不怎么样。”好听的声音说,“我们只管要钱,实在要不到就拉倒。别的事有别的人去做。这是我们的规矩。我们是规矩人。”

这句话阴森了。王大夫的耳朵听出来了,每个字都长着毛。

“他欠你们多少钱?”

“两万五。从江西到陕北。是个好数字。”

“你们要干什么?”

“我们来拿钱。”

“还有没有王法了?”王大夫突然大声地喊道。这一声是雄伟的,也是色厉内荏的。

“不是王法,”好听的声音更喜爱四两拨千斤。“是法律,不是王法。我们懂得法律。”

王大夫不说话了,开始喘。他呼噜一下站起来,掏出手机,劈里啪啦一通摁。手机说:“对不起,您拨打的手机已关机。”王大夫抡起了胳膊就要把手机往地上砸,却被人挡住了。王大夫很有力,挣扎了一回,可那只胳膊更有力。

“不要和手机过不去。”好听的声音说。胳膊是胳膊,声音是声音。家里头原来还有其他人。

“有什么事你们冲着我来!”王大夫说,“你们不许碰我的父母!”

“我们不能冲着你来。”好听的声音说。

作为一个残疾人,这句话王大夫懂。这句话羞辱人了。但羞辱反而让王大夫冷静下来,王大夫说:“你们到底想怎么样?”

“拿钱。”

“我现在拿不出来,真的拿不出来。”

“我们可以给你时间。”

“那好,”王大夫说,“一年。”

“五天。”

“半年。”

“十天。”

“三个月。”王大夫说。

“最多半个月。”“这是最后的半个月。”好听的声音说,“你弟弟这个人很不好,他这个人很不上路子。”

回到推拿中心已经是晚上的九点多钟了。王大夫挤在公共汽车里头,平视前方。这是他在任何公共场所所表现出来的习惯,一直平视着正前方。可王大夫的心里却没有前方,只有钱。他估摸着算了算,两万五,手上的现金怎么也凑不齐的。唯一的选择就是到股市上割肉。但王大夫在第一时间否定了这个动议。他连结婚都没有舍得这样,现在就更不可能这样了。王大夫的心一横,去他妈的,反正又不是他欠下的债,不管它了。

所谓的“心一横”,说到底是王大夫自我安慰的一个假动作,就像韩乔生在解说中国足球赛的时候所说的那样,某某某在“无人防守的情况下做了一个漂亮的假动作”。假动作做完了,王大夫的心像中国足球队队员的大腿,又软了。心软的人最容易恨。王大夫就恨钱。恨裤裆的裆。恨裆里的人。恨弟弟。

弟弟是一个人渣。是一堆臭不可闻的烂肉。无疑是被父母惯坏了。这么一想王大夫就心疼自己的父母，他们耗尽了血肉，把所有的疼爱都集中到他一个人身上去了，最终却喂出了这么一个东西。弟弟是作为王大夫的“补充”才来到这个世界上的，这么一想王大夫又接着恨自己，恨自己的眼睛。如果不是因为自己的眼睛，父母说什么也不会再生这个弟弟；即使生，也不会把他当作纨绔子弟来娇养。说一千，道一万，还是自己作了孽。

这个债必须由他来还，也是命里注定。

王大夫动过报警的念头，但是，不能够。他们的手里捏着弟弟的借条，王大夫赢不了。王大夫永远也不可能知道弟弟的欠条上究竟写了些什么。王大夫已经听出来了，那些狗娘养的有一个完好的组织。他们体面。他们知道怎样“依法办事”。人家可是“规矩人”哪。

可是，钱呢？到哪里去弄钱呢？

王大夫突然想起来了，到现在为止，他还没有和弟弟说上话呢。这么一想王大夫又拨打弟弟的手机，手机依然关着。王大夫想起来了，为什么不找弟媳妇呢？王大夫即刻拨通了母亲，要过弟媳的手机号，打过去。居然通了。手机一通就是惊天动地的爆炸声，还有飞机呼啸的俯冲，似乎是在电影院里头。王大夫压低了声音，说：“晓宁么？”弟媳说：“谁呀？”王大夫说：“我是大哥，我弟在么？”弟媳说：“我们在看电影呢。”王大夫赔上笑，说：“我知道你们在看电影，你让他接一下电话好不好？”

弟弟终于出现了。这会儿他不知道躲在哪里，然而，到底出现了。王大夫说：“我是大哥，你在哪里？”

“安徽。乡下。”

噢，安徽，下乡。安徽的风景不错，他躲到那儿去了。可是，躲得过初一，躲不过十五，你躲得掉么？

“什么事？我在看电影呢。”弟弟说。

“你欠了裆里的钱吧？”王大夫小心翼翼的，尽可能平心静气。他怕弟弟生气，他一生气就会把电话挂了。

“是啊。”

“人家找上门来了。”

“他找上门就是了。”弟弟说，“多大事。”

“什么叫找上门就是了？你躲到安徽去了，爸爸妈妈躲到哪里去？”

“为什么要躲？我们只是爬了一趟黄山。”

“那你为什么把手机关了？”

“手机没钱了嘛，没钱了开机做什么？”

王大夫语塞了。他听出来了，弟弟真的没有躲，他说话的口气不像是“躲起来”的样子。他的口吻与语气都坦坦荡荡，装不出来的。弟弟真是一个伟人，他的心胸无比的开阔，他永远都能够举重若轻。王大夫急了，一急声调就大了：“你怎么就不愁呢？欠了那么多的钱！”

“愁什么？我欠他的，又不是他欠我的。”

“你就不怕他们对父母亲动刀子?!”

“他动就是了。烦不了那么多。多大事？才几个钱？谁会为了这几个钱动刀子？”

“欠钱怎么能不还呢？”王大夫说。

“我没说不还哪。”

“那你还哪。”

“我没钱哪。”

“没钱你也要还哪。”

“你急什么呢？你——急什么？”弟弟说，“放着好日子不过。”

弟弟笑了。王大夫没有听见笑声，但是，王大夫感觉出来了，弟弟在安徽笑。弟弟这一笑王大夫就觉得自己猥琐得不行，从头到脚都没有活出一个人样。王大夫突然就是一阵惭愧，匆匆把手机关了。

王大夫站在马路的边沿，茫然四顾。

王大夫想起来了，在南京，老百姓对弟弟这样的人有一个称呼，“活老鬼”。王大夫一直不知道是什么意思。王大夫现在知道了，“活老鬼”是神奇的，谁也不知道他们是怎样活在这个世界上的，这是一个天大的秘密，暗藏着妖魅的魔力。每个人都担心他们活不下去，可他们活得挺好，活得比大部分人都要好。他们既在生活的外面，也在生活的里面；既在生活的最低处，也在生活的最高处。他们不乐观，也不悲观，他们的脸上永远悬挂着无声的微笑。他们有一个最为显著的特征，也可以说，招牌。那是他们的口头禅。这个口头禅涵盖了他们全部的哲学，“烦不了那么多”，“多大事”。——无论遇上天大的麻烦，“多大事”？“烦不了那么多”。

“多大事”，太阳就落下去了。“烦不了那么多”，太阳又升上来了。太阳每天都会升起来，“烦不了那么多”。太阳每天都会落下去，“多大事”？

回到推拿中心的时候小孔还在上钟。王大夫却懒了，陷在了沙发里，不愿意再动弹，满脑子都是钱。不管怎么说，在钱这个问题上，王大夫打算做两手的准备。先把钱预备好，这总是没错的。谁让弟弟是作为自己的补充来到这个世界上的呢？王大夫决定了，也让自己做一回弟弟的补充。王大夫黑咕隆咚地，笑了。这就是生活了吧？它的面貌就是“补”。拆东墙，补西墙；拆西墙，补东墙。拆南墙，补北墙，拆北墙，补南墙。拆内墙，补外墙，拆外墙，补内墙。拆高墙，补矮墙，拆矮墙，补高墙。拆吧，补吧。拆到最后，补到最后，生活会原封不动，却可以焕然一新。

从理论上说，向小孔借钱不该有什么问题。但是，话还是要说到位。小孔在金钱这个问题上向来是不好说话的。商量商量看吧。十点钟不到，小孔下钟了，王大夫便把沙复明拉到了门外，小声地告诉沙老板，他想和小孔“下早班”，“先回去”。所谓“下早班”，是推拿中心针对“上早班”而制定的一项规定。推拿中心在上午十点之前毕竟没什么生意，所以，大部分推拿师的正常上班时间是上午的十点。但是，推拿中心的大门总不能在上午十点钟还锁着吧，就必须有人先过来。这个先过来的一小部分就叫“上早班”。既然要“上早班”，“上早班”的人在前一天的晚上就可以提前一个小时“下早班”，这才公平。沙复明摁了一下报时手表，北京时间晚上十点，离“下早班”还有一个小时呢。

沙复明的管理向来严格。在上下班这个问题上，他一直都是一视同仁的。刚刚想说些什么，突然明白过来了。人家是恋人。王大夫毕竟也是第一次开口，难得了。管理要严，但人性化管理总还是要讲。沙复明说：“行啊。不过丑话说在前头，这一个小时你要还我。下不为例。”王大夫说：“那当然。”王大夫还没有来得及转身，沙复明的巴掌已经摸到他的肩膀。拍了一下。又拍了两下。

这最后的巴掌意味深长了。王大夫突然就醒悟过来了，一醒悟过来就很不好意思。“不是。”王大夫连忙说。“不是”什么呢，王大夫又不好解释了。沙复明倒是痛快，说：“快走吧。”这就更加的意味深长了。王大夫惭愧死了，什么也没法说，只能硬着头皮回到休息区，来到小孔的面前，轻声说：“小孔，我和老板说过了，我们先回家吧。”王大夫自己也觉得自己的声音过于鬼祟了。

小孔不知情，偏偏又是个直肠子，大声问：“还早呢，这么早回家做什么？”

但话一出口小孔就明白了。王大夫这样鬼祟，“回家”还能“做”什么？小孔的血液“嗞”的一声，速度上来了。

小马呆在他的角落里，突然干咳了一声。小马的这一声干咳在这样的情境底下有点怪异了。也许并不怪异，可是，小孔听起来却特别的怪异。自从小马做出了那样慌乱的举动，小马一直很紧张，小孔也一直很紧张，他们的关系就更紧张了。当然，很私密。小马紧张是有缘由的，毕竟他害怕败露。小孔却是害怕小马再一次莽撞。紧张的结果是两个人分外的小心，就生怕在肢体上有什么磕碰。这一来各自的心里反而有对方了。

咳嗽完了小马就站起了身子，一个人往门外摸。他的膝盖似乎撞在什么东西上了。小孔没有掉头，却从小马的背后看到了一片浩渺的虚空。

小孔突然就是一阵心疼，连小孔自己都吃了一惊，心疼他什么呢？不可以的。就在这样一个微妙的刹那里，小孔真的觉得自己是小马的嫂子了。有点像半个母亲。这个突如其来的身份是那样的具有温暖感，小孔就知道了，原来自己是一个女人，就希望小马哪里都好。

当然，这样的闪念是附带的，小孔主要还是不好意思。人一不好意思就愚蠢了，这愚蠢又时常体现在故作聪明上。小孔对王大夫说："给我带什么好吃的啦？"画蛇添足了。

王大夫有心事。他的心事很重。干巴巴地磨蹭了一会儿，说："没带。"

个呆子！个二百五！说句谎能要你偿命么？

张一光却把话茬接了过来，说："回去吧，回去吃吧。"

这句话挺好笑的，很不幸，休息区里没有一个人笑。小孔害羞死了，尴尬死了。就好像她和王大夫之间的事都做在了明处。

但小孔再尴尬也不能让王大夫在这么多人的面前失去了体面。小孔的脸滚烫，感觉自己的脸都大了一圈。小孔一把拉住王大夫的手，说："走。"话是说得豪迈，心里头却复杂，多多少少还是生了王大夫的气了。

这哪里是商量借钱，倒腾来倒腾去，味道全变了。可事已至此，王大夫只能硬着头皮，拉着小孔的手，出去了。毕竟心慌，一出门，脚底下被绊了一下，要不是小孔的手，王大夫早就一头栽下去了。“你悠着点。”小孔说。她的声音怪怪的，居然打起了颤。王大夫就控制了一下，这一控制，坏了。需要加倍的控制才能够“悠着点”。

现在是北京时间十点。下早班的时间是北京时间十一点。王大夫和小孔总共有一个小时。刨去路上所耗费的十七分钟，他们实际上所拥有的时间一共有四十七分钟。四十七分钟之后，张一光和季婷婷就“下早班”了。形势是严峻的，逼人的。形势决定了王大夫和小孔只能去争分夺秒。他们一路上都没有说话，“到家”的时候已经是一身的汗。现在，第一个问题来了：是在小孔的宿舍还是在王大夫的宿舍？他们喘息着，犹豫了。王大夫当机立断，还是在自己的这边。王大夫打开门，进去了，小孔又犹豫了一下，也进去了。几乎就在小孔进门的同时，王大夫关上门，顺手加上了保险。他们吻了。小孔松了一口气，整个人已经软了，摊在了王大夫的怀里。

但他们马上就分开了。他们不能把宝贵的时间用在吻上。他们一边吻一边挪，刚挪到小马的床边，他们分开了。他们就站在地上，把自己脱光了，所有的衣裤散了一地。王大夫先把小孔架到了上铺，小孔刚刚躺下，突然想起来了，他们实在是孟浪了，再怎么说他们也该把衣服一件一件脱下来，再一件一件放好了才是。——盲人有盲人的麻烦，到了脱衣上床的时候，一定要把自己的衣服料理得清清楚楚，脱一件，整理一件，摆放一件。最下面的是袜子，然后，裤子，然后，上衣，然后，毛衣，然后，夹克或外套。只有这样，起床的时候才有它的秩序，只要按部就班地拿、按部就班地穿就可以了。可谁让他们孟浪了呢？衣裤散了一地不说，还是混杂的，脱倒是痛快了，可穿的时候怎么办？总不能“下早班”的都回来了,他们还在地板上摸袜子。说到底盲人是不可以孟浪的,一步都不可以。小孔又焦躁又伤心,说:“衣服,衣服啊!”王大夫正在往上爬,问:“什么衣服?”小孔说:“乱得一地,回头还要穿呢! 你快一点哪!”

王大夫终于爬上来了。爬上来的王大夫差不多已经和骨头一样硬,几乎没有过渡,王大夫一下子就进去了。王大夫感觉到小孔的身体抽搐了一下,绷紧了,她过去可从没这样过。可王大夫哪里来得及问,他的脑海里全是时间的概念,小孔的脑海里同样充斥着时间的概念。他们得抢时间。为了抢时间,他们就必须争速度。王大夫的速度快了,动作又大,可以说无比的迅猛。一阵剧烈的撞击,王大夫一声叹息,结束了。宿舍里顿时就洋溢出王大夫的气息。两个人一起喘息了,喘息得厉害。小孔都没有来得及让喘息平息下来,说:“下来,快穿!”

他们只能匆匆地擦拭,下床了,后悔得要死,刚才要是镇静一点多好啊。现在好了,每一样衣物都要摸。这一件是你的,而那一件才是我的。可时间不等人哪。这时候要是有人回来了那可如何是好! 他们的手在忙,心里头其实已经慌了。可是,不能慌,得耐心,得冷静。两个人足足花了十多分钟才把衣服穿上了,还是不放心,又用脑子检查了一遍,再一次坐下的时候两个人都已是一头的汗。王大夫哪里还顾得上擦汗,匆匆把门打开了,随手抓起了自己的报时手表,一摁,才十点二十四分。这个时间吓了王大夫一大跳。还有三十六分钟呢。这就是说,抛开路上的时间,抛开脱衣服和穿衣服所消耗的时间,他们真正用于做爱的时间都不到一分钟,也许只有几十秒。这哪里是做爱,他只是慌里慌张地对着心爱的女人射了一次精。

这也许就是一个打工仔对他的女人所能做的一切了。王大夫无语。三十六分钟,这空余出来的两千一百六十秒都是他们抢来的,他没有能献给自己的女人,却白白地浪费在毫无意义的等待之中。他们在等什么？等下早班的人回家。然后，向他们证明，他们什么都没有做。荒谬了。王大夫就愣在门口，无所事事，却手足无措。只好提了一口气，慢慢地又放下去了。像叹息。汗津津的。王大夫回到小孔的身边，找到小孔的手，用心地抚摸。王大夫柔情似水。直到这个时候，王大夫的心坎里才涌上无边的珍惜与无边的怜爱。他刚才都做什么去了？宝贝，我的女人。心疼了。

小孔也在疼。是身体。她趴在自己的膝盖上，疼得厉害，身体的深处火辣辣的，比她的"第一次"还要疼。同样是疼，这一回和那一次不一样了。那一次的疼是一次证明，证明了他们的拥有。小孔就哭了。——她无法表达她的幸福，她说不出来，只有哭。偏偏王大夫又是个呆子，一摸到小孔的泪水就拼命地说"对不起"。小孔的幸福只有一个词才可以表达：伤心欲绝。那一次的疼是湿的，这一次呢？干巴巴。小孔哭不出来。她只是沮丧。她这是干什么？她这是干什么来了？她贱。没有任何人侮辱她，但是，小孔第一次感受到了屈辱。是她自己让自己变成一条不知羞耻的母狗。

"我们结婚吧。"小孔突然抬起头，一把抓住王大夫。

"你说什么？"

小孔侧过了脑袋，说：

"我们结婚。"

王大夫想了想，说："什么都还没准备呢。"

"不要准备。有你，有我，还要准备什么？"小孔嘴里的热气全部喷到王大夫的脸上了。

"不是——没钱么？"

"我不要你的钱。我有。用我的钱。我们只举行一个简单的婚礼，好不好？"

"你的钱，——这怎么可以呢？"

“那你说怎么才可以?”

王大夫的嘴唇动了两下,实在不知道说什么好了。王大夫说:

“你急什么?”

这句话伤人了。小孔一个姑娘,几乎已经放弃了一个姑娘所有的矜持,都把结婚的事主动挑起来了。什么是“急”?太难听了。就好像小孔是一个扔不出去的破货,急吼吼地上门来逼婚似的。至于么?

“我当然急。”小孔说,“我都这样了,谁还肯要我?我不急,谁急?”

这句话重了。两个人刚刚从床上下来,小孔就说自己“都这样了”,无论她的本意是什么,在王大夫的这一头都有了谴责的意味。小孔还是责怪他了。也是,睡的时候你兴头头的,娶的时候你软塌塌的,不说人话了嘛。可王大夫要钱哪。闷了半天,王大夫还是顺从了,嘟哝着说:“那么,结就结吧。”

“什么叫结就结吧?”小孔说。小孔一点都没有意识到眼泪已经出来了,一下子想起了这些日子里父母那边的压力,想起了小马的意外举动所带来的诸多不便,都是因为谁?都是因为你!小孔突然就是一阵伤心。南京我来了,你的心愿也遂了,你哪里还能体会我的一点难,哪里还能体会我对你的那番好。“结就结吧”,这句话太让人难堪了,听得人心寒。小孔拖着哭腔大声喊道:“姓王的,我跟着你千里迢迢跑到南京来,我等来的就是你的这句话?‘结就结吧’,你还说不说人话?你和凳子结吧,你和椅子结吧,你和鞋垫子结吧,你和你自己结吧!我操你妈妈的!”

借钱的事王大夫再也说不出口了。王大夫很难过。软绵绵地说:“这个就是你不对了,你操我妈妈做什么?”

小孔摸了一把自己的眼睛:“操你妈妈的。”

第十一章　金嫣

同事们一点都不知道，金嫣，还有泰来，他们的恋爱开始了。金嫣突然就把追求泰来的那股子疯魔的劲头收敛起来了，一个急转身，成了淑女了。同事们在推拿中心很少看到金嫣的高调出击，都很少听到她的动静了。人们反过来替徐泰来担心，大势不妙。

其实，敲锣打鼓的金嫣到底也没有能够走出盲人的恋爱常态。所谓盲人的恋爱常态，四个字就可以概括：闹中取静。他们大抵是这样的，选择一个无人的角落，静静地坐下来，或者说，静静地抱一抱，或者说，静静地吻一吻，然后，手拉着手，一言不发。一般来说，恋爱中的年轻人都爱动，呼啦一下去了电影院，呼啦一下去了咖啡馆，呼啦一下又去了风景区，你追我赶的，打情骂俏的，偷鸡摸狗的。盲人们不是不想动，也想动，但是，究竟不方便。不方便怎么办呢？他们就把自己的身体收敛起来，转变为一种守候。你拉着我的手，我拉着你的手，守候在一起，也就是所谓的厮守了。他们的静坐是漫长的，拥抱是漫长的，接吻也是漫长的，一点都不弄出动静。如果没有生意，他们可以这样坐上一天。一点也不闷。要是生意来了，他们就分开。临走的时候一方还要摸一下另一方的脸，小声说："等着我啊。"或者干脆，什么都不说，两只手却依依不舍了，是相依为命的样子，直到身体已经离得很远，两个人的食指还要再扣上一会儿。

就态势而言，金嫣的恋爱并没有走出常态。其实，金嫣到底与众不同,还是不一般了。她慵懒了,开始了她的另一个等待。等什么呢?她的婚礼。金嫣一边等,一边想。只要一坐到泰来的身边,她的思绪必然会沿着她的婚礼有去无回。

金嫣的脑袋其实是一个硬盘,储存得最多的则是婚礼。如果不是眼睛不方便,金嫣也许可以做一个婚庆公司的主题策划。在这方面,她是博学的。她的博学为她的遐想提供了无限开阔的空间。从这个意义上说,金嫣不是在"谈恋爱",而是在"想婚礼"。

中式婚礼金嫣其实并不喜欢。它的特征和缺点是显而易见的,主要围绕着吃。因为客人都出了份子,所以,客人们要拼命地吃回去。这个吃当然也包括喝,一喝,麻烦来了。难免有人会喝多,那些酒席上的好汉就成了主角,抢戏了。中式婚礼最大的弊端就是主题分散,很难烘托出一个众星捧月的效果。也俗。必须承认,虽然中国自称是礼仪之邦,其实中国人很不懂得礼仪。看看酒席的最后吧,杯盘狼藉。脏,乱,还咣叮咣当的。可是,话又得分两头去说了,中式婚礼自有中式婚礼迷人的地方,这个地方就是洞房。金嫣对洞房一直有一个高度的概括,两个字,闷骚。性感了。

一定是泰来的父亲事先和客人们打过招呼了,婚庆的酒席刚刚结束,客人们剔着牙,打着酒嗝,三三两两地走了。金嫣和泰来被司仪领进了洞房。金嫣和泰来肩并着肩,一起坐在床沿上。泰来的母亲,这个满脸皱纹的女人对自己的儿子交代了几句,倒退着,却又是合不拢嘴地退出去了。她用她的双手把洞房的房门反掩起来,合上了。透过红头盖,金嫣看见红蜡烛的火苗欠了一下身子,然后,再一次亭亭玉立了。它们挺立在那里,千娇百媚,嫩黄嫩黄的。宝塔式的蜡烛周身通红,在它的侧面,是镏金的红双喜图案。

就蜡烛的烛光而言,它通明。然而,放大到整个洞房,烛光其实又是昏暗的，只能照亮新娘子的半个侧面。金嫣的另一边却留在了神秘的黑暗里。这正是烛光的好，是烛光最为独到的地方——它能让每一样东西都处在半抱琵琶的状态之中。但是，新娘子的这半边亮却到底不同于一般，猩红猩红的，因为红而亮，因为亮而红。新娘子的上衣和头盖都是用鲜红的缎子裁剪出来的，一遇上烛光它就拥有了生命，因为昙花一现，所以汹涌澎湃。这一来洞房里的画面就给人一种错觉，蜡烛不顾其余，它把所有的光亮都集中到新娘子的这一边了，严格地说，半面。别的都是黑色的，它们的使命是烘托。半个新娘子在艳。红彤彤，暖洋洋。她端坐在床沿，羞赧，妩媚，安宁，寂静，娇花照水。

金嫣是被泰来用一根红绸缎拉到洞房里来的。红绸缎的中间被扎成了一个碗口大的花。另外的一条红绸缎则捆在泰来的身上，类似于五花大绑，滑稽得很，在泰来的胸前同样扎了一朵碗口大的花。金嫣被泰来一直拉到了婚床前，金嫣不是用手，而是依靠腰肢的扭转，用她的屁股找到了床沿，落座了。万籁俱寂。全世界只有一样东西还能够发出声音，那就是新娘子的心脏。扑通。扑通。扑通。怎么好呢？她的心和万籁俱寂的世界一点也不相称，都能把自己羞愧死。

金嫣并不害羞。金嫣从来都不是一个害羞的姑娘，相反，她的身上有一股男人气，豪迈，近乎莽撞。如果不是眼疾，她也许就是一个纵横四海的巾帼英雄。但是，这毕竟是结婚——不，不能叫结婚。叫成亲。金嫣在成亲的这一天愿意害羞。不害羞也要害羞，慢慢地学。

泰来终于挪过来了。他们两个人的肩膀已经有了接触了。金嫣的肩膀突然松了一下，镯子掉下来了，从小臂一直落到金嫣的手腕。手镯自然有手镯的光芒，润润的，油油的，像凝结的脂肪，像新娘子特有的反光。泰来先是抚弄了一番玉手镯，最终，把金嫣的手背捂在了掌心里。金嫣的手里还捏着手绢，她能做的只有一样，捏紧手绢，说什么也不能放。

现在，高潮终于来到了。泰来把金嫣的红盖头拽下来了。当红盖头从金嫣的面部滑落下来的时候，金嫣，这个豪迈的姑娘，到底害羞了。他吻了她。不。不是吻，是亲。他亲了她，是嘴。他们亲嘴了。他的嘴唇和口腔里的气息滚烫。

“我好不好？”金嫣问。这句话金嫣一定要问的。

“好。”

“你疼我不疼我？”

“疼。”

“那你轻一点。”

一切都遮遮掩掩的，一切都躲躲藏藏的。还有那种古里古怪的语言。太克制了，太闷骚了，太性感了。金嫣呼的一声就把蜡烛吹灭了，仿佛生了天大的气。

金嫣不喜欢中式婚礼，对“洞房”，金嫣却又无比地神往了。它太深邃，太妖冶了。甚至有点鬼魅。它是春风荡漾的，却又是水深静流的，见首不见尾。“洞房”里最重要的事情当然是性，可性又只能排在第二位，最吸引人的是一种特殊的亲情。新郎和新娘既是夫妻，又是兄妹，也许还是姐弟。这一点西方人就搞不懂了，新郎官怎么可以是新娘子的“哥哥”呢，或者说，新娘子怎么能是新郎官的“姐姐”呢？乱了。乱伦了嘛。其实，在中国人的这一头，才不乱呢。一点也不乱。这是中国人才有、中国人才懂、中国人才能领略的风韵。是东方式的性感，是东方式的亲情，金嫣喜欢死了。古人说，人生三样事，洞房花烛夜，金榜题名时，他乡遇故知。把“洞房花烛”排在第一，有它的道理。金嫣抵挡不住“洞房”对她的诱惑。为了“洞房”，金嫣死死保留了自己的女儿身。无论泰来怎样地死缠烂打，金嫣永远说“不”。不。不！不！！她在婚前绝对不可能和泰来有任何性行为的。她要等到洞房——像张爱玲所说的那样——再和泰来“欲仙欲死”。

中式婚礼最大的遗憾还不在吃,在它缺少了一样东西,令每一个女孩子都怦然心动的东西,婚纱。

金嫣在婚礼上怎么可以不穿婚纱呢?婚纱,多么的美妙,它不是“衣服”,它是每一个未婚女子的梦,长在了肌肤上。它是特殊的肌肤,拥有金蝉脱壳的魔力,足以使一个女人脱胎换骨。它简洁,纷繁,铺张,华贵。伫立时娉婷,行走时婀娜。撇开婚纱自身的梦幻色彩不说,金嫣如此地迷恋婚纱还有另外一个重要的原因,她的身材好。如果一定要让金嫣做一个自我评价,她还要加上一个字,是姣好。这样好的身段不从婚纱里头过一遭,冤枉了。金嫣拥有标准的东北女人的身段,主要的特征是长。这长又充分地体现在她的胳膊上。她的胳膊亭亭玉立。这句话不通。可金嫣就是这样认为的,她的胳膊“亭亭玉立”。想想吧,当无袖的、低胸的婚纱沿着金嫣的胸脯蜿蜒而下的时候,金嫣光滑而又修长的胳膊该是怎样一幅动人的景象,天生就是为婚礼预备的。即使新郎官什么也看不见,即使金嫣自己也看不清晰,金嫣也一定会为自己的胳膊陶醉不已,——她至少证明了一件事,女人所拥有的,她都拥有。这一点对金嫣来说至关重要。

不过有一点,金嫣的身材一天不如一天了。主要是有了发胖的苗头。盲人没法运动,静止的时间太长,这就难免发福。金嫣已经感觉到大臂的外侧有些赘肉了。她的大臂曾经很漂亮的,直上直下的,光滑而又柔软。

为了能够在婚礼上穿一次婚纱,金嫣私底下已经把婚纱的注意事项都了解清楚了。总体上说,有六个方面必须引起她的高度注意:

1. 婚纱的基调是白,忌讳红。一定不能穿红鞋。红鞋意味着走入火坑,它是不吉利的。所有的红色都要忌,红花、红腰带、红底裤都不可以;

2. 穿上婚纱之后新娘子不要鞠躬。如果不可避免,也只能轻轻地一下。这不是因为新娘子矜持,而是为了避免胸脯走光;

3. 婚纱不能用裙撑,纱摆不可以抖动得太厉害;

4. 穿上婚纱之后,新娘子在走路的时候应当手执鲜花,走一步,停一步;

5. 举行仪式的时候一定要有头纱遮面,掀开头纱的人只能是新郎;

6. 站位是男右女左,而不是中国式的男左女右。

春光明媚,或者说,秋高气爽,这些都不重要。重要的是,大地上洒满了阳光。阳光是七彩的,阳光是缤纷的,它们飘飘洒洒,雨一样,羽毛一样,把每一片花瓣、每一张笑脸以至于每一颗门牙都照得通体透亮。阳光把所有物质的色彩都揭示出来了,大地上绿是绿,红是红,紫是紫,黄是黄。花团锦簇。植物是很奇怪的,无论什么样的颜色,只要是从植物的身上呈现出来的,它们的搭配就永远也不会出错。再鲜、再艳也不觉得俗。所有的亲朋好友都来了。他们站立在绿幽幽的草坪上,每一个人都喜气洋洋,每一个人都革履西装。阳光让每一个人的额头都开阔,让每一个人的下巴都干净,让每一个人的鼻梁都挺拔。《婚礼进行曲》响起来了,泰来拉起金嫣的手,拉开了大厅的大门。金嫣在泰来的搀扶下走向了草坪,草坪松软,他们在款款而行。所有的人都让开了,所有的亲朋和好友在给泰来和金嫣让开一条道。金嫣和泰来就像走在巷子里了。金嫣的婚纱拖在草地上,金嫣是袅娜的,金嫣是妩媚的,金嫣是羞赧的,却傲慢。幸福得只差晕厥。新郎和新娘来到了草地的中央,人群的中央。所有的人都在为他们祝福,鼓掌。

泰来穿的是一身藏青的西装。在藏青的陪衬下,雪白的婚纱在阳光的照耀下发出了耀眼的光,像冰,像雪。金嫣在这一刻冰清玉洁。

男式西服最漂亮的部分是肩。泰来不算魁梧的肩部被西服恰到好处地撑开了,泰来的身躯就有了伟岸的特征。金嫣靠在泰来的胸前。在泰来的胸前,金嫣呈现出来的恰恰是她自己的胸脯。不是胸部,是胸脯。乳房是对称的,给出了诱人的乳沟。此时此刻,她的乳沟沐浴在阳光的下面,发出新娘子特有的色彩。还有金嫣的肩。金嫣的肩特别了,无骨的部分丰腴,有骨的部分骨感。风从金嫣的肩部滑过去了,风因为不能在金嫣的肩头驻足而加倍地忧伤。这忧伤却不属于金嫣。金嫣自豪。

你愿意娶金嫣为妻吗?当然,我愿意。泰来说。你愿意嫁给泰来吗?这还用说,金嫣说,我愿意。既然都愿意,泰来就用一只小小的枷锁把金嫣拴起来了,金嫣也用一只同样的枷锁把金嫣拴起来了。对了,这个小小的枷锁有一个好听的名字:戒指。它们是一对,金嫣的给了泰来,泰来的给了金嫣。它们是最为温馨的告诫,还有提示:你可是我的人了。它们是白金的。永不腐蚀。一万年都闪亮如新。

现在,金嫣把泰来"拴"住了,泰来也把金嫣"拴"住了,他们再也不能分开了。金嫣是泰来的风筝,天再高,地再远,她都是风筝,一辈子都拴在泰来的无名指上。泰来却不是金嫣的风筝,他是金嫣的 yo-yo 球。即使金嫣把他扔出去,他也要急速地旋转,依靠自身的惯性迫不及待地回到金嫣的手掌。草坪上发出了感染人心的欢笑。

新郎和新娘被所有的亲朋围在了中央,他们要求新郎和新娘讲他们的故事。泰来害羞,说不出口了。倒是新娘子落落大方,她大声地告诉每一个人,她是如何追新郎的。为了让这句话达到最好的效果,她才不会说"追"他呢,她要说她是如此这般地把新郎"搞到了手"。大伙儿一定会笑翻了的吧。东北人一定要逗。男女都一样。不逗还能叫东北人么?逗完了,金嫣决定和泰来一起唱歌。金嫣一定要选出最好的曲目,十首。每年最具代表性的歌曲,它的意义在十年,它的象征意义在百年。他们就手拉手地唱,一直到太阳西下。最后的一抹余晖恋恋不舍了,每一盏灯都放出它们应尽的华光。

婚纱当然是要脱的。但脱下来的婚纱依然是婚纱。它悬挂在衣架上,像传说的开头:多年以前——

说起婚纱,一个更加狂野的念头在金嫣的脑海中奔腾起来了。——既然婚纱都穿上了,干脆就做一个西式婚礼吧;既然都做了一个西式婚礼了,那么再干脆,到教堂去吧。金嫣没有去过教堂,但是,电影里见过。教堂最为迷人的其实不在它的外部,而在里头。教堂是人间的天国,众多辽阔的拱线撑起了天穹。它恢宏。这恢宏是庄严的,厚重的,神圣的,同时还是贞洁的。管风琴响起来了,那是赞颂和讴歌的旋律,它们在石头上回荡。余音茫茫。上天入地。想着想着,金嫣已经拉着泰来的手"走进"教堂了,腰杆子有了升腾的趋势,脑子里全是彩色玻璃的光怪陆离。金嫣知道了,她的头顶上是天,脚底下是地,天与地的中间,是她琴声一样的婚礼,还有她琴声一样的爱情。

为什么不举办一个教堂婚礼呢?为什么不呢?通过《金陵之声》的业务广告,金嫣最终把她的电话打到罗曼司婚庆公司去了。那是一个星期二的中午。罗曼司婚庆公司的业务小姐很客气,她耐心地听完了金嫣的陈述,最终问了金嫣一个意想不到的问题:"你是教徒吗?"金嫣一时没有明白过来,愣住了。业务小姐立即把问题通俗化了:"你相信上帝吗?——有一方相信也行。"这个问题严肃了。她从来都没有想过。金嫣不能说是,因为她的确不信;她又不想说不,这样说似乎有些不吉利。金嫣当即就把手机合上了。为了防止婚庆公司再把电话打过来,金嫣关掉了手机。她害怕进一步的诘问。

但是,业务小姐的话倒是提醒了金嫣,在婚礼的面前,新娘或新郎最好相信一点什么。

金嫣又相信什么呢？想过来想过去，金嫣并不知道自己该相信什么。她相信过光，光不要她了。她相信过自己的眼睛，自己的眼睛不要她了。随着视力的下降，视域的缩小，这个世界越来越暗，越来越窄，这个世界也不要她了。蓝天不要她了，白云不要她了，青山不要她了，绿水不要她了，镜子里自己的面孔也不要她了。她能信什么呢？她能做的只有试探，还有猜测。一个依靠试探与猜测的女人很难去相信。金嫣把玩着自己的手机，对自己说，不相信是对的，不相信就不用再失望了。从此面向大海，从此春暖花开。

她就相信婚礼。有婚礼就足够了。有婚礼你就不再是一个人，你起码可以和另一个人生活在一起，这是可信的。婚礼其实是一个魔术，使世界变成了家庭。很完整了。

金嫣高兴地发现，因为对婚礼执着的相信，她已经成了一个结婚狂了。婚礼是无所不在的。金嫣每时每刻都在婚礼上。就说吃饭。为了方便，金嫣以前一直都用勺子，现如今，金嫣不再用勺子。她选择了筷子。金嫣在筷子粗头的顶端刻了一道浅浅的凹槽，然后，用一根线系上，再把它拴到另外的一支筷子上去。它们就结婚了。金嫣为筷子举办了一个十分隆重的婚礼，所用的场景是电影《茜茜公主》里的，是皇家的场景，富丽堂皇了。金嫣用一顿午饭的工夫主持了这场婚礼，她的心思盛大而又华贵，她的咀嚼充满了管弦乐的回响。

火罐也可以结婚。在推拿的辅助理疗上，拔火罐是一个最为普通的手段了。中医很讲“气”，——人体的内部有火气，也有寒气。有了寒气怎么办？把它“拔”出来，这也就是所谓的拔火罐了。金嫣给客人拔火罐的时候往往很特别，她总是成双成对地使用。有时候是四对，有时候是五对，有时候也用六对。这一来客人的背脊就成了一个巨大的礼堂，刚好可以举办一场集体婚礼。集体婚礼不好，可也有它的乐趣，主持起来很有成就感的。它体现了中国的特色，再个人的事情也能够洋溢出集体主义的精神。

滋味也可以结婚。最为般配的有两样，甜与酸，麻和辣。甜是一个女人，也有男人的一面，酸是一个男人，也有女人的一面。它们的婚礼无疑是糖醋排骨。又酸又甜，酸酸甜甜。这是贫寒人家的婚礼，寒酸，却懂得感恩，知道满足。它们最容易体现生活的滋味。是穷秀才娶了小家碧玉，幼儿园老师嫁给了出租车司机。婚礼并不铺张，两个人却幸福，心心相印的，最终把紧巴巴的日子过成一道家常菜。

麻是一个不讲理的男人，辣却是一个胡搅蛮缠的女人。它们是冤家，前世的对头，从道理上来说它们是走不到一起去的。没有人看好它们。可生活的乐趣和丰富性就在这里，麻和辣有缘。它们从恋爱的那一天起就相互不买账，我挖苦你，你挤对我。每个人都怕它们。可它们呢，越吵越靠近，越打越黏糊，终于有一天，结婚了。到了婚礼上它们自己都不相信，它们怎么会有这一天的呢？还是吵。是和事佬把它们劝下来的。婚礼不欢而散，各自都做好了离婚的准备。奇怪了，就是离不掉。到老一看，天哪，都金婚了。打了一辈子，吵了一辈子，邻居们都嫌它们烦，它们自己却不烦了，越嚼越有滋味。它们自己都不知道，它们就是生活里的大多数，类似于马路边上的羊肉串。它们一辈子都不满意，就是离不开。它们永远都没有一个像样的婚礼，最后的一口了，风烛残年了，后悔却上来了，夜深人静的时候老是对老伴说，我那时候怎么就没有对你好一点？“再来一串。”其实是想从头再来。从头再来还是这样的，生活就是这样一个个可爱的场景。

最为有趣的还是自行车的婚礼了。两个轮子稀里糊涂的，不是男方糊涂就是女人糊涂，娶了，或者嫁了。虽说新娘和新郎是平等的，骨子里却不平等，永远是一个在前面，一个在后面。

一个在外面,一个在里面。即使到了婚礼也还是这样,一个行动了,另一个就乖乖地跟上去。它们始终有距离,后面的那一个却从来都是亦步亦趋的,步步紧随,是随鸡随鸡的样子。仔细一看,一琢磨,又不对了。后面的那一个才是真正的狠角色。它一直在推动。前面的那一个只是傀儡罢了。但是,由于心甘,情愿,知道后面的那一个对它好,它认。这样的婚礼决定了大街上的风景,满大街都是自行车的车轮,一前一后的,成双成对的。分开的也有,往往是后面的那一个要到前面去了,这一去,麻烦了,一定是后面的那一个推得太猛了,灾难就是这么来的。

相比较而言,金嫣喜欢花生的婚礼。在大部分的情况下,每一个花生都有两颗花生米,它们是邻居,近在咫尺,却静悄悄的,是老死不相往来的局面。这怎么可以呢?金嫣就把花生剥开了,一个是金童,一个是玉女,你们怎么就这么沉得住气呢?金嫣帮着它们撮合了。就在金嫣的巴掌上,金嫣帮它们举办了一个秘密的小婚礼。它们真的很合适,双方的条件都差不多。就是害羞。金嫣一直把它们送进洞房,替它们把衣服都脱光了。两个新人赤裸裸的,光溜溜的,性感死了。是男欢女爱的样子。是天地一合春的样子。金嫣招惹过泰来一次,她把泰来的手拉过来了,把这一对新人送到泰来的掌心。泰来说:

“你吃。”

呆子!呆子!个呆——子!

当然,想过来想过去,金嫣不可能只是为别人张罗婚礼,她想得更多的还是自己的。她哪里是在想,她是在犹豫,比较,衡量。是中式婚礼好呢还是西式婚礼好?拿不定主意了。但是,拿不定主意又有什么关系?金嫣疯狂了。她两个婚礼都要!谁说一对夫妇只可以结一次婚?这又不是基本国策。金嫣决定,先穿着婚纱把自己“嫁”出去,然后,再让泰来在风月无边的烛光当中把自己“娶”回来。两个婚礼有什么?不就是钱么？她舍得。花呗。“花钱”的“花”为什么是“花朵”的“花”？意思很明确了，钱就是花骨朵，是含苞欲放的花瓣。只要“花”出去，每一分钱都可以怦然绽放。忽如一夜春风来，千树万树梨花开。

第十二章　高唯

这么快就能在推拿中心站稳脚跟，都红不敢相信。好在都红是一个自知的人，知道自己的手艺还不足以吸引这么多的回头客。其实，问题的关键早已经水落石出了，都红还是占了“长相”的便宜。这是都红第一次“行走江湖”，她还不能正确地了解一个女子的“长相”具有怎样的重要性。都红现在知道了，“长相”也是生产力。

与“长相”密切相关的是，都红的回头客清一色都是男性。年纪差不多集中在三十五至四十五岁之间。都红对自己的吸引力是满意的，自豪了，当然，也还有陌生。——这陌生让都红快乐，是一个女性理所当然的那种快乐。要不是出来，她这一辈子可就蒙在鼓里了。都红知道自己“漂亮”，可一点也不知道自己“美”。“漂亮”和“美”是两个不同的概念了，它们所涵盖的是完全不同的本质。都红的自豪其实也就在这里。可是，都红同样发现了一个基本的事实，年轻的、未婚的男士很少点她的钟。这让都红又有一种说不上来的寥落。不过都红很快又找到一个说服自己的理由，年轻人身体好，一般不会到推拿房里来，几乎就没有。说到底，并不是都红对他们缺少吸引力，而是都红从根本上就缺少这样的机会。如果他们来了呢？如果呢？也很难说的吧。

知道自己美固然是一件好事，有时候，却又不是这样的。都红就感到自己的心慢慢地“深”了。女孩子就这样，所有的烦恼都是从知道自己的“长相”之后开始的。事实上，都红都有些后悔知道自己的“长相”了。

生意好，接触的人就多。人多了就杂。人真是一个奇怪的东西，什么样的人都有。差别怎么那么大呢？可以说，一个人一个样。都红看不见那些男人，但毕竟给他们做推拿，毕竟在和他们说话，他们的区别都红还是一目了然了。有的胖，有的瘦，有的壮，有的弱，有的斯文，有的粗鲁，有的爱笑，有的沉默，有的酒气冲天，有的烟气缭绕。但是，无论怎样的区别，有一点他们又都是一样的，每个人都有自己的手机。有一点就更加一样了，每一部手机里都有它们的“段子”。都红听到的第一个“段子”是这样的，说，在乡下，一个丈夫下地干活去了，老婆的相好的当即赶了过来。还没有来得及亲热，丈夫却回来了，他忘了拿锄头。老婆急中生智，让相好的躲到麻袋里，并把他藏在了门后。丈夫扛着锄头，急匆匆又要走。走到门口，突然发现门后多了一个麻袋，满满的。他踢了一脚，自语说：“咦，麻袋里是什么？”相好的在麻袋里大声地喊道——“玉米！”

这是都红听到的第一个段子，笑死了。连着听了好几个，段子开始复杂了。并不是每一个段子都像“玉米”这样朴素的。都红年轻，许多段子其实是听不懂的。听不懂就必须问。她傻愣愣地盯着客人，一定要把“包袱”的含意问出来。但都红的话音未落，一下子又无师自通了。这一“通”就要了都红的命，都红感到了龌龊，太污浊，太下流了。血直往脸上涌。都红无比的懊丧，觉得自己也一起龌龊进去了。然而，段子是无穷无尽的，天长日久，都红居然也习惯了，你总不能不让客人说话吧。都红很快就发现这样一种类型的男人了，他们特别热衷于给女生说段子，越说越来劲，就好像段子里头的事情都是他们做出来的。都红不喜欢这样的男人，装着听不见。就是听见了，都红也装着听不懂。难就难在都红听得懂，这一来她就忍不住要笑。都红不想笑，但笑是很难忍的，都红怎么也忍不住，只好笑。笑一回就觉得吃了一回苍蝇。

因为每个人都有手机，每个手机里都有段子，都红知道了，这个世界就是手机，而生活的本来面目就是段子。

段子都有一个共同的特点，那就是荤。荤这个词都红当然知道，它和蔬菜相对，是素的反义词。荤的背后只能是肉，和肉有不可分割的关系。对于荤，都红实在是害怕了，浑身都不自在。听的日子久了，都红对这个世界有了一个大致上的认识，也可以说，判断：她所处的这个世界是荤的。她神往的、那个叫做“社会”的东西是荤的。所有的男人都荤，所有的女人也一样荤。男人和女人一刻也没有闲着，都在忙。满世界都是交媾，混杂，癫疯，痴狂，毫无遮挡。都红都有点庆幸了，幸亏自己是个瞎子，要不然，眼睛往哪里看呢？每个人都是走肉，肉在“哗啦啦”。

都红还记得第一次离家出门的情景。那时的都红的确是恐惧的，她担心自己不能在这个社会上立足。但是，必须承认，都红在恐惧的同时心里头还有另外的一样东西，那东西叫憧憬。她是多么的憧憬这个世界啊。她憧憬陌生的人，她憧憬陌生的事，她憧憬不一样的日子。那时的都红是怎样的蠢蠢欲动，就希望自己能够早一点被这个世界所承认、所接纳，然后，融进去。生活有它的意义，都红所有的梦想都在里头。可现在，铺天盖地的手机和铺天盖地的段子把生活的真相揭示出来了，这个世界下流，龌龊。太脏了，太无聊了，太粗鄙了。都红没有什么可以憧憬的了，从皇帝到乞丐，从总经理到小秘书，从飞行员到乘务员，从村长到二大爷，都一样。都红就觉得自己每一天都站在狗屎堆上。她必须站在狗屎堆上，一离开她就不能自食其力了。她迟早也是一块肉，迟早要“哗啦啦”。

事实上，沙复明已经开始对着自己“哗啦啦”了，都红听见了,沙复明的手在自己的脸上“哗啦啦”。他一定还想通过其他更为隐蔽的方式“哗啦啦”。沙复明在逼近自己。一想起这个都红就有些紧张,她的处境危险了。都红时刻都有可能变成一丝不挂的玉米,被装在麻袋里,然后,变成手机里的笑料。

都红在严加防范,可也不敢得罪他。再怎么说,沙复明是老板啊。他说走,你就只能走。走是容易的,可是,上哪儿去呢?就算能换一个地方,一样的。哪里没有男人?哪里没有女人?哪里没有段子?哪里没有手机?天下就是装满了玉米的麻袋,天下人就是装在麻袋里的玉米。

都红选择了无知,客客气气的。她对沙复明客气了。不即。不离。不取。不弃。你就“哗啦啦”吧,关键是怎么利用好。无知是最好的武器,少女的无知则是核武器,天下无敌的。无论你沙复明怎样地“哗啦啦”,都红很无知。装出来的无知是真正的无知,一如装睡。——假装睡觉的人是怎么也喊不醒的。

沙复明痛心了。他是真心的。为了都红,他已经放弃了他的信仰,不再渴望眼睛,他不再思念他的“主流社会”了,他愿意和没有眼睛的都红一起,黑咕隆咚地过自己本分的日子。他开始追。都红有意思了,不答应,也不拒绝。懵里懵懂。什么都不懂。无论沙复明怎样表达她都不开窍。她的口吻里头永远有一种简单的快乐,像一个孩子在全神贯注地吃糖。沙复明迂回,暗示,恳求,越来越急迫,越来越直白,都红就是听不明白。沙复明还能怎么办?只有实话实说了,其实是哀求:“都红,我爱你呀!”

都红可怜了。——“我还小哎。”

沙复明还能说什么?都红越是可怜,他就越是喜欢,滋生了做她屏障的欲望,一心想守护她。魔障了,不能自拔。好吧,沙复明不只是魔障了,还倔强,你小,那我就等。今年不行,明年,明年不行,后年,后年不行,大后年,大后年不行,大大后年。你总有长大的那一天。沙复明坚信,只要有耐心,关键是,只要一直都爱着她,他沙复明一定能等到都红长大的那一天。

这等待当然是私密的,高度地隐蔽,仅仅发生在沙复明的心里。沙复明谨慎得很,再怎么说,他好歹是一个老板。他不能给员工们留下以权谋私的恶劣印象。还有一点也很重要,沙复明毕竟也虚荣。他要是明火执仗地追,难免会招致误解,他是仗势得来了爱情。很不光彩的。在水落石出之前,还是不要让别人知道的好。

沙复明却错了。他的心思有人知道。谁?高唯。作为推拿中心的前台小姐,高唯在第一时间已经把沙复明的心思清清楚楚地看在眼里了。盲人很容易忽略一样东西,那就是他们的眼睛。他们的眼睛没有光,不可能成为心灵的窗户。但是,他们的眼睛却可以成为心灵的大门。——当他们对某一样东西感兴趣的时候,他们不懂得掩饰自己的眼睛,甚至把脖子都要转过去,有时候都有可能把整个上身都转过去。沙复明近来的情绪一直很低落,可是,只要都红一发出动静,沙复明精神了。脖子和腰腹就一起转动。在高唯的眼里,都红是太阳,而沙复明就是一朵向日葵。静中有动。他在谛听。他一点都不知道自己的神情已经参与到都红的行为里去了,嘴唇上还有一些特别的动作。很琐碎。有点凌乱。一个突然的、浅浅的笑;一个突然的、浅浅的收敛。那是他忘情了。他在爱。他的样子不可救药。

高唯就这样望着她的老板,一点也不担心被她的老板发现。

有一点高唯却又是不能理解的,只要都红一走动,沙复明的脖子就要转过去,他又是如何判断的呢?他怎么知道那是都红的呢?高唯感兴趣了。她就盯着都红的两条腿,认真地研究,仔细地看。一看,答案出来了。都红的行走和小孔一样,都是左脚重,右脚轻,当然了,十分的细微。但小孔是用脚后跟着地,都红先着地的则是脚尖。——都红比小孔要胆小一些，每迈出一步，她总是用脚尖去试探一番的。高唯闭上了自己的眼睛，谛听了一回，果真把都红的步行动态听得清清楚楚的了。

就在当天的晚上，高唯成了都红的好朋友。到了下班的时候，高唯拉住了都红的手，一直拉到三轮车的旁边。都红还在犹豫，高唯已经把她搀扶上去了。她替都红脱了鞋，都红就舒舒服服地、软软绵绵地坐在了一大堆的床单上了。都红的感动是可想而知的，高唯好。真是一个热心肠的人。自己什么都没有，高唯能这样对待自己，只能说，她命好，这样好的人偏偏就让她遇上了。

高唯就这样成了都红的朋友。近了。距离是一个恒数，都红离高唯近了，离季婷婷必然就远了。都红在这个问题上是有点内疚的，说到底，她势利了。这势利并不只是为了一辆三轮车，而是为了眼睛。再怎么说，高唯是一个有眼睛的人，都红需要一双明亮的眼睛成为自己的好朋友。

两个人越来越好，很短的时间就发展到了无话不说的地步。不过，都红一直没有把最大的私房话告诉高唯。关于沙复明，她一个字都不提。都红是不可能把这样的秘密告诉高唯的。也不是都红信不过她。说到底，不同的眼睛下面，必然伴随着一张不同的嘴巴。盲人和健全人终究还是隔了一层。适当的距离是维护友谊最基本的保证。

高唯也不是对都红一个人好，平心而论，她对所有的盲人都是不错的。但是有一点，高唯和推拿中心几位健全人的关系就有点僵。推拿中心的健全人一共有五个，两个前台，高唯和杜莉，两个服务员，有时候也叫做助理，小唐和小宋，一个厨师，金大姐。同为前台，高唯和杜莉的关系始终不对，一开始就有点不对。比较起来，五个健全人里头最有来头的要算金大姐了。金大姐是另一位老板张宗琪的远房亲戚。杜莉呢，则又是金大姐带过来的。高唯一开始并不知道这里头的关系，就知道杜莉初中都没有毕业，而自己好歹还读了两年的高中，气势上有点压人了。等她和杜莉翻了脸，知道了，她已经实实在在地把金大姐给得罪了。金大姐是谁？每顿饭都在她的手上，勺子正一点，歪一点，日子就不一样了。小唐和小宋其实是有点巴结她的。这一来高唯的问题来了。知识分子的处境艰难了。

从大处来说，推拿中心的人际可以分作两块，一块是盲人，一块是健全人。彼此相处得很好。如果一定要说哪一方有那么一点优势，只能是盲人了。盲人毕竟是推拿中心的主人，他们有专业，有手艺，收入也高。相对来说健全人只能是配角了，打打下手罢了。一般来说，盲人从不掺和到健全人的事态里去，健全人也不掺和盲人。他们是和睦的井水与河水，一个在地底下安安稳稳，一个在大地上蹦蹦跳跳。

高唯刚来的时候和其他的几个健全人处得都不错，因为一次处罚，她和杜莉闹翻了。那一天本来是杜莉当班，因为有点私事，杜莉和高唯商量，她想倒个班。高唯答应了。高唯偏偏就在那一天的晚上疏忽了，下班的时候疏漏了六号房的空调。没关。空调整整运作了一夜。沙复明和张宗琪第二天的一早就排查，还用排查么？当然是高唯的责任。高唯觉得冤。被扣了十块钱不说，杜莉始终也没有把高唯的休息日还回来。

难道杜莉就没有出过错？杜莉出的错比高唯还要多。前台本来就是一个容易出错的地方，账目上有些微小的出入是难免的吧？把客人的姓名写错了是难免的吧？口吻不好遭到客人的投诉是难免的吧？打瞌睡是难免的吧？下班的时候忘了关灯、关空调是难免的吧？谁也做不到万无一失。在“沙宗琪推拿中心”，前台其实是个高风险的职业。别的推拿中心还好，前台可以在安排客人方面做点手脚，捞一点外快什么的，“沙宗琪推拿中心”却行不通。两个老板都是打工出身，什么样的猫腻不知道？玩不好会把自己玩进去的。

同样是出错，高唯和杜莉的处境不一样了。杜莉要是出错了，也处理，却不开会。高唯一旦出了错，声势不一样了，接下来必然就是会议。高唯最为害怕的就是会议了，会议是一个特别的东西，人还是这几个人，嘴还是这几张嘴。可是，一开会，变了，人们的腔调和平日里就不一样了。人人都力争说标准的普通话，人人都力争站到同一个立场上去。会议就这样，立场统一了，结果就出来了：每个人都正确，只有高唯她一个人是狗娘养的，完全可以拉出去枪毙。高唯就觉得自己的名字没有起好，她哪里是高唯，简直就是高危。

高唯在推拿中心的处境不好，不是没有想到过离开。也想过。高唯就是咽不下那口气。一个高中生"玩不过"一个初中生，丢的是知识分子的脸。高唯强迫自己坚持下来了。三十年河东，三十年河西，这句话高唯是相信的。任何事情都要把时间拉长了来看，拉长了，人生就好看了。不能急。

沙老板是什么时候爱上都红的呢？事先一点迹象都没有。都红是美女，这个高唯知道。可是，沙老板又看不见，他在意一个人的长相干什么呢？高唯倒是把这个问题放在脑子里琢磨了一些日子，没有结果。没有结果就没有结果吧，反正高唯是知道了，盲人也在意一个人的长相。这就好办了。沙老板你下次开会的时候看着办吧。高唯坚信，沙老板是一个聪明的男人。聪明的男人要想得到一个女人，你就不能不在意这个女人的闺密。——你的"长相"长在人家的舌头上呢。

高唯就对都红不要命地好。很无私了，一点也不求回报。高唯的愿望只有一个，让每个人都看出她和都红的好。等沙老板和都红的关系一旦建立起来，她只能是沙老板最信得过的人。会，你们尽管开。开会有时候有用，有时候没有一点用。是这样的。

相对于高唯的无私,都红投桃报李了。她把和高唯的关系故意处理得偏于夸张。都红这样做考虑的,主要还是安全上的隐患。她不知道沙复明会在什么时候和什么地点对她“哗啦啦”。甘蔗没有两头甜哪。老板想“哗啦啦”,工作是稳定了,但是,“哗啦啦”的威胁她必须面对。现在好了,身边有高唯,她安全了。高唯有眼睛。沙复明不能不忌讳她的眼睛。高唯的眼睛是都红白天里的太阳和黑夜里的月亮。沙复明但敢图谋不轨,高唯的双眼一定会在第一时间打开它们的开关。“啪”的一声,“哗啦啦”就稀里哗啦。

利用中午的闲散时光,都红和季婷婷逛了一次超市,附带把高唯喊上了,正好带个路。三个女的——两个盲人,一个健全人——她们手拉着手,高唯的表现格外的得体了。这个得体体现在高唯的不多话上。一般来说,盲人和健全人相处的时候,盲人毕竟有些自卑,他们的话是不多的,几乎就不插嘴。现在,情形反过来了,两个盲人在一路交谈,高唯却没有插嘴,难得了。连季婷婷都发现了高唯难能可贵的这一面。她在当天的晚上告诉都红:“高唯这个人不错,不多话。”都红想了一下,可不是这样的么?第二天的上午都红在休息区里掏出了钥匙,打开了自己的专用柜。都红取出两块巧克力夹心饼干。上好锁,来到了前台。自己吃了一块,给了高唯一块。高唯是知道的,盲人与盲人之间几乎没有物质上的交往,都红的这个举动不同寻常了。高唯把饼干捂在了嘴里,很开心,第一次和都红“动手动脚”了。她抓住都红脑后的马尾辫,轻轻地拽了一把。这一拽都红的脸就仰到天上去了。她的脸对着天花板,在无声地笑。这个死丫头好看死了,浅笑起来能迷死人。沙老板光知道追她,他又能知道什么呢?他什么也不知道。都红的可爱是如此的具体,却等于白搭。可惜了。

高唯终于壮起了胆子,在安排生意的过程中照顾起都红。

明目张胆了。敏锐的盲人很快就察觉到这个最新的动向。话传到了杜莉的耳朵里，杜莉，这个直肠子的丫头，发飙了。杜莉却回避了照顾生意的问题，毕竟没有证据。她的话锋一转，到底把三轮车的事情郑重其事地提出来了。就在会议的一开始，杜莉问了大伙儿一个严重的问题："三轮车到底是谁的？是中心的，还是哪个个人私有的？"杜莉进一步诘问："推拿中心的规章制度还要不要了？"

杜莉的潜台词是什么，不用多说了。休息区安静下来，顿时就是一片死寂。大伙儿都以为高唯会说话的。高唯没有。她在等。她知道，沙老板会说话的。沙老板果然就说话了，他谈的是业务，关于婴幼儿的厌食症。沙复明重点分析了家长的心态，家长们愿意不愿意给婴幼儿用药呢？答案是否定的。对付厌食症最稳妥的办法还是物理治疗。胃部搓揉，也就是胃部放松。这是一个有待开发的新项目。

由厌食症开始，沙复明把他的讲话升华上去了。他说起了人文主义。人文主义最重要的表现则是人文关怀。他一下子就把"人与人之间的相互帮助"提升到精神文明的高度上去了。沙复明严肃了，口吻却依然是和蔼的。他没有提及该死的三轮车，却把结论提供给大家了。沙复明说："一个单位，一个单位里的人，相互帮助是好的，值得提倡。"沙复明接着就反问了一句："那么，以往的规定还执行不执行呢？"沙复明的回答是："好的就坚持，不好的则一定要改。改革说到底就是两件事，第一，坚持，第二，改变。中央都提倡摸着石头过河，我们盲人有什么理由不这样？"

杜莉的嘴巴撇到一边去了。她什么都没有说，心里头却骂人了，姓沙的完全在放屁。坚持什么，改变什么，还不是你嘴巴上的两块皮。杜莉瞥了一眼高唯，高唯没有看她。她的脸没什么好看的。但高唯怎么也没有想到她的举动能和中央扯到一起去,她从来都没想过。不敢当了。心坎里还是不由自主地一阵紧张。

小孔坐在沙发里,心里头老大的不舒服。谁去坐三轮车,她无所谓了。然而,她不能忍受一个推拿师和前台的勾结。小孔在深圳的时候就一直在吃前台的亏,对前台是有些鄙夷的。但小孔真正看不上的还是暗地里拍马屁的推拿师。怎么就那么贱的呢?丢尽了残疾人的脸。都红你厉害,早就把前台拾掇得天衣无缝了。难怪生意那样好呢,原来是高唯做足了手脚。我说呢。

小孔嘴快,刚刚和季婷婷一起上钟,憋不住了。小孔突然说:“他妈的,走到哪里都有人拍马屁!”这句话含糊了,其实是有所指的。小孔当然知道季婷婷和都红的关系,就看季婷婷的话怎么往下接了。季婷婷还没有开口,王大夫正好在过廊里路过,干咳了一声。季婷婷会心一笑,也干咳了一声,一半是回答王大夫的,另一半则给了小孔。季婷婷就和小孔开起了玩笑,说:“小孔,王大夫这么好,我看你配不上人家。——让给我算了。”小孔没有从季婷婷这里得到她想要的回答,不免有些失落,说:“不给。你要是愿意,我做大,你做小,不会亏待你。”季婷婷手底下的客人都笑了,反正是老熟人,也没有什么忌讳。客人说:“季大夫,恭喜你啊,都当了二奶了。”季婷婷也不吭声,左手已经摸到客人的屁股蛋子上去了。找到委中穴,大拇指一发力,点下去了。客人一阵酸痛,突然就是一声尖叫。季婷婷说:“知道什么是二奶了吧?我是姑奶——奶!”

当天晚上杜莉就给大伙儿带来了一个爆炸性的新消息,才不是都红在拍马屁呢。人家拍高唯的马屁做什么?犯得着么?真正的马屁精是高唯。高唯也没有拍都红的马屁,高唯拍的是未来的老板娘呐!

杜莉没有嚼舌头。越来越多的迹象表明,沙老板动了心了。

沙老板是何等在意脸面的一个人,可他在都红的面前硬是流露出了“贱相”。这也就罢了,沙老板在高唯的面前也越来越“贱”,连说话都赔着笑脸。听得出来的。唉,爱情是毒药,谁爱谁贱。沙老板完了。你完喽。

第十三章　张宗琪

外人,或者说,初来乍到的人,时常会有这样的一个错觉,沙复明是推拿中心唯一的老板。实情却不是这样。推拿中心的老板一直是两个。如果一定要说只有一个的话,这个“一”只能是张宗琪,而不是沙复明。

和性格外露、处事张扬、能说会道的沙复明比较起来,张宗琪更像一个盲人。他的盲态很重。张宗琪一周岁的那一年因为一次医疗事故坏了眼睛,从表面上看,他的盲是后天的。然而,就一个盲人的成长记忆来说,他又可以算是先天的了。即使眼睛好好的,张宗琪也很难改变他先天的特征,似乎又被他放大了:极度的内敛,一颗心非常非常的深。张宗琪的内敛几乎走到了一个极端,近乎自闭,差不多就不说话。这句话也可以这样说,张宗琪从来就不说废话。一旦说了什么,结果就必然是什么。如果一句话不能改变或决定事态的结果,张宗琪宁可什么都不说。

沙复明是老板,几乎不上钟。他在推拿中心所做的工作就是日常管理,这里走一走,那里看一看,客人一看就知道他是一个老板。张宗琪却不同,他也是老板,却始终坚持在推拿房里上钟。这一来张宗琪的收入就有了两部分,一部分是推拿中心的年终分红,和沙复明一样多;另一部分是每小时十五块钱的提成,差不多和王大夫一样多。张宗琪不习惯让自己闲下来。即使是在休息区休息的时候,张宗琪也喜欢做点什么,比方说,读书。他最喜爱的一本书是《红楼梦》。《红楼梦》里他最喜欢的则又是两个人。一个是林黛玉。别看林黛玉长着“两弯似蹙非蹙罥烟眉”,还有“一双似喜非喜含情目”,这丫头其实是个瞎子。冰雪聪明,却什么也看不见,她连自己的命都看不住,可怜咧。张宗琪所喜欢的另一个人则是焦大。这是一个粗人,“胸中没有一点文学”,人家就是什么都知道。无论是荣国府还是宁国府,一切都被他看得清清楚楚。他能看见儿媳妇门槛上慌乱的脚印。

沙复明做事的风格是大张旗鼓。他喜欢老板的“风格”,热衷于老板的“样子”,他就当老板了。张宗琪把这一切都给了他。沙复明喜欢“这样”,而张宗琪偏偏就喜欢“那样”,好办了。暗地里,一个是周瑜,一个是黄盖,两相都非常的情愿。张宗琪没有沙复明那样的好大喜功,他是实际的。他只看重具体的利益。他永远也不会因为一个“老板”的虚名而荒废了自己的两只手。他只是一名“员工”。只有到了和沙复明“面对面”的时候,他才做一次“老板”。从这个意义上说,他是老板的“老板”。张宗琪并不霸道,但是,既然“在大部分情况下”都是沙复明做主,那么,在“少部分情况下”,张宗琪总能够发表“个人的一点看法”吧?更何况他们还是朋友呢。这一来张宗琪的低调反而格外的有力了,大事上头他从不含糊。还有一点张宗琪也是很有把握的,因为他不直接参与管理,几乎就不怎么得罪人——到了民主表决的时候,他的意见往往就成了主导。大权并没有旁落,又拿着两个人的工资,挺好的。张宗琪不指望别的,就希望推拿中心能够稳定。延续下去就行了。

动静突如其来。推拿中心偏偏就不稳定了。

开午饭了,金大姐端着一锅的汤,来到了休息区。金大姐通常都是这样安排她的工作次序的,第一样进门的是汤,然后,拿饭。推拿中心所使用的是统一的饭盒,先由金大姐在宿舍里装好了，把饭和菜都压在一个饭盒里，再运到推拿中心去。这一来到了推拿中心就方便了，一人一个饭盒。金大姐一边发，一边喊："开饭了，开饭啦！今天吃羊肉！"

张宗琪知道是羊肉。金大姐一进门张宗琪就闻到了一股羊肉的香，其实也就是羊肉的膻。张宗琪爱羊肉。爱的正是这股子独到的膻。说起羊肉，许多人都喜欢夸耀自己的家乡，——自己的家乡好在哪儿呢？"羊肉不膻！"完全是放屁了。不膻还能叫羊肉么？不膻还值得"挂羊头卖狗肉"么？可是，张宗琪再怎么喜欢，吃一次羊肉其实也不容易。原因很简单，推拿中心有推拿中心的规矩，员工的住宿和伙食都是老板全包的。老板想多挣，员工的那张嘴就必须多担待。老板和员工是一起吃饭的，控制了员工，其实也控制了老板。他们吃一回羊肉也是很不容易的呐。

张宗琪从金大姐的手里接过饭盒，打开来，认认真真地闻了一遍。好东西就得这样，不能一上来就吃，得闻。等闻得熬不住了，才能够慢慢地送到嘴里去。什么叫"调胃口"？这就是了。越是好的胃口越是要调，越调胃口就越好。

没有任何预兆，高唯站起来了。她把饭盒放在了桌面上，啪的就是一声。这一声重了。高唯说："等一等。大家都不要吃。我有话要说。"她的口吻来者不善了。

张宗琪不知道发生了什么，夹着羊肉，歪过了脑袋，在那里等。

高唯说："我饭盒里的羊肉是三块。杜莉，你数一数，你是几块？"

这件事来得过于突然，杜莉一时还没有反应过来。她的饭盒已经被高唯一把抢过去了。她把杜莉的饭盒打开了，放在了桌面上。

"杜莉，大夫们都看不见，你能看见。你数，你数给大伙儿听。”

杜莉的确看得见,她看到了两个饭盒,一个是自己的,一个是高唯的。她饭盒里的羊肉多到了“惨不忍睹”的地步。杜莉哪里还敢再说什么。

高唯说:“你不数,是吧。我数。”

杜莉却突然开口了,说:“饭又不是我装的。关我什么事?我还没动呢。我数什么?”

高唯说:“也是。不关你的事。那这件事就和你没关系了。你一边待着去!”

高唯把杜莉的饭盒一直送到金大姐的面前,说:“金大姐,杜莉说了,和她没关系。饭菜都是你装的吧?你来数数。”

金大姐这么干不是一天两天的了,她是有恃无恐的。盲人们什么都看不见,就算是健全人,谁还会去数这个啊!谁会做得出来呢。可是,高唯能看见。高唯这丫头她做得出来。金大姐的额头上突然就出汗了。

高唯说:“你不数,好。你不数还是我来数。”高唯真的就数了。她数得很慢,她要让每一个数字清清楚楚地落实在每一个盲人的每一只耳朵里。休息区里死一样的寂静。当高唯数到第十二的时候,人群里有了动静。那是不平的动静。那是不齿的动静。那也许还是愤怒的动静。但是,没完,高唯还在数。数到第十五的时候,高唯显示出了她把掌控事态的能力。她没有说“一共有十五块”。高唯说:“就不用再数了吧?”她的适可而止给每一个当事人都留下了巨大的想象空间。

“金大姐,买羊肉的钱不是你的,是推拿中心的吧?”

高唯再一次把饭盒送到杜莉的面前,说:“人做事,天在看。杜莉,请你来验证一下,看看我有没有撒谎。”

杜莉早已经是恼羞成怒。一个人在恼羞成怒的时候不可能考虑到后果的。杜莉伸出胳膊,一把就把饭盒打翻了。休息区下起了雨。是饭米做的雨。是羊肉做的雨。杜莉高声叫嚣说："关我什么事!"

"话可不能这么说,"高唯说,"你这样推得干干净净,金大姐还怎么做人？金大姐不是在喂狗吧？"

"我怎么没有喂狗?!"金大姐突然发作了,"我就是喂狗了!"

"难得金大姐说了一句实话,"高唯说,"耽搁大家了。开饭了。我们吃饭吧。"

沙复明拨弄着羊肉,已经静悄悄地把碗里的羊肉统计了一遍。他不想这样做,他鄙视这样做,可是,他按捺不住。作为一个老板,沙复明碗里的统计数据极不体面。现在,沙复明关心的却不再是杜莉了,而是另外的一个人,张宗琪,准确地说,是张宗琪的饭盒。他当然不能去数张宗琪的羊肉,可是,结论却很坏,非常坏。他认准了那是一个铺张的、宏大的数据。沙复明承认,高唯是个小人,她这样做龌龊了。但是,沙复明已经无法控制自己的愤怒了。他端起饭盒,一个人离开了,兀自拉开了足疗室的大门。他丢下饭盒,躺下了。这算什么？搞什么搞？几块羊肉又算得了什么？可是,为什么有人就一直在这么做？为什么有人就一直容许这样做？腐败呀。腐败。推拿中心腐败了。

张宗琪没有动。他在吃。他不能不吃。在这样的时候,吃也许是他所能做的唯一的事情了。金大姐是他招进来的人,这一点推拿中心个个知道。金大姐还和他沾了一点根本就扯不上的亲,也就是所谓的"远房亲戚",这一点也是推拿中心个个都知道的。现在,张宗琪有一千个理由相信,高唯是冲着杜莉去的。但是,谁又会在意杜莉呢？

高唯的背后是谁？是哪一个指使的呢？这么一想张宗琪的脖子上就起了鸡皮疙瘩。他意识到了问题的严重性。从什么时候开始的呢？自己怎么一直都蒙在鼓里？亏你还是个老江湖了。

事情闹到了这般的动静，解决是必须的。但金大姐这一次触犯的是众怒，显然不能再依靠民主了。

金大姐是张宗琪招过来的，杜莉又是金大姐带过来的，按照通行的说法，金大姐和杜莉只能是“他”的人，这件事只能由“他”来解决。常规似乎就应当是这样。张宗琪开始疯狂地咀嚼。想过来想过去，张宗琪动了杀心。清理是必须的。他决定了，一定要把高唯从推拿中心“摘”掉。这个人不能留。留下这个人推拿中心就再也不可能太平。

金大姐却不能走。无论金大姐做了什么，金大姐一定要留下。要想把金大姐留下来，杜莉就必须留下来，否则金大姐不干。张宗琪舔了舔上嘴唇，又舔了舔下嘴唇，咽了一口，意识到了，事情真是难办了。

难办的事情只有一个“办”法，拖。拖到一定的时候，再难办的事情都好办了。

张宗琪默不吭声。他决定拖。决心下定了之后，他站起来了，默默地拿起了《红楼梦》，一个人去了推拿房。在窘困来临的时候来一点“国学”，还有什么比这更好的呢？

金大姐为什么不能走？这句话说起来长了。

张宗琪极度害怕一样东西，那就是人。只要是人，张宗琪都怕。这种怕在他五岁的那一年就植根于他的内心了。那一年他的父亲第二次结了婚。张宗琪一点都不知道事态的进程，他能够知道的只有一点，做建筑包工的父亲带回了一个浑身弥漫着香味的女人。他不香的妈妈走了，他很香的妈妈来了。

五周岁的张宗琪偏偏不认为她香。他在肚子里叫她臭妈。臭妈活该了，她在夜里头经常遭到父亲的揍，父亲以前从来都没有揍过不香的妈妈。臭妈被父亲揍得鬼哭狼嚎。她的叫声悲惨了，凄凉而又紧凑，一阵紧似一阵。张宗琪全听在耳朵里，喜上心头。不过事情就是这样奇怪,父亲那样揍她,她反过来对张宗琪客客气气的,第二天的早上还软绵绵地摸摸张宗琪的头。这个女人贱。张宗琪不要贱女人的摸。只要香味一过来,他就把脑袋侧过去了。天下所有的香味都很臭。

事态在妹妹出生之后发生了根本性的变化。小妹妹出生了,臭妈的身上没有香味了。可父亲在夜深人静的时候再也不揍臭妈了。父亲甚至都很少回来。很少回家的父亲却请来了另一个女人,这个女人专门给臭妈和张宗琪做饭。张宗琪同样不喜欢这个女人,她和臭妈一直在叽叽。她们叽叽叽,她们咕咕咕。她还传话。她告诉臭妈,她说张宗琪说了,她臭。

臭妈就是在两个女人短暂的叽咕之后第一次揍"小瞎子"的。她没有打,也没有掐。她把"小瞎子"的细胳膊拧到背后,然后,往上拽。张宗琪疼。撕心裂肺地疼。张宗琪却不叫。他知道这个女人的诡计,她想让自己像她那样鬼哭狼嚎。张宗琪是绝对不会让自己发出那样悲惨的声音来的。臭妈的惨叫让他心花怒放,他一定不会让臭妈心花怒放。他才不会让自己凄凉而又紧凑的声音传到她的耳朵里去呢。他很疼,就是没有一点声音。他是一块很疼的骨头,他是一块很疼的肉。

臭妈终于累了。她放下了很疼的骨头,她放下了很疼的肉。她失败了。张宗琪是记得的,他感到了幸福。一个从疼痛当中脱离出来的人是多么的轻松啊,完全可以称得上幸福了。他微笑了,开始等父亲回来。只要父亲回来了,他一定要把这件事情告诉父亲,添上油,再加上醋。

你就等着在夜里头嗷嗷叫吧!

臭妈显然料到了这一点。他的心思她一目了然。张宗琪的腮帮子感受到了臭妈嘴里的温度。她把她的嘴巴送到张宗琪的耳边来了。臭妈悄声说:"小瞎子,你要是乱说,我能毒死你,你信不信?"

张宗琪一个激灵，身体的内部一下子亮了。啪地就是一下。在张宗琪的记忆里，他的这一生总共就看到过一次，是自己身体的内部。他的身体是空的。“毒药”让他的体内骤然间发出了黑色的光，然后，慢慢地归结于平常。张宗琪就是在亮光熄灭之后突然长大的。他是个大人了。他的臭妈能毒死他。他信。那个专门为他们做饭的女人也能毒死他。他也信。

张宗琪再也不和做饭的女人说话了。说话是不安全的。再隐蔽、再遥远的地方都不能说。一句话只要说出口了，一定会通过别人的嘴巴，传到很远很远的地方去。“说”要小心。“吃”就更要小心。任何“毒药”都有可能被自己的嘴巴“吃”进去。为了更加有效地防范，张宗琪拼了命地听。他的听力越来越鬼魅，获得了魔力。张宗琪的耳朵是耳朵，但是，它们的能力却远远超越了耳朵。它们是管状的，像张开的胳膊那样对称，疯狂地对着四方舒张。他的耳朵充满了不可思议的弹性，可大，可小，可短，可长，随自己的意愿自由地驰骋，随自己的意愿随时做出及时的修正。无孔不入。无所不能。它们能准确地判断出厨房和饭桌上的任何动静。锅的声音。碗的声音。盘子的声音。筷子的声音。勺的声音。铲的声音。碗和筷子碰撞的声音。瓶子的声音。盖子的声音。盖子开启的声音。盖子关闭的声音。螺旋的声音。拔的声音。塞的声音。米的声音。米饭的声音。面的声音。面条的声音。光有听力是不够的，他学会了正确地区分。他既能确定饭锅的整体性，又能从整体性上区分出不同的碗。当然，在行为上，要加倍地谨慎。无论是什么东西，他先要确定别人吃到嘴里了，咽下去了，他才有可能接着吃。他的生活只有一件事，严防死守。绝不能在家里被活活地毒死。他活着，只能说明一个问题，她们没有得逞。但她们也一样活着，这就是说，她们时刻都有得逞的机会。每一天都是考验。他尽可能地不吃、不喝。但是，三顿饭他必须要吃。先是早饭，后是中饭，最后，才是晚饭。晚饭过后，张宗琪解放了。他紧张了一天的身心终于放松下来了。他完全、彻底地安全啦！

对张宗琪来说，家庭生活已不再是家庭生活了，而是防毒。防毒是一个器官，长在了张宗琪的身上。他长大，那个器官就长大，他发育，那个器官就发育。伴随着他的成长，张宗琪感觉出来了，过分的紧张使他的心脏分泌出了一种东西：毒。他自己其实已经有毒了，他的骨头、他的肌肤和他的血液里都有毒。这是好事。他必须在事先就成为一个有毒的人，然后，以毒防毒，以毒攻毒。

在食物和水的面前，一句话，在所有可以“进嘴”的东西面前，张宗琪确信，自己业已拥有了钢铁一般的神经。他的神经和脖子一样粗，和大腿一样粗，甚至，和腰围一样粗。张宗琪相信，他可能有一千种死法，但是，他这一辈子绝对不可能被毒死。

在上海打工的张宗琪终于迎来了他的恋爱。说起恋爱，这里头复杂了。简单地说，张宗琪经历了千辛万苦，活生生地把他的女朋友从别人的手里抢过来了。这一来张宗琪就不只是恋爱，还是一场胜利。扬眉吐气的感觉可以想象了。张宗琪对他的女友百般地疼爱。他们的恋爱发展得飞快。嗨，所谓的“飞快”，无非就是散步了，牵手了，拥抱了，接吻了，做爱了。恋爱还能是什么，就是这些了。

张宗琪的恋爱只用了两次见面就发展到了接吻的地步。是张宗琪的女朋友首先吻他的。两个人的嘴唇刚刚有了接触，张宗琪只是愣了一下，让开了。女朋友拉着张宗琪的手，好半天都没有说话。憋了好半天，女朋友到底哭了。她说，她确实和别人接过吻，不过就一次，绝对只有一次，她可以发誓的。张宗琪用手把她的嘴唇堵上了，说，我爱你，不在意这个。真的么？真的，我也可以发誓。女朋友没有让张宗琪发誓，她火热的嘴唇再一次把张宗琪的嘴巴堵上了。她调皮的小舌尖侵犯到张宗琪的嘴里，先是把张宗琪的两片嘴唇拨开了，然后，再拨他的牙齿。张宗琪的门牙关得紧紧的。可是，恋人的舌尖永远是一道咒语，芝麻，开门吧，芝麻，开门吧。芝麻，你开门吧！

张宗琪的门牙就让开了。女朋友的舌尖义无反顾，一下子就进入了张宗琪的口腔。天啊，舌尖终于和舌尖见面了。这是一次激动人心的见面，神不知鬼不觉的，双方都是一个激灵。女朋友就搅和张宗琪的舌头。张宗琪一阵晕厥，突然就把他女朋友的舌头吐出去了。为了掩饰这个过于粗鲁的举动，张宗琪只能假装呕吐。这一装，成真的了，张宗琪真的吐出来了。女朋友还能做什么呢？只能加倍地疼爱他，一只手在张宗琪的后背上又是拍又是打，还一上一下地迅速地抚摸。

张宗琪从第一次接吻的那一天就对接吻充满了恐惧。张宗琪在回家的路上痛苦了。他其实是喜欢吻的，他的身体在告诉他，他想吻。他需要吻。他饿。可他就是怕。是他的嘴唇和舌头惧怕任何一个入侵他口腔的物质，即使是他女朋友的舌头。可以不接吻么？这句话他说不出口。

可是，哪里有不接吻的恋爱呢？接吻是恋爱的空气与水，是蛋白质和维生素。没有吻，爱就会死。

吻，还是不吻，这是一个问题。爱，还是不爱，这又是一个问题。

不会的，女朋友不会有毒。不会。肯定不会。张宗琪一次又一次告诫自己，要信，一定要信。然而，事到临头，到了行为的面前，张宗琪再一次退缩了。他做不到。不只是接吻，只要是女朋友端来的食物，张宗琪就拖。女朋友不动筷子他坚决不动筷子。张宗琪就是不信。他要怀疑。彻底的怀疑主义者是不可救药的，即使死了，他僵死的面部也只能是怀疑的表情。

女朋友最终还是和张宗琪分手了。是女朋友提出来的。女朋友给张宗琪留下了一张纸条，是一封信。信中说："宗琪，什么也不要说，我懂得你的心。我和你其实是一样的。是爱给了我勇气。你没有勇气，不是你怯弱，只能说，你不爱我。”

张宗琪用他的食指抚摸着女朋友的信，是一个又一个颗粒。他爱。他失去了他的爱。他从爱的背面了解了爱——正如盲文，只有在文字的背面，你才可以触摸，你才可以阅读，你才可以理解。仿佛是注定了的。

出乎张宗琪自己的意料，拿着女朋友的信，张宗琪挂满了泪水的嘴角慢慢地抬上去了，擦干了眼泪之后，张宗琪感觉出来了，他其实在笑。他究竟还是解脱了。

内心的秘密是永恒的秘密。做了老板之后，张宗琪在一件小事情上死心眼了：厨师，必须由他来寻找，由他考核，由他决定。没有任何商量的余地。

其实呢，当初和沙复明合股的时候，两个老板早就商量好了，在推拿中心，绝不录用自己的亲属。可是，弄过来弄过去，张宗琪还是把金大姐弄过来了。好在沙复明在这个问题上并没有和张宗琪纠缠，就一个厨师，也不是什么敏感的位置，又能怎么样？那就来吧。

谁又能想得到，就是这么一个不那么敏感的位置，竟然闹出了如此敏感的大动静。

金大姐必须走人，沙复明躺在足疗椅子上想。

金大姐绝对不可以走，张宗琪躺在推拿床上这样想。

金大姐哪里能知道张宗琪的心思？回到宿舍，金大姐再也没有平静下来，大事已经不好了。她也快四十岁的人了，能在南京得到一份这样的工作，实在不容易了。金大姐是乡下人，丈夫和女儿都在东莞打工，老家里其实就她一个人。一个人的日子有多难熬，不是当事人一辈子也体会不到。就在丈夫和女儿离家的第四年，她终于和村子东首的二叔“好”上了。说“好”是不确当的，准确地说，金大姐是被“二叔”欺负了。金大姐本来可以喊。鬼使神差的，也就是一个闪念，金大姐却没有喊出来。“二叔”六十七岁，扒光了裤子却还是一头牲口。“二叔”浑身都是多出来的皮肤，还有一股很“老”的油味。金大姐直想吐。掐死自己的心都有。可金大姐抵挡不住“二叔”牲口一般的撞击，前后“丢了”两回“魂”，身体像死鱼一样漂浮起来了，这是金大姐从未体会过的。金大姐又害怕又来劲，使劲捧他。就觉得自己龌龊，心中装满了魂飞魄散的恶心，还有一种令人振奋的脏。人都快疯了。他们总共就“好”了一回，金大姐为此哭肿了眼睛。“二叔”的身姿从此就成了游魂，一天到晚在村子里飘荡。金大姐一见到“二叔”的身影就心惊肉跳。

金大姐就是这样出门打工的，其实是为了逃离自己的村庄。好不容易逃出来了，怎么能再回去？说什么她也不能再回去。老家有鬼，打死她她也不敢回去。

都是杜莉这个死丫头啊！二十好几的人了，早到了下面馋的年纪了，她倒好，下面不馋，却双倍地馋在上面。一门心思好吃！要不是为了她，金大姐又何至于弄出这样的丑事来？自己又落到什么了？没有，天地良心，没有啊！金大姐一个月拿着一千块钱，早已经谢天谢地了，从来没有在饭菜上头为自己做过什么手脚。她一分钱的好处也没有捞过。

金大姐就是这样的一个人，一辈子也改变不了天生的热心肠。看谁顺眼了，就忍不住让谁多吃几口，看谁不顺眼了，就一定要让他在饭菜上面吃点苦头。杜莉是自己带过来的，一直拍着她的马屁，她的勺子怎么能不多向着她呢？杜莉那边多了，高唯的那边就必须少。她偏偏就遇上高唯这么一个冤家对头了。她是个贱种，早晚是个卖货。

但是，事已至此，金大姐反倒冷静了。不能束手就擒。不能够。

痛哭了一个下午，金大姐哭丧着脸，做好了晚饭，送过了。

再一次回到宿舍，她把自己的床撤了，悄悄打点好行李。她坐在床沿，在慢慢地等。到了深夜，沙复明回来了，张宗琪回来了，所有的推拿师都一起回来了，金大姐提起自己的包裹，悄悄敲响了张宗琪的单间宿舍。

金大姐把行李放在地上，声音很小，劈头盖脸就问了张宗琪一个问题：

"张老板，你还是不是老板？你在推拿中心还有没有用？"

这句话问得空洞了，也是文不对题的。现在却是张宗琪的一个痛处。张宗琪的眼袋突然就是一阵颤动。

张宗琪的隔壁就是沙复明，张宗琪压低了嗓子，厉声说："你胡说什么！"

张宗琪的嗓子是压低了，金大姐却不情愿这样。她的嗓门突然吊上去了。金大姐敞开了她的大嗓门，大声地说："张老板，我犯了错误，没脸在这里做了。我对不起沙老板，对不起张老板，对不起所有的人。我就等着你们回来，给大伙儿说一声对不起。我都收拾好了，我连夜就回家去！我这就走。"金大姐说到一半的时候其实已经开始哭了。她是拖着哭腔断断续续地把这段话说完了的。她哭的声音很大，很丑，到了号啕和不顾脸面的地步。

集体宿舍其实就是商品房的一个大套间，四室两厅，两个厅和主卧再用木工板隔开来。这就分出了许多大小不等的小间。金大姐突然这样叫嚣，谁会听不见？除了装。

沙复明出来了。他不想出来。这件事应当由张宗琪来处理，他说多了不好。但是，动静都这样了，他也不能不出面。沙复明咳嗽了一声，站在了张宗琪的门口。沙复明说："都快一点了，大伙儿都累了一天了，还要不要睡觉了？"金大姐注意到了，沙复明只是让她别"闹"，却没有提"走"的事。他的话其实深了，是让她走呢，还是不让她走？张宗琪也听出来了，沙复明这是给他面子,也是给他出难题。事情是明摆着的,在金大姐“走”和“留”的问题上,沙复明不想发表意见。他要把这个问题原封不动地留给张宗琪。

沙复明一出来大部分人都跟出来了。小小的过道里拥挤着所有的人,除了小马和都红,差不多都站在了外面。这是好事。金大姐的手捂在脸上,她的眼睛从手指缝里向外睃了一眼,看出来了,这是好事。就算她想走,她要从人缝里挤出去也不那么容易。

金大姐在坚持她的哭,一边痛哭一边诉说,内容主要还是集中在检讨和悔恨上,附带表示她“要走”。深更半夜的,盲人宿舍里的动静毕竟太大了,头顶上的楼板咚的就是一下。显然,楼上的住户动怒了。似乎是担心这一脚不能解决问题,楼上的住户附带又补了一脚。空旷的声音在宿舍里荡漾。声音回荡在沙复明的耳朵里,同样回荡在张宗琪的耳朵里。

张宗琪突然唬下脸来,大声说:“大家都听到了没有?还有完没完了!还讲不讲社会公德!都回去,所有的人都回去!”

金大姐没敢动,她看了张宗琪一眼,他的脸铁青;又看了沙复明一眼,他的脸同样铁青。金大姐回过头,她的目光意外地和高唯对视上了。高唯的眼睛很漫长地闭了一下,再一次睁开之后,和金大姐对视上了。就在一大堆的盲眼中间,四只有效的眼睛就这样对在了一起。四只有效的眼睛都很自信,都在挑衅,当然,都没底。好在双方却在同一个问题上达成了默契,在各自的房门口,在四只眼睛避开的时候,都给对方留下了一句潜台词:

那就走着瞧吧。

第十四章　张一光

羊肉的统计数据改变了推拿中心，寡欢和寂寥的气氛蔓延开来了，私底下甚至有些紧张。人人都意识到推拿中心有可能发生一点什么，然而，什么都没有发生。什么都没有发生并不意味着什么都不会发生，相反，一定会发生的，没到时候罢了。所以，每个人都在等，用他们看不见的眼睛四处“观望”。推拿中心的空气真的是不一样了。最明显的要数这一点，两个老板突然对所有的员工客气起来了。伙食也得到了有效的改善。相比较而言，张宗琪的话明显地多了。他的话聊天的成分有，“管理”的成分其实也有。这不是什么好兆头。这样的兆头表明了一个潜在的事实，两个老板之间出了大问题。他们在统战，都在争取公众的力量。

争取公众从来就是一件可怕的事，争取到一定的时候，公众就有可能成为炸弹，轰的一声，一部分人还站着，一部分人却只有倒下。

这样的局面底下最难的还是员工，你必须站队，你不是“沙的人”就只能是“张的人”，没有第三条道路可以走。站队总是困难的，没有人知道哪一支队伍有可能活着。当然，失败了也不要紧，可以走人。可是，又有哪一个盲人情愿走人？麻烦哪。一旦你的铺盖像鱿鱼片那样卷了起来，数不清的道路就会突然出现在你的脚下，你必须一趟又一趟地重新走过。

就在这样凝重的空气里，张一光十分意外地对小马好了起来。只要有闲工夫,张一光就摸到小马的面前,一把搂过小马的脖子,一个劲儿地热乎。小马却误解了,平日里小马和张一光就没有什么往来,这会儿风声鹤唳的,你来套什么近乎?小马认准了张一光是沙老板派过来的,要不就是张老板派过来的。小马早就打定了主意,他不站队。他不想做任何人的人。只要张一光一搂他的脖子,他就硬生生地从张一光的胳膊弯里逃出来。小马不喜欢他的胳膊,小马不喜欢张一光肢窝里热烈而又复杂的气息。

"你跑什么嘛?"张一光想。"兄弟我可是有要紧的话想对你说。——都是为了你好!"

作为一个后天的盲人,张一光特别了。后天的盲人大多过分焦躁,等他安静下来的时候,其实已经很绝望了,始终给人以精疲力竭的印象。张一光却不是这样。他是瓦斯爆炸的幸存者。那一场瓦斯爆炸一共夺走了张一光一百一十三个兄弟的性命,一百一十三个兄弟,足足摞满了一个屋子。张一光却活了下来。他创造了一个奇迹。当然,他付出了他的双眼。活下来的张一光没有过多地纠缠自己的"眼睛",他用黑色的眼睛紧紧盯住了自己的内心,那里头装满了无边的庆幸,自然也有无边的恐惧。

张一光的恐惧属于后怕。后怕永远是折磨人的,比失去双眼还要折磨人。从这个意义上说,失去双眼反而是次要的了。因为再也不能看见光,在相当长的时间里,张一光认准了自己还在井下。他的手上永远紧握着一根棍子,当恐惧来临的时候,他就坐在凳子上,用棍子往上捅。这一捅手上就有数了,头上是屋顶,不是在井下。

恐惧是一条蛇。这条蛇不咬人,只会纠缠。它动不动就要游到张一光的心坎里,缠住张一光的心,然后,收缩。张一光最害怕的就是蛇的收缩,一收,他就透不过气来了。但收缩归收缩,铁一般的事实是,张一光的心在收缩呢。从这个意义上说,恐惧好。恐惧好啊。既然活着意味着恐惧,那么,恐惧就必然意味着活着。小子哎,你还活着。你就烧高香吧,你的命是捡来的。你都占了天大的便宜了。

在任何时候,"占便宜"都是令人愉快的,何况是一条性命。他已经是"死了"的人了,他的一切责任其实都已经结束了。然而,他的老婆又没有成为寡妇,他的父母还有儿子,他的儿女还有父亲,——这说明了什么?他的家人一起讨了天大的便宜了。什么叫"幸"存者,说到底他太幸运了,这个世界和他没关系了,他是"死人",他是一具生动的"尸首",他还是一缕飘动的"亡灵",从今往后,他活着的每一天都可以为了自己。他自由啦!

张一光只在家里头待了半年。半年之后,张一光决定,离家出走。家里的自由算什么自由?不彻底,不痛快。他毕竟只有三十五岁。按他的一生七十岁计算,他的人生才刚好过半,还有三十五年的大好时光在等着他呢。不能把三十五年的大好时光耗在家里。为了这个家,他已经鞠躬尽瘁,连双目失明的补偿金都贡献给了家里。作为一具活着的"尸首",他不应当再为这个家牺牲什么了。他是一个新生的人,他要在黑暗的世界里茁壮成长。

张一光来到了徐州,学的是推拿。说到底,推拿并不难,力气活儿罢了。相对于一个井下作业了十六年的壮劳力来说,这活儿轻松了。安全,稳当,还能有说有笑。张一光为自己的抉择备感庆幸。一年之后,张一光成功地完成了他的人生大转变,由一个残疾的矿工变成了一个健全的推拿师。当然,如果想挣钱,他还必须拥有他的资质证书。这不难。一百一十三个兄弟死在一起难不难?难。太难了,这么难的事情煤矿都做到了。一张资质证书怎么能难倒张一光?张一光只用了四百元人民币和一盒"贡品红杉树"香烟就把资质证书办妥了。办好资质证书的张一光来到了大街上，香烟盒里还有剩下的最后一支香烟。他点起了香烟，一阵咳嗽过后，张一光突然想起来了，这可是好烟，这可是“贡品”香烟哪。——历朝历代的皇上一定都是吸烟的吧，要不然这香烟怎么可能叫做“贡品”呢？他把最后的这一支香烟抽完了，他是以皇上的心态抽完这支香烟的，老实说，味道不怎么样。但是，再不怎么样，他张一光也算当了一回皇上了。当皇上就是这么容易么？就这么容易。

张一光把烟盒团在了手里，丢在了马路上。他买了一张火车票，去了南京。那是往昔的京城，绝对的金粉之地。张一光在火车上摩拳擦掌了，十只手指头都炯炯有神。张一光意识到它们早已经对着他渴望的生活虎视眈眈了。

在南京，张一光拿起第一个月的工资就摸进了洗头房。他要当他的皇上。他要用他挣来的钱找“他的”女人。喜欢谁就是谁。张一光几乎在第一时间就真真切切地爱上了嫖。他没有嫖，他只是在“翻牌子”。

“爱妃！爱妃唉——”

小姐笑死了。连外面的小姐都笑了。小姐们怎么也料不到这个看不见的家伙原来如此有趣。人家是皇上呢。你听听人家在付账的时候是怎么说的，张一光说：“赏！”

张一光隔三差五就要去一趟洗头房，三四回下来，张一光感觉出来了，他的内心发生了相当大的变化，他不再“闷”着了，他再也不“闷骚”了，比做矿工的那会儿还要活泼和开朗。张一光是记得的，他做矿工的那会儿是多么的苦闷，一心向往着“那个”地方。可向往归向往，张一光从来都没有去过，他舍不得。那可是要花钱的。他的家里头还有一双没有劳动能力的父母呢，他的家里头还有一对要上学的儿女呢。张一光只能憋着。憋得久了，夜里头就老是放空炮（梦遗）。张一光惭愧了。兄弟们望着他一塌糊涂的床单，取笑他，给他取了一个十分刻毒的绰号:地对空导弹,简称“地对空”。现在,回过头来想想,他这个“地对空”真的是毫无疑义了,他只是一头猪。对他的老婆来说,他是一头被骗了的公猪,对他的矿主来说,他是一头没有被骗的公猪,——等放完了空炮,他就连皮带肉一起被卖出去了,所谓的补偿金,不就是最后的那么一点皮肉价么?

多亏张一光的眼瞎了。眼睛好好的,他什么也没有看见;眼一瞎,他这个农家子弟却把什么都看清了,他哪里是“地对空”,他是皇上。

多么值得庆幸啊!在瓦斯爆炸的时候,飞来的石头只是刮去了他的眼睛,而不是他的命根子。如果他失去的是命根子而不是眼睛,他这个皇上还当得成么?当不成了。

张一光在推拿中心加倍地努力。道理很简单,做得多,他就挣得多,挣得多,他就嫖得多。张一光在洗头房一样加倍地努力,道理同样很简单,在嫖这个问题上,他有他的硬指标,张一光必须嫖满八十一个女人。书上说过的,每一个皇上都有三宫、六院、七十二妃,总共是八十一个。等他嫖满了八十一个女人,他就是皇上,起码也是个业余皇上。

“爱妃!爱妃唉——”

严格地说,在大部分情况下,张一光对井下的恐惧已经消除了。然而,只要一上班,由于黑暗的缘故,井下的感觉还在。张一光一直都摆脱不了“和弟兄们”一起在“井下”的错觉。这一来张一光和推拿师们的关系有点特别,从张一光的这一头来说,他一直拿他们当弟兄,渴望和他们成为弟兄,从另外的一头来说呢,大部分盲人却并不把张一光当作“自己人”。这里头既有年纪上的差别,更多却还是来自他的“出身”。

张一光在三十五岁之前一直是健全人,后来虽然眼睛没了,但是,他的心性和他的习惯却不是盲人的,还是一个健全的人。他没有盲人的历史,没有盲校的经历,没有正规的、业务上的师从,怎么说都是半路出家的野路子,——他怎么可能是“自己人”呢？这句话也可以这样说,张一光从“那个世界”出来了,却并没有真正地进入“这个世界”。他是硬生生地插进来的,他是闯入者。闯入者注定了是孤独的。

孤独的人就免不了尴尬。张一光的脾气不稳定,和他的尴尬有关系。他的天性是热烈的,轻浮的,真正的盲人却偏于凝重和冷静。人与人之间总要相处,这一来他的热烈就不可避免地遇上了冷静。以他的年纪,其实很屈尊了,委屈也就接踵而至。当委屈来临的时候,他又缺少一个真正的盲人所必备的那种忍耐力,冲突就在所难免。张一光容易和别人起冲突,冲突了之后又后悔,后悔了之后再挽救,一挽救又免不了纡尊降贵。委屈就是这么来的。张一光在煤矿的时候也和别人有冲突,但是,那样的冲突好解决,即使动了拳头,一顿酒就解决了,拍一拍肩膀就过去了。兄弟们从来都不记仇。盲人却不是这样,盲人记仇。这是盲人根深蒂固的特征。张一光的难处其实就在这里,还没有几天,推拿中心的人都已经被他得罪光了,没有一个体己的朋友。他在推拿中心备感孤寂。

孤寂的人不只是尴尬,还喜欢多管闲事。张一光爱管闲事。爱管闲事的人都有一个显著的特征,两只眼珠子滴溜溜的。张一光的两只眼珠子早就没有了,他的两只耳朵就学会了滴溜溜。一“滴溜”,还“滴溜”出问题来了,小马对嫂子“动心思”了。

小马终日沉醉在他的单相思里头,甜蜜得很,其实痛苦得很。是不能自拔的缠绵。张一光把这一切都看在眼里,痛心了。小马这样下去太危险了,他自己不知道罢了。他会毁在这上头的。这家伙不只是自作多情,还自作聪明,还“自以为”别人什么都不知道。动不动就要用他的耳朵和鼻子紧紧地“盯”着“嫂子”,一“盯”就是二三十分钟,连下巴都挂下来了。盲人自有盲人的眼睛,那就是耳朵和鼻子。如果换了一个正常人,你拿你的眼睛“盯着”一个女人试试？眼睛的秘密迟早都会被眼睛抓住的；同样，耳朵和鼻子的秘密也迟早会被耳朵与鼻子抓住。小马你怎么能动“嫂子”的念头！不能啊。一旦被抓住了，你在推拿中心还怎么混得下去！王大夫什么都没有说，但什么都没有说并不意味着什么都不知道。小马你害人，害己。这心思是瓦斯。张一光已经断定了，小马通身洋溢的都是瓦斯的气息，没有一点气味。没有气味的气息才是最阴险的，稍不留神，瓦斯轰的就是一下，一倒一大片的。

得救救他。救救这位迷了途的小兄弟。

张一光其实还是动了一番脑筋的，动过来动过去，张一光想不出什么好办法。张一光决定釜底抽薪。他了解小马这个年纪的小公鸡，都是小精虫闹的。想当初，张一光在矿上就是这样，一天的活干下来，累得连洗澡的力气都没有，可是，上了床，身子骨却又精神了，一遍又一遍地想老婆，其实呢，是小精虫在密密麻麻地咬人。小精虫虽小，它们的数量却不可估量。它们有它们的千军万马，它们有它们的排山倒海，七尺的汉子硬是斗不过它。蚍蜉撼树是可能的。要想从根子上解决问题，只有把它们哄出去。一旦哄出去，一切就太平了，上床之后只要叹口气，合上眼睛就能睡。

小马到底还是被张一光哄进了洗头房。小马懵里懵懂的，进去了。张一光安排得相当周到，等小马真的明白过来，一切已经晚了。张一光给小马安排的是小蛮。说起小蛮，可以说是张一光最为宠爱的一个爱妃了，在最近的一段日子里，张一光宠幸的一直都是她。她在床上好。哄死人不偿命。说实在的，把小蛮安排给小马，张一光实在有些舍不得。但张一光铁了心了，他必须舍得。得让小马尝到甜头。得让他死心塌地地爱上洗头房。等他在洗头房里一遍又一遍地把他的小精虫哄出去，小马就踏实了，“嫂子”在他的心里就再也不会那么闹心了。

第十五章　金嫣、小孔和泰来、王大夫

人和人之间很有意思了，就在推拿中心的态势一天一天严峻起来的时候，小孔和金嫣却悄悄走到了一起，突然热乎起来了。王大夫曾亲耳听见小孔私底下说过，她对金嫣的“印象”并不好——“这个女人”的身上有股子不那么好的“味道”。就说穿佩，你瞧这个女人弄的，每走一步都有动静，不是咣丁咣当，就是窸窸窣窣，时时刻刻都是把自己嫁出去的样子。你总不能天天嫁人吧？——这说明了什么？她招摇。因为有了这样的一个基本判断，小孔和金嫣不对付，明摆着不是一路人的架势。这一点推拿房里的推拿师都听出来了，小孔和其他人说话向来都干脆，一和金嫣答腔，问题来了，拖声拖气的，其实也就是拿腔拿调了。王大夫为这件事专门说过她，——何必呢？大家都是盲人，又都是出门在外的。小孔用她刚刚学来的南京话把王大夫打发回去了：“我管——呢。”

小孔对金嫣的态度金嫣知道，但她并不往心里去。不往心里去是假的，只是不愿意和小孔“一般见识”罢了。怎么才能不“一般见识”呢？金嫣就专门找“她的男人”说话。这个醋小孔没法吃，她又不是背地里偷鸡摸狗，人家大大方方的，开个玩笑还开不得了么？再说了，她金嫣又不是没有男朋友的人。金嫣是怎么和王大夫说话的呢？举一个例子，生意忙起来了，王大夫免不了要对客人这样说：“对不起，实在憋不住了，我要去一趟厕所。”金嫣就要把王大夫的话接过来，用体贴无比的腔调说：

“去吧老王，又不是项链，老戴在身上做什么？”

小孔知道，和金嫣硬斗，不是她的对手，只能给她这么一个“态度”。金嫣也是知道的，小孔就是不喜欢她，没什么道理，硬凑肯定凑不上去。那就不往上凑。只要在王大夫的这一头维持好一定的关系，就行了。

就是这样的两个女人突然走到一起去了。女人就这样，不能有过节，一旦消除了过节，再好起来，就没边了。恨不得把自己的脑袋割下来，再装到对方的脖子上去。事实上也是这样，小孔和金嫣好起来之后，两个人动不动就要做出一副换脑袋的样子，不是你把脑袋搁在我的肩膀上，就是我把脑袋搁在你的肩膀上，一天到晚都有倾诉不完的衷肠。连各自的男人都被她们撇在了一边，一有空就嘀咕，就跟这个世界上只剩下她们两个人似的。

小孔和金嫣突然和好缘于一次上钟。依照次序，她们两个被前台的杜莉同时安排到一个双人间里去了。来的是两个男人，老板和他的司机。老板喝了酒，司机没有。杜莉在安排人员的时候第一个报的是小孔，这一来小孔就摊上老板了，而金嫣做的则是老板的司机。

小孔怕酒。主要是怕酒气。闻不得。两个客人刚刚躺下来，小孔就轻声地叹了一口气。说叹气就有点夸张了，也就是鼻孔里的出气粗了一些。金嫣走到小孔的面前，什么都没有说，却把老板的生意接过去了。这个举动实在出乎小孔的意料，心里头却还是感谢了。金嫣怎么知道自己害怕酒气的呢？想必还是听王大夫说的吧。小孔想，这个女人真的有量，自己都对她那样了，她却始终都能和王大夫有说有笑，私底下还能说点什么。

小孔害怕酒气是小时候落下的病根。在她幼小的记忆里，父亲一直都是酒气熏天的。在两岁的小孔盲眼之后，这个皖北的乡村教师动不动就醉。醉了之后再带着一身浓郁的酒气跌跌撞撞地回家。父亲一回家小孔的灾难就开始了,他会把女儿放在自己的大腿上,让女儿"睁开眼"。女儿的眼睛其实是"睁"着的,只是看不见。父亲却疯狂了,一遍又一遍地命令:"睁开!"女儿不是不努力,可女儿一直也弄不明白,到底怎样才能算把眼睛"睁开"呢?父亲便用他的双手捏住女儿的上眼皮,几乎就是撕。他一心要用他粗暴的指头替可怜的女儿"睁开"她的眼睛。可是,这又有什么用?这时候父亲就出手了,开始打。女儿的母亲还能怎么办,只能用自己的身体护住女儿。但真正让小孔恐怖的还不是父亲的打,真正恐怖的往往是第二天的上午。父亲的酒醒了。醒酒之后的父亲当然能看到女儿身上的伤,父亲就哭。父亲的哭伤心至极。他搂住自己的亲闺女,可以说呼天抢地。——这哪里还是一个家,活脱脱地变成了人间地狱。母亲不想让女儿失去父亲,她在忍。一直在忍。忍到女儿六岁,母亲终于提出来了,她要离婚。父亲不答应。不答应可以,母亲提出了一个严厉的要求,为了女儿,你这一辈子不得再碰酒。父亲静默了一个下午,一个下午过去了,父亲答应了。父亲说,好。父亲用一个"好"字干净彻底地戒绝了他的酒瘾,从此没有碰过女儿一个手指头。父亲一不做,二不休,为了他的女儿,他一个人去了医院,悄悄地做了男性绝育手术。

成长起来的小孔到底懂得了父亲。这是一份不堪承载的父爱。它强烈,极端,畸形,病态,充满了牺牲精神和令人动容的悲剧性。父亲是多么的爱自己啊,小孔是知道的,父亲实在是爱自己的。为了这份爱,小孔做到了自强不息。但是,小孔对酒气的恐惧却终生都不能消除,它是烙铁。小孔的记忆一碰上烙铁就会冒出呛人的煳味。

当然,这一切金嫣都是不知道的。金嫣也没有问。没什么好问的。盲人自有盲人的忌讳,每一个忌讳的背后都隐藏着不堪回首的煳味。

可是不管怎么说，就因为金嫣这么一个小小的举动，小孔对待金嫣的态度和善一些了。看起来这个女人并不坏。她就是那样。用她自己的话说，她就是那么一个“人儿”。骨髓却是热乎的。

这一天下暴雨，推拿中心没有什么生意，两个小女人不想待在休息区里，一起去了推拿房。——话又说回来了，这些日子又有谁愿意待在休息区呢？沙复明和张宗琪简直就成了两块磁铁，他们把相同的一极对在一起了，中间什么都没有，就是能感觉到他们在“顶”。他们会一直“顶”下去的，除非有一方愿意翻一个个儿。

没有生意，闲着也是闲着，金嫣和小孔就决定给对方做推拿。这不是“推拿”，是“我伺候你一回”，然后呢，“你再伺候我一回”。蛮有趣的，蛮好玩的。她们做的是腹部减脂。所谓腹部减脂，就是对腹部实施高强度的搓、揉、摁、挤、捏，通过提高腹部温度这个物理的方法，达到燃烧脂肪、并达到减肥瘦身这么一个宏伟的目的。必须指出，腹部减脂痛苦不堪，想一想就知道了，腹部没有骨骼，穴位特别的集中，同时也格外的敏感，更何况女人的腹部又是那样的娇嫩。一把被推拿师揪住了，拽起来，使劲地挤，使劲地捏，疼起来和烧烤也差不多。但是，疼归疼，腹部减脂的生意一直都很好。这说明什么？说明女人们越来越珍惜自己了。没有一个好腹部，好衣服怎么穿？再好的面料、再好的款式效果都显不出来。好的腹部还有一个更加迷人、更加隐秘的价值，直接体现在床上。做爱得靠这一把是吧。做爱的基础在这儿是吧。所以呢，腹部是要紧的。疼算什么，做女人哪有不疼的。

金嫣和小孔并不胖。但是，两个人都在恋爱中。哪有恋爱中的女人对自己的腹部是满意的？都不满意。很不满意。原因不复杂，她要和十六七岁的时候比。“以前可不是这样的”。恋爱中的女人都有一个基本的认知，自己的过去一直比现在好，男朋友没赶上。只有通过艰苦卓绝的努力，才能让自己的现在回到过去。她们永远也不会原谅现有的腹部。

小孔的手不大，力量却出奇的大。金嫣很快就吃不消了。当然，小孔是故意的。毕竟是玩笑，——你刚才把我弄得那么疼，现在，轮到你了，你也尝一尝姑奶奶的手段。金嫣终于疼得吃不消了，脱口就出了一句粗口："小贱人！"

"小贱人"是很特殊的一声骂，有闺密之间的浮浪，同时也有闺密之间的亲昵。是咬一口的意思。两个女人只有到了特定的火候才有可能成为对方的"小贱人"，一般的人断然没有如此这般的资格。我是"小贱人"，是吧？好。小孔不声不响了，一把把金嫣腹部的皮肉拎了起来，死死地捏在了手上。"再说一遍？"小孔开开心心地说。金嫣是这样的一号人，嘴上从来吃不得亏。金嫣说："小贱人。""再说一遍？"小孔手上的力量和"再说一遍"成正比了。金嫣的嘴巴张开了，已经张到了极限，不能更大了，直哈气，求饶了。金嫣说："小姐，不敢了，回头我给你做使唤丫头。"小孔松开手，松得很慢。这个小孔是有数的，放快了能疼死人。小孔说："这还差不多。"张开手，放在金嫣平坦的腹部，轻轻地揉。打一巴掌，揉一巴掌，这是必需的。金嫣的腹部平平整整，不只是平整，还像瓷砖那样分成了好几块，比小孔的好多了，小孔喜欢。

小孔不只是揉，还抚摸。抚摸了几下，小孔再一次把金嫣的皮肉轻轻地拎起来了，嘴巴却伸到了她的耳边。十分鬼祟地说："小肚子浪死了。泰来喜欢的吧？——说！有没有和泰来那个什么？"

金嫣似乎预料到了小孔的问题，她从不和泰来"那个什么"。从不。金嫣伸直了大腿，笃笃定定地说："没有。我们熬得住。"这句话话里头有话了。小孔突然一阵害臊，有些走投无路，只好把金嫣的皮肉再一次拎起来，说："说！有没有？"金嫣疼得两条腿一起跷到了天上，浪得都没边了。金嫣喘着气，说："你这是想屈打成招了嘛。""还没有？你看看你的两腿腿，为什么跷得这么高？"金嫣愣了一下，扑哧一声笑了，说："我哪里知道。——不打自招的东西！"

"真的没有？"

"真的没有。"

"为什么没有？"完全是恼羞成怒，蛮不讲理了。

为什么没有？这还用说么？金嫣认真起来了，说："我就想留到结婚的那一天。"

这一回小孔相信了。小孔就用手掌在金嫣的小肚子上漫无目的地摩挲。在女人的嘴里，"那个什么"永远是重要的，两个女人的言谈一旦涉及了"那个什么"，她们的关系就会发生质变，一下子抵达肝胆相照的境地。雨还在下。很猛烈。在推拉窗的玻璃上劈里啪啦。两个小女人一下子不闹了，推拿房里突然安静下来。这安静温馨。像头顶上的吸顶灯，有光，氤氲，漫漶，是个大概。其实还是黑色的。因为是黑色的，说温馨又不确切了，是忧伤才对。小孔和金嫣各自交代了心头的秘密，不说话了。也许是金嫣刚才把"结婚"这个词说出来了，"结婚"这个词就有点突然，有点突如其来。把她们吓住了。两个人就陷入了自己的心事里。结婚哪，结婚，没有走到这一步的人哪里能知道这里头的滋味。这些日子她们被"结婚"弄得太苦闷了，恋爱不只是甜，恋爱也是苦。谁知道明天会怎样呢？推拿中心又是这么一副样子，会不会有大的变动都是说不定的，再一乱，天知道会是什么样子？天也不知道。

小孔把金嫣的话听在耳朵里，心里头却伤神了。"我就想留到结婚的那一天"，这句话她小孔一辈子也说不出口了。她已经彻底交代了，没有什么可以保留的了。所以，心里头就有点难受。小孔并不是后悔。她不后悔她和王大夫所做的那一切。问题是,金嫣敢把“那个什么”留到“结婚的那一天”,暗地里说明一个问题,金嫣对自己的婚姻有底。她有把握。正是这个“有把握”捅到了小孔的痛处。小孔对婚礼其实并不讲究,草率一点无所谓,寒酸一点无所谓。但是,父亲得在,母亲得在,吃顿饭,这是最起码的。然后,由父亲郑重其事地把女儿交到女婿的手上。现在,父母都不同意,她的婚礼还能算婚礼么?看起来她的婚礼只能背着自己的父母了,做贼一样,把自己鬼鬼祟祟地嫁出去了。这说明了什么?这说明了她小孔又亏欠了父母一回。还有一点也是十分重要的,小孔究竟是一个女人,到了结婚的前沿,总该是男方催促得紧凑一些才好,最好能看到男方的央求。爱是一回事,女人的感受却是另外的一回事。小孔倒好,倒像是她在央求男方了,还落得了一番数落,你“急什么”?小孔就觉得自己贱。比较下来,金嫣实在是太幸福、太幸运了。这么一想小孔突然就是一阵心酸。还嫉妒。手里头也停止了。是哭的意思。真的就哭了,一颗泪珠子啪嗒一声掉在了金嫣的小肚子上。

金嫣的小肚子突然来了一滴水,放出了巴掌,在空中等。等了半天,原来是小孔的眼泪。金嫣一下子坐起身,捂住了小孔的手,小孔偏偏又抽回去了。小孔:“嫣子,到了结婚的那一天,多远你都要告诉我,我一定要出现在你的婚礼上。”

金嫣没有答腔。她在心底“哼”了一声,无声地说,婚礼?她的婚礼又在哪里?

——在泰来的面前,金嫣一直是强势的。可是,强势的人通常都有一个共同的特征,当他们谋划一件事的时候,他们会一厢情愿。他们会认定了自己的主张就是他人的意见,不用考虑他人。金嫣一直在默无声息地憧憬着她的婚礼,几乎没有和泰来商量过。——有一件事情金嫣一直都不知情,早在出门打工之前,泰来的父母就和泰来谈妥了,到了泰来结婚的那一天,“家里头”不打算给泰来置办了。原因很简单，泰来未来的媳妇十有八九也是个盲人，两个瞎子在村子里结婚，不体面，也不好看，被人家笑话都是说不定的。泰来的父亲干脆给泰来挑明了，该花的钱“我们一分也不会少你的”，“都给你”。婚礼嘛，别办了。泰来同意了。这其实也正是泰来的心思。泰来是在挖苦和讥笑当中长大的，心里头明白，村子里并没有自己的朋友，谁又能瞧得起他呢？连他的妹妹都不待见他。拿一笔钱多好。少说五六万，多则七八万。把这笔钱揣在自己的手上，又免去了一份丢人现眼的差事，多么的实惠，是一笔划算的好买卖。

泰来在金嫣的面前是这样表述他们的婚礼的：“在我的心里，我们的第一个吻就是婚礼，我要把每一分钱都花在你的身上，我才不会烧钱给别人看呢。”

泰来的表白很动情了，可以说，丝丝入扣。这样的说话方式金嫣也是喜欢的，虔诚，憨厚，死心塌地，对爱情有无限的忠诚。这一来它也就浪漫了。但是，它是反婚礼的。金嫣在感动的同时欲哭无泪。

既然小孔想参加金嫣的婚礼，金嫣把小孔的手拽过来了，把玩着小孔的手指头，伤心了。金嫣说：“你就等吧。我自己也不知道能不能等到我的婚礼。”

“什么意思?”

“泰来不肯举办婚礼。”

小孔不说话了。作为一个盲人，泰来的心思她自然能够懂得。她理解的。“那你呢?”

“我?”金嫣说，“我等。”

“等到哪一天?”

“我不知道。”金嫣说，“我愿意等，等到三十岁，四十岁。”金嫣把她的额头靠在了小孔的额头上，小声说，“我是女人哪。”金嫣后来的声音就小了，补充说：“一个女人怎么可以没有婚礼。”

小孔听出来了，金嫣微弱的气息里头有一种固执，金嫣说这句话的时候其实是全力以赴的，是不达目的誓不罢休的誓言。

作为一个女人，金嫣的心思小孔一样懂。她一样理解。小孔搂过金嫣的脖子，说："我懂。"

"还是你好哇。"金嫣说，"你和王大夫美满哪。你们肯定会在我们前头结婚的。丫头，到了结婚的那一天，告诉我。我要到你的婚礼上去，唱。我要把所有会唱的歌从头到尾给你唱一遍。"

话说到这一步，小孔不想在金嫣的面前隐瞒什么了。再隐瞒就不配做金嫣的朋友了。小孔说："我也不知道我能不能等到我的婚礼。"这句话金嫣刚才说过一遍的，小孔等于是把金嫣的话又还给金嫣了。

这一回轮到金嫣吃惊了，金嫣吃惊地问：

"为什么？"

"我和老王的事，我爸和我妈不同意。"

"为什么不同意？"

"他们不许我嫁给一个全盲。"

是这样。原来是这样。唉，生活里头哪有什么可以羡慕的人呀。

"他们什么都不干涉我，就是不能答应我嫁给一个全盲。"小孔说，"他们不放心哪。他们把一辈子的心血都放在了我的身上。——我到南京其实是私奔了，"小孔掏出深圳的手机，说，"我一直都在用两个手机，我一直告诉他们我在深圳呢。"

金嫣把手机接过来，放在手上抚摸。一天到晚撒谎，哪里还是人过的日子。这一回轮到金嫣勾着小孔的脖子了，金嫣说："我懂。"

两个女人其实已经拥抱在一起了。这一次的拥抱并不是她们的本意，然而，因为两个女人的"我懂"，她们意外地拥抱在了一起。她们把各自的左手搭在对方的后背上,不停地摩挲,不停地拍。雨在下,雨把推拉窗上的玻璃当作了它们的锣鼓。

"嫣子,给个谜语你猜猜——两个盲人在拥抱。"

金嫣说:"瞎抱。"

"再给你一个谜语猜猜——两个盲人在抚摸。"

金嫣说:"瞎摸。"

"再给你一个谜语猜猜——两个盲人的悄悄话。"

金嫣说:"瞎说。"

"你瞎说!"

"你瞎说!"

"你瞎说!!"

"你瞎说!!"

她们一口气把"你瞎说"说了十几遍,似乎一定要把这个天大的罪名安插在对方的头上。两个人各不相让,突然笑了。开始还是闷着的,两个女人的乳房就在对方的怀里无声地乱颤。这一颤对方就痒,只能让开来,额头却顶在了一起。她们再也忍不住了。是小孔最先出的声,小孔的这一声感染了金嫣,金嫣也出声了。金嫣的嗓门要比小孔大两号,她的笑声吓人了,是从肚脐眼里笑出来的,动用了丹田里的力气,直往外头冲。金嫣这一笑把小孔的痒痒筋给勾起来了,小孔也扯开了嗓门,笑开了。两个人都忘了是在推拿中心,忘了,彻底忘了;忘了自己是谁,彻底忘了。她们就觉得开心。开足了马力去笑。痛快了,敞亮啊。她们的笑声彼此激荡,彼此鼓舞,像竞赛,一声压过一声,一声又高过一声。止不住了。几乎就是咆哮。疯了。癫狂了。发了癔症了。——舒坦啊!舒坦死了。

休息区里的盲人正拥挤在一起,一个个正襟危坐的。沙复明在。张宗琪也在。有他们在,有他们两个磁铁在,谁还会弄出什么动静来?不会了。连门外的雨声都小心翼翼的。就在这样的大寂静里,突然传来了两个女人的狂笑。所有的人怔了一下,脑袋侧过去了。她们怎么就这样笑的呢,怎么就高兴成这样呢,听起来简直就是奋不顾身。好玩了。所有人的脸上都挂上了微笑。张一光对王大夫说:“不会出人命吧王大夫?”王大夫也在微笑,笑眯眯地说:“两个疯丫头。”但王大夫哪里有心思在这里说笑,弟弟的债务一共只有十五天的期限,一天一天的,迫在眉睫了。王大夫从耳朵上摸出一支香烟,一个人来到了门外。

门外有一个飞檐,推拿师们吸烟通常就站在这里。王大夫并不吸烟,不过客人们总有客气的,做完了推拿之后,不少烟客都喜欢给推拿师们打上一梭子。闲下来的时候,王大夫偶尔也会点上一根,把玩把玩罢了。

王大夫来到门外。可是,在门外听过去,两个疯子的笑声一样响亮。王大夫说了一声“疯了”,却意外地发现飞檐的下面站了一个人。王大夫“哎”了一声,那个人也“哎”了一声,却是泰来。

王大夫和泰来平日里的往来并不多,也就是同事之间的客气罢了,是井水不犯河水的常态。现在,有意思了。既然他们的女朋友都好成那样了,还闹出了那么大的动静,两个人就有点不好意思了。但同时又有一点想法,似乎有必要热乎一点。王大夫收起满腹的心事,从耳朵上取下一支香烟,是软中华,客人交代过的。王大夫把软中华递到泰来的手上,说:“泰来,来。”泰来摸过去,是香烟。泰来说:“我不吸烟的。”王大夫说:“我也不吸。玩玩吧,难得这么清闲。”王大夫把打火机递过去,泰来点上了,王大夫再接过打火机,自己也点上了,关照说:“别咽进去。上瘾就不好了。”

这是泰来第一次吸烟。第一口就点在了过滤嘴上。他把香烟掉了个个儿,却又被过滤嘴烫着了。泰来用舌头舔了一下,这一次才算吸着了。泰来吸了一大口,用力把嘴唇抿严实了,好让香烟从鼻孔里溜出去。却呛着了,不停地咳。咳完了,泰来说:“好烟。”口吻仿佛很内行。

“那当然。好烟。”

他们就讨论起香烟来了。可是,除了“好烟”,他们实在也说不出什么来。说不出来就沉默。其实他们是想说话的,处在了没话找话的状态里头。不自在了。只能接着吸烟。这一来两个人的香烟就吸得格外的快。不吸烟的人就是这样,吸得都快。高唯正坐在服务台的里口,透过落地玻璃,远远地望着门外的两个男人,他们在吸烟。是两小团暗红色的火光。一亮,又一亮。

泰来向来都是一个顶真的人。既然不会吸烟,反过来就把吸烟当成一件重要的工作来做了。每一口都很用功,吸得很到位,特别的深。十几口下去一支烟居然吸完了。泰来把手伸到口袋里去,摸出了一样东西,也是烟。泰来给了王大夫一支,用十分老到的口吻对王大夫说:“大哥,再来一支。”

两个疯女人的癫疯终于停息了,想必这一刻她们又开始说悄悄话了吧。王大夫把烟续上了。远远地扔出烟头,烟头在雨天里“嗞”了一声,熄灭了。到底是做大哥的,王大夫终于找到话题了。王大夫说:“你和金嫣谈得也有些时候了吧?”

泰来说:“也——不长。”

王大夫问:“什么时候结?”

泰来咂了一次嘴,是不知道怎么开口的样子。想了半天,说:“你们呢?”

“我们?”王大夫说,“我们不急。”

“你们打算搞一个很隆重的婚礼吧?”

“不隆重。”王大夫说,“搞那么隆重干什么,简简单单的。”王大夫意犹未尽,说:“结婚嘛,就是两个人过日子。婚礼无所谓的。”王大夫想了一想,又补充了一句:“我们家小孔也是这个意思。”

终于找到知音了，徐泰来向王大夫的身边靠了靠，欲言又止。最终，长长地叹了一口气。——“麻烦呢。”

“麻烦什么？”

泰来低声说：“金嫣一定要一个隆重的婚礼，要不然，宁可不结婚。”

“为什么？”

“她说，女人的这一辈子就是婚礼。”

王大夫笑笑，说：“不至于的吧，女人的这一辈子怎么可能就是婚礼呢？”

“我看也不至于。”

“金嫣还说什么了？”

“她说，天下的女人都是这样。”

王大夫刚刚吸了一大口烟，听着泰来的话，慢慢地，把香烟吐出去了。“天下的女人都是这样”，小孔为什么就不是这样的呢？王大夫突然就想起来了，关于婚礼，他其实并没有和人家深入地讨论过，她想早一点结，这个王大夫知道。但是，婚礼该怎么操持，操办到怎样的一个规模，小孔从来也都没有流露过。人家一直都是顺从着自己的。这么一想王大夫突然就觉得事态有些严峻，什么时候得好好问问人家了。不能拿客气当了福气。

“唉，”徐泰来抱怨说，“她就是要一个风风光光的婚礼，怎么说都不行。”

“不至于的吧？”王大夫自言自语地说。

“你问问小孔就知道了。”徐泰来说，“我估计金嫣把心里的话都告诉小孔了。”

两个男人站在飞檐的低下，各自憋了一肚子的话。是得好好谈谈了。即使是关于婚礼，两个人都有满腹的心思，完全应当和对方商量商量、讨论讨论的。总归是没有坏处。第二支香烟还没有吸完，两个人突然觉得，他们已经是连襟了。

第十六章　王大夫

一接到电话王大夫就知道事情不好。电话里的声音很好听，好听的声音在"请"他回去，"请"他回到他的"家里"去。好听的声音真是好听极了，听上去像亲人的召唤。但是王大夫心里头明白，这不是亲人在召唤。

半个月来，两万五千块钱始终是一块石头，一直压在王大夫的心坎上。王大夫是这么劝自己的，别去想它，车到山前必有路，到时候也许就有办法了。办法还真的就有了，王大夫向沙复明预支了一万块钱的工资。一万元，再加上王大夫过去的那点现款，王大夫还是把两万五千块钱给凑齐了。王大夫什么都没有解释，好在沙复明什么也没有问。

现在的问题是，王大夫把两万五千块钱拿在手上，轻轻地摩挲。摩挲来摩挲去，舍不得了。王大夫就想起了一位老前辈说过的话，那是一个盲眼的老女人。她说，钱是孩子，不经手不要紧，一经手就必须搂在怀里。王大夫就心疼这笔钱，心口像流了血。他闻到了胸口的血腥气味。冤啊。如果弟弟是为了买房子、讨老婆、救命，给了也就给了。可这是怎样的一笔糊涂账？既不是买房子，也不是讨老婆，更不是救命。是赌博。赌债是一个无底洞。这一次还上了，弟弟下一次再去赌了呢？弟弟再欠下二十五万块呢？他这个做哥哥的还活不活了？

王大夫第一次恨起了自己。他为什么是做哥哥的？他为什么那么喜欢做冤大头？凭什么他要抢着站出来？真是用不着的。没有他,地球一样转。这毛病得改。下一次一定得改。这一次当然不行。他承诺了。他是用舌头承诺的。再怎么说,一个人的舌头永远都不能瞎。舌头要是瞎了,这个世界就全瞎了。

欠债还钱,这是天理。从来就是。

听完了手机,王大夫把手机合上了,摸了摸自己的腹部。这些日子王大夫一直把两万五千块钱捆在自己的身上,就系在裤腰带的内侧。这个是马虎不得的。王大夫掏出墨镜,戴上了。一个人走上了大街。他站立在马路的边沿,大街一片漆黑,满耳都是汽车的呼啸。说呼啸并不准确,汽车的轮子仿佛是从路面上“撕”过去的,每一辆汽车过去都像扒了地面的一层皮。

——这是最后的一次了,绝对是最后的一次。王大夫不停的告诫自己。从今往后,无论弟弟再发生什么,他都不会过问了。此时此刻,王大夫的心已经和石头一样硬,和石头一样冷。这绝对是最后的一次。两万五,它们不是钱,它们是王大夫的赎罪券。只要把这两万五交出去,他王大夫就再也不欠这个世界了。他谁也不欠。什么也不欠。遗憾当然也有,两万五千块毕竟没有得到一个好的去处,而是给了那样的一帮王八蛋。你们就拿去吧,噎死你们!

王大夫突然伸出了他的胳膊,气派了。他要叫一辆出租车。操他妈的,两万五千块钱都花出去了,还在乎这几块钱么?花!痛痛快快地花!老子今天也要享受一下。老子还没有坐过出租车呢。

一辆出租车平平稳稳地靠在了王大夫的身边,王大夫听出来了,车子已经停在他的身边了。但王大夫没有伸手,他不知道出租车的车门该怎么开。司机却是个急性子,说:“上不上车?磨蹭什么呢?”王大夫突然就是一阵紧张。他冒失了。他怎么想起来叫出租车的呢?他压根儿就不会坐出租车。王大夫在短暂的羞愧之后即刻镇定了下来。他的心情很坏。非常坏。坏透了。王大夫说:“你喊什么？下来。给我开门。”

司机侧过了脑袋,透过出租车的玻璃打量了王大夫一眼。王大夫戴着墨镜,面色严峻。和所有的盲人一样,王大夫的墨镜特别大,颜色特别深,几乎就是罩在眼睛上。司机知道了,他是个盲人。但是,不像。越看越不像。司机不知道今天遇上了哪一路的神仙。司机还是下来了,一边瞟着王大夫,一边给王大夫打开了出租车的车门。他一点也弄不清墨镜的背后到底深藏着一双怎样的眼睛。

王大夫却是全神贯注的。他突然就虚荣了,不想在这样的时候露怯。他不想让别人看出来他是一个盲人。依照车门的动静,王大夫在第一时间做出了反应,他扶住门框,缓缓地钻了进去。

司机回到驾驶室,客气地、甚至是卑微地说:“老大,怎么走?”

王大夫的嘴角吊上去了,他什么时候成“老大”了？但王大夫即刻就明白过来了,他今天实在是不礼貌了。他平时从来都不是这样的。但不礼貌的回报是如此的丰厚,司机反过来对他礼貌了。这是一笔怎样混账的账？回过头来他得好好算一算。

“公园路菜场。”王大夫说。

王大夫到家了。上楼的时候心里头在打鼓。这里头有犹豫,也有胆怯,主要的却还是胆怯。盲人和健全人打交道始终是胆怯的,道理很简单,他们在明处,健全人却藏在暗处。这就是为什么盲人一般不和健全人打交道的根本缘由。在盲人的心目中,健全人是另外的一种动物,是更高一级的动物,是有眼睛的动物,是无所不知的动物,具有神灵的意味。他们对待健全人的态度完全等同于健全人对待鬼神的态度:敬鬼神而远之。

他要打交道的可是“规矩人”哪,离鬼神已经不远了。

一进家门王大夫就吃了一惊,弟弟在家。这个浑球,他居然还好意思坐在家里，客人一样，悠悠闲闲地等他这么一个冤大头。王大夫的血顿时就热了。好几个人都坐在沙发上，很显然，都在等他。他们太自在了，正在看电视。电视机里热闹了，咣丁咣当的，是金属与金属的撞击，准确地说，是金属与金属的搏杀。刀、枪、剑、戟的声音回响在客厅里，残暴而又锐利，甚至还有那么一点悦耳，悠扬了。他们一定是在看一部功夫片，要不就是一部黑帮片。功夫片王大夫是知道的，它有一个最为基本的精神，拳头或子弹最终将捍卫真理。王大夫突然就回忆起出租车来了，他是不礼貌的，得到的却是最为谦恭的回报。都成“老大”了。王大夫径直走到沙发的面前，电视里的声音减弱下去了。王大夫的肩膀上突然就是一只手，他感觉出来了，是弟弟。王大夫的血当即就热了，有了沸腾的和不可遏制的迹象。王大夫看见了自己的身体，他的身体有了光感，透明了，发出上气不接下气的光芒。王大夫笑笑，伸出右手，他要和自己的弟弟握个手。王大夫的右手刚刚握住弟弟的右手，他的左手出动了，带着一阵风，他的巴掌准确无误地抽在了弟弟的脸上。

“滚出去！”王大夫吼道，“给我滚出去！你不配待在这个家里！”

“他不能走。”好听的声音说。

“我不想见到这个人。”王大夫说。“——我说过了，这是我们俩的事。”王大夫突然笑起来，说：“我跑不了。我也不想跑。”

“钱带来了没有？”

“带来了。”

“给钱。我们走。”

“不行。他先走。”

“他不能走。”好听的声音说。

“他走，我给钱。他不走，我不给。——你们商量一下。”

王大夫丢下这句话，一个人到厨房去了。

一进厨房王大夫就拉开了冰箱。他把裤腰带翻了过来，扯出钱，扔了进去。王大夫附带摸出了两只冰块，一把捂在了嘴里。听见弟弟出门了，王大夫开始咀嚼。冰块被他嚼得嘎嘣嘎嘣响。王大夫觉得自己已经不是人了。他脱去了上衣，提着菜刀，再一次回到了客厅。

客厅里静极了。静到王大夫能感觉到墙壁，沙发，茶几上的杯盏。当然，还有菜刀。刀口正发出白花花的鸣响。

好听的声音说："你想好了。是你想玩这个的。我们没想玩。可我们也会玩。我们可是规矩人。"

王大夫说："我没让你们玩这个。"王大夫提起刀，对着自己的胸脯突然就是一下。他划下去了。血似乎有点害羞，还等待了那么一小会儿，出来了。一出来它就不再害羞了，叉开了大腿，沿着王大夫的胸、腹，十分精确地流向了王大夫的裤子。血真热啊。像亲人的抚摸。

王大夫说："知道我们瞎子最爱什么？"

王大夫说："钱。"

王大夫说："我们的钱和你们的钱是不一样的。"

王大夫说："你们把钱叫做钱，我们把钱叫做命。"

王大夫说："没钱了，我们就没命了。没有一个人会知道我们瞎子会死在哪里。"

王大夫说："你们在大街上见过讨饭的瞎子没有？见过。

王大夫说："讨饭我也会。你们信不信？"

王大夫说："可我不能。"

王大夫说："我是我爹妈生的，我不能。"

王大夫说："我们有一张脸哪。"

王大夫说："我们要这张脸。"

王大夫说："我们还爱这张脸。"

王大夫说："要不然我们还怎么活？"

王大夫说:“我得拿我自己当人。”

王大夫说:“拿自己当人,你们懂不懂?”

王大夫说:“你们不懂。”

王大夫说:“两万五我不能给你们。”

王大夫说:“我要把两万五给了你们,我就得去讨饭。”

王大夫说:“我的钱是怎么来的?”

王大夫说:“给你们捏脚。”

王大夫说:“两万五我要捏多少只脚?”

王大夫说:“一双脚十五块。一只脚七块五。”

王大夫说:“两万五我要捏三千三百三十三只脚。”

王大夫说:“钱我就不给你们了。”

王大夫说:“可账我也不能赖。”

王大夫说:“我就给你们血。”

血已经流到王大夫的脚面了。王大夫觉得他的血不够勇猛,他希望听到血的咆哮。王大夫在胸脯上又划了一刀,这一下好多了。血汩汩的。可好听了。一定也是很好看的。

王大夫说:“我就这么一点私房钱。”

王大夫说:“我都还给你们。”

王大夫说:“你们也不用不好意思,拿回去吧。”

王大夫说:“能拿多少拿多少。”

王大夫说:“我还有一条命。”

王大夫把刀架在自己的脖子上了。王大夫说:“够了没有?”

王大夫说:“给句话。够了没有?”

客厅里的血已经有点吓人了。好听的声音没有能发出好听的声音。刀在王大夫的手上,刀口的眼睛已经瞪圆了。好听的声音伸出手,抓住了王大夫的手腕。王大夫说:“别碰我!——够了没有?”

好听的声音说："够了。"

王大夫说："够了？"

王大夫说："——够了是吧？"

王大夫说："——清账了是吧？"

王大夫说："你们走好。"

王大夫说："你们请。"

王大夫放下刀，托在了手上。他把刀送到好听的声音面前，说："那个畜生要是再去，你就用这把刀砍他。你们想砍几段就砍几段。"

屋子里静了片刻，好听的声音没有答理王大夫，他走了。他们是一起走的，是三个人，总共有六只脚。六只脚的声音不算复杂，可听上去还是有点乱。王大夫听着六只脚从家门口混乱地却又是清晰地远去，放下刀，回过了头来。

现在，屋子里真的安静了，像血的腥味一样安静。王大夫突然想起来了，父母还在家呢。他的父母这一刻一定在望着他。王大夫就"望"着自己的父亲，又"望了望"自己的母亲。这样的对视大概持续了十几秒钟，王大夫的眼眶一热，汪出了一样东西。是泪。父母把这一切都看在眼里了，他们一定都看在眼里了。

怎么会这样的？怎么就这样了？王大夫本来已经决定了，把弟弟的赌债还给人家。可是，也就是一念之差，他没有。他都做了什么？这个荒谬的举动是他王大夫做的么？他怎么会做出这种事来的？他今天的举动和一个流氓有什么区别？没有。可耻了。在今天，他是一个十足的地痞，一个不折不扣的人渣。太龌龊了。他王大夫再也不是一个"体面"的人了。他的舌头终于说了一次瞎话。

王大夫其实不是这样的。不是这样的。他从小就是个好孩子，好学生。老师们一直都是这么说的。王大夫和自己的父母并不亲。在王大夫的成长道路上,父母亲的作用并不大,真正起作用的始终是盲校的那些老师。然而,这句话又是不对的。只有王大夫自己知道,真正起决定性作用的,不是老师,还是自己的父母。这“父母”却不是父亲和母亲,他们是抽象的,是王大夫恒久的歉意。一旦王大夫有什么不妥当的地方,一个小小的错误,一个小小的闪失,老师们都会这样对他说:“你这样做对得起你的‘父母’么?”不能。“父母”一直就在王大夫的身边,就在王大夫的天灵盖上。

这些还不够。长大之后的王大夫在“体面”这个问题上偏执了,近乎狂热。在内心的最深处,王大夫一直要求自己做一个“体面人”。只有这样王大夫才能报答“父母”的哺育。他要“对得起”“父母”。

可今天他都做了什么?为了钱,他撒泼了。他的舌头当着“父母”的面说了瞎话。他丧失了他的全部体面。他丧失了他的全部尊严。就在“父母”的面前。

“爸,妈。”王大夫垂下脑袋,无比痛心地说,“儿子对不起你们。”

王大夫的母亲惊魂未定。却高兴。王大夫的母亲激动得热泪盈眶,她一把抓住王大夫的手,说:“老二要是有你的一半就好了。”

“妈,儿子对不起你们。”

王大夫的母亲不知道儿子为什么要说这样的话。父亲却把王大夫的话接过来了。王大夫的父亲说:“老大,是我对不起你。我不该让你妈生那么一个畜生。”

王大夫的腹部突然就吸进去了,这一吸,他的胸部就鼓荡了起来。血还在流,都冒出泡泡了。王大夫说:“爸,儿子不是这样的,你去问问,儿子从来都不是这样的。”

王大夫的父母交流了一回目光,他们不知道自己儿子在说什么。唯一的解释是，儿子太疼了，他被疼得疯魔了。

“儿子对不起你们。”王大夫还在这样坚持。

“是做爸爸的对不起你！”

王大夫的手在摸。父亲不知道儿子要摸什么，就把手伸过去了。王大夫一把抓住父亲的手，死死地，拽住了。这个感觉怪异了。古怪得往心里去。王大夫在那个刹那里头都有点不适应。二十九年了。二十九年来，这是王大夫的肌肤第一次接触到父亲。父母的肌肤在他的记忆里一直是零。王大夫拽着父亲的手掌，指头，皮肤，顿然间就是泪如泉涌，像喷薄而出的血。王大夫颤抖着，不可遏制了。他满脸都是泪，小声地央求说：“爸，抽儿子一大嘴巴！”

“爸，”王大夫突然扯起了嗓子，带着嘶哑的哭腔大声地喊道，“爸！抽儿子一大嘴巴！”

王大夫的父母本来就惊魂未定。现在，越发懵懂了，简直就不知所以。他们说什么好呢？他们的儿子到底就怎么了呢？王大夫的父亲也流泪了，透过泪光，他再一次看了自己的老伴一眼，她的下巴全挂下来了。父亲顾不得血了，一把搂住了王大夫。“回头再说，我们回头再说。我们去医院。儿子，去医院哪！”

医生总共给王大夫缝了一百一十六针。伤口不深，却很长。王大夫胸前的皮肤像一堆破布，被半圆形的针头从这一头挖了进去，又从那一头挖了出来。麻药已经打了，可王大夫还是感觉到疼。王大夫的左手握着的是父亲，右手握着的则是母亲。他的心在疼。他在替自己的“父母”心疼，他们的这两个儿子算是白生了，老大是个人渣，而老二却是一个小混混。他们的这一辈子还有什么？一无所有。他们的这一辈子全瞎了。

一百一十六针缝好了，王大夫却被警察拦在了急诊室。医生替王大夫报了警。很显然，患者的伤口整整齐齐，是十分标准的刀伤。换了一般的人,医生们也许就算了,但是,患者是残疾人,有人对残疾人下这样的毒手,医生不能不管。

警察问:“谁干的?”

王大夫说:“我自己干的。”

警察说:“你要说实话。”

王大夫说:“我说的是实话。”

警察说:“你有义务给我们提供真相。”

王大夫说:“我说的就是真相。”

警察说:“我再说一遍,虽然你是一个残疾人,可你一样有义务为我们提供真相。”

王大夫抿了两下嘴,眉梢吊上去了。王大夫说:“虽然你不是一个残疾人,可你一样有义务相信一个残疾人。”

警察说:“那你告诉我,动机是什么?”

王大夫说:“我的血想哭。”

警察就语塞了,不知道怎样对付这个胡搅蛮缠的残疾人。警察说:“我最后一次问你,真相是什么?你要知道,说出真相是为了你好。”

“是我自己干的。”王大夫说:“我对你发个毒誓吧。”王大夫说,“如果我说了瞎话,一出门我的两只眼睛就什么都能看见。”

王大夫没有回推拿中心,他必须先回家。冰箱里还有他的两万五千块钱呢。再说了,总得换一身衣服。进了门,弟弟却在家,他居然又回来了。他正躺在沙发上啃苹果。苹果很好,很脆,有很多的汁,听得出来的。王大夫突然就是一阵心慌,弟弟不会开过冰箱了吧?王大夫直接走进了厨房,小心翼翼地拉开了冰箱的箱门。还好,钱都在。王大夫把两万五千块钱塞进了裤腰带的内侧,系上了。钱贴在王大夫的小肚子上。一阵钻心的冷。砭人肌肤。钱真凉啊。

王大夫什么都没有说,就这样下楼了。疼已经上来了,身上又有钱,王大夫走得就格外的慢。家里却突然吵起来了。王大夫不能确定父母亲都说了什么,但是,弟弟的话他听见了。弟弟的嗓门真大,隔着两层楼他也能清清楚楚地听见弟弟的控诉。弟弟是这样控诉他不公平的命运的:

“你们为什么不让我瞎?我要是个瞎子,我就能自食其力了!”

第十七章　沙复明和张宗琪

就一般性的常态而言，沙复明和张宗琪早就该找一个机会坐下来了，好好商量一下金大姐的处理问题。没有。沙复明一直不开口，张宗琪也就不开口。冷战的态势就这么出现了。

推拿中心已经很久没有会议了。这不是什么好事情。事态是明摆着的，沙复明想开除的是金大姐，而张宗琪想要摘掉的人却是高唯。他们不愿意开会，只能说明一个问题，两个老板其实都没有想好，各自都没有把握，僵持在这里罢了。不开会也许还能说明另外的一个问题，暗地里，沙老板和张老板一点让步的意思都没有。

沙复明一心想开除金大姐。不过，沙复明又是明白的，要想把金大姐赶走，他唯一可行的办法就是各打五十大板——把高唯也一起赶走。可是，高唯怎么能走？她已经是都红的眼睛了，也许还是都红的腿脚。她一走，都红怎么办？没法向都红交代了。现在的问题就是这样，沙复明想出牌，他的牌扣在张宗琪的手上，张宗琪也想出牌，他的牌又扣在沙复明的手上。比耐心了。

比过来比过去，日子就这么拖了下来。从表面上看，拖下来对双方都是公平的，实际的情况却不是这样。问题还没有处理呢。想过来想过去，沙复明萌发了新念头，也有了新想法——分。

经过一番周密的分析，深夜一点，沙复明把张宗琪约出来了，他们来到了四方茶馆。沙复明要了一份红茶，而张宗琪却点了一份绿茶。这一次沙复明没有兜圈子，十分明确地提出了一个行之有效的方案：他退给张宗琪十万，然后，换一块牌子，把“沙宗琪推拿中心”改成“沙复明推拿中心”。沙复明提出十万这个数字是有根据的，当初合伙的时候，两个人掏的都是八万，用于办证、租赁门面、装修和配备器材。然后，两个人一季度分一次账。现在，沙复明退给张宗琪的不是八万，而是十万，说得过去了。

张宗琪并没有扭捏，倒也十分的爽快。他同意分。不过，在条件上，他提出了小小的修正，他的价码不是“十万”，而是“十二万”。张宗琪说得也非常的明了，十二万一到手，他立马“走人”。这是沙复明预料之中的，十二万却是高了。但是，沙复明没有说“高”。他的话锋一转，说：“十二万也行。要不这样，你给我十二万，我走人。”如果谈话就在这里结束，沙复明自认为他的谈判是成功的。他的手上现在还有一部分余款，再把十二万打进去，怎么说也可以应付一个新门面了。扣除掉看房、办证、装修，最多三个月，他就可以再一次当上老板。沙复明都想好了，毕竟兄弟一场，他的新门面一定要开得远一点，起码离张宗琪五公里。然后呢，把都红和高唯一起带过去。王大夫和小孔想过去也行。用不了两年，他可以再一次翻身。他翻了身，张宗琪还能不能挺得住，那就不好说了。说到底，“沙宗琪推拿中心”的日常管理都是他沙复明一个人撑着的。

从根本上说，沙复明急于分开。和张宗琪的隔阂只是原因之一，最要紧的原因还在他和都红的关系。创业是要紧的，生活也一样要紧。他已经不年轻了，得为自己的生活动动心思了。都红不是“还小”么？那就再开一家门面，和都红一起，慢慢地等。时光就是时光，它不可能倒流。新门面开张之后，沙复明要买一架钢琴。只要都红愿意，她每一天都可以坐在推拿中心弹琴,工资由他来付。这样做有两个好处,第一,琴声悠扬,新门面的气氛肯定就不一样了,他可以提供一个有特色的服务;第二,拖住都红,这才是问题的关键。都红在,希望就在,幸福就在。沙复明不能再让自己做那样的梦了,他不愿意总是梦见一双手,他不愿意总是梦见两块冰。冰太冷,而手则太坚硬。

所以,分是必然的,只是怎么分。如果沙复明一开头就向张宗琪要十二万,他开不了这个口,张宗琪也有理由拒绝。现在,张宗琪自己把十二万开出来了,好办了。他情愿提着十二万走人。实在不行,十万他也能够接受。这么说吧,沙复明担心的是张宗琪不肯分,只要把价码提出来,无论十万还是十二万,对他来说都是只赚不亏的买卖。

沙复明喝了一口茶,感觉出来了,谈判业已接近了尾声。事情能这样圆满地解决,沙复明万万没有想到。分开了,又没有翻脸,还有比这更好的结果么?没有了。沙复明在愉快之中一下子就想起了"沙宗琪推拿中心"刚刚开张的那些日子。那时候的生意还没有起来,两个人却是一心的,要么不开口,一开口就掏心窝子,睡觉的时候都恨不得挤在一张床上。那是多么好的一段日子啊。是朋友之间的蜜月,是男人的蜜月。谁能想到往后的日子越来越磕磕绊绊呢?好在分手分得还算宽平,将来还是兄弟。

不过,沙复明错了。他的如意算盘彻底打错了。就在沙复明一个人心旷神怡的时候,张宗琪的老到体现出来了。张宗琪说:

"给你十二万,没有问题。但有一点我要和老朋友挑明了,我手上可没有现款。你要是愿意,可以等上几年。钱我不会少你的。这个你一定要信得过我。你什么时候想走,我们什么时候签。"

这一步沙复明万万没有料到。他几乎被张宗琪噎住了。他想起来了，就他在盘算这件事情的时候，他是多么的不好意思，不知道怎么向张宗琪开口。等他鼓足了勇气、开了口，他知道了，张宗琪一直都没有闲着。他也在盘算。比他更周密。比他更深入了一步。比他更胜了一筹。沙复明后悔自己的莽撞了，不该先出招的。现在倒好，被动了。沙复明一下子就不知道嘴里的话怎么才能往下续。不能续就不续。沙复明吊起嘴角，笑笑，摁了一把腰间的报时钟。时间也不早了。没有比离开更好的了。沙复明就掏出钱包，想埋单。张宗琪也把钱包掏出来了，说："一人一半吧。"沙复明脱口说："这是干什么，就一杯茶嘛。"张宗琪说："还是一人一半的好。"沙复明点点头，没有坚持，也就同意了，心里头却一阵难过，说酸楚都不为过。这"一人一半"和当初的"一人一半"可不是一个概念。他们俩的关系算是到头了。

当初合资的时候，两个人盘算着创建"沙宗琪推拿中心"的时候，"一人一半"可是沙复明最先提出来的。那时候他们俩还是上海滩上的打工仔。沙复明非常看重这个"一人一半"。"一人一半"并不只是一种均利的投资方式，它还包含了这样的一句潜台词：咱们两个都做老板，但谁也不是谁的老板。老实说，沙复明这样做其实是有些违心的，他特别看重"老板"这个身份，并不愿意和他人分享。说起来也奇怪了，盲人，这个自食其力的群体，在"当老板"这个问题上，比起健全人来却具有更加剽悍的雄心。几乎没有一个盲人不在意"老板"这个独特的身份。无聊的时候沙复明多次和同事们聊起过，沙复明很快就发现了这样一个基本事实，差不多每一个盲人都怀揣着同样的心思，或者说，理想——"有了钱回老家开个店"。"开个店"，说起来似乎是业务上的事，在骨子里，跳动的却是一颗"老板"的心。

沙复明情愿和张宗琪"一人一半"，完全是出于对张宗琪的情谊。在上海，他们两个是贴心的。他们是怎么贴起心来的呢？

这里头有原因了。

和所有的推拿师一样,沙复明和张宗琪在大上海过着打工仔的日子。十里洋场和他们没有任何关系。对他们两个来说,大上海就是两张床:一张在推拿房,那是他们的饭碗;一张在宿舍,那是他们的日子。推拿房里的那一张还好应付,劳累一点罢了。沙复明真正惧怕的还是集体宿舍里的那一张。他的床安置在十三个平方米的小房间里头,十三个平方米,满满当当塞了八张床。八张床,满打满算又可以换算成八个男人。八个男人挤在一起,奇怪了,散发出来的却不是男人的气味,甚至,不再是人的气味。它夹杂了劣质酒、劣质烟、劣质牙膏、劣质肥皂、优质脚汗、优质腋汗以及优质排泄物的气味。这些气味交织在一起,构成了一种令人眩晕的气味。这是特殊的气味,打工仔的气味。

沙复明和张宗琪居住在同一个宿舍。沙复明是上床,张宗琪也是上床。面对面。两个人平日里很少讲话。终于有一天,他们之间的谈话多起来了——他们的下床几乎在同时交了女朋友了。

下床有了女朋友,可喜可贺。当然了,不关他们的事。可是,两个下床却做出了一项惊人的举动,几乎就在同时,他们把女朋友留下来过夜了。他们扯来了几块布,再用图钉把几块布摁在了床框上,这一来三面都挡严实了,隔出了一个封闭的、私有的空间。天地良心,在那个封闭的空间里头,他们绝对是自律的,克制的,通宵都没有发出不恰当的声音。真是难为他们了。然而,当事人忽略了,无论他们怎样努力,他们所能克制的只是声音,他们不可能克制身体的基本运动。他们在动,床也在动。这一动上铺也就跟着动,比下床的幅度还要大。沙复明躺在上铺,张宗琪也躺在上铺,他们的身体凭空出现了一种节奏。这节奏无声,均衡,无所事事却又干系重大,足以要人的命。他们只能躺着,若无其事,却欲火焚身。

沙复明和张宗琪就这样走到了一起。他们在私下里开骂了,也骂娘,也抱怨。同病相怜了。他们没病,他们就是硬邦邦地同病相怜了。这个罪不是谁都可以忍受的。别人不了解,他们了解。他们感同身受。他们的痛苦是相同的,怨恨是相同的,煎熬是相同的,郁闷是相同的,自我解嘲也是相同的。他们只能相互安慰。他们很快找到了相同的理想,能有一间自己的房子多好啊！怎么才能有一间"自己的"房子呢？答案只有一个,唯一的一个,做老板。

沙复明和张宗琪绝对算得上患难之交了。一起从"火海里"熬出来,不是出生入死又是什么？不夸张的。他们对"打工"恨死了,换句话说,他们想做"老板"想死了。因为有了这样共同的和热切的愿望,两个人决计把资金合起来,提前加入到老板的行列。沙复明说:"你一半我一半,名字我也想好了,就叫'沙宗琪推拿中心'。"上海的门面太贵,那又怎么样？回南京去！——哪里的生意不是生意。

沙复明当机立断,他把张宗琪带到了南京。为什么要说沙复明把张宗琪"带"到南京呢？原因很简单,南京是沙复明的半个老家,是他的大本营。张宗琪却和南京没有任何关系,他的老家在中原的一个小镇上。总不能把推拿中心开到偏僻的小镇上去吧。

"沙宗琪推拿中心"的建立是一个标志,这标志不是沙复明和张宗琪由打工仔变成了老板,不是。这标志是沙复明和张宗琪由两个毫不相干的打工仔变成了患难兄弟。他们的友谊建立起来了,到了巅峰。其实,从骨子里说,沙复明和张宗琪都是不甘心的。沙复明原先的理想是开一家"沙复明推拿中心",张宗琪呢？一样,他的心思是开一家"张宗琪推拿中心"。但是,既然是患难之交,生死之交,"沙复明"和"张宗琪"哪里有"沙宗琪"好？沙复明就是沙复明,有沙复明的父母。张宗琪就是张宗琪,也有张宗琪的父母。“沙宗琪”就不一样了,“沙宗琪”没有父母,沙复明就是“沙宗琪”的父亲,张宗琪是也“沙宗琪”的父亲。他们不只是当上了老板,他们还是一个人了。他们是进取的,勤勉的,他们更是礼让的,尽一切可能来维护他们的友谊。他们为自己的友谊感动,也为自己的胸怀感动。人生得一知己足矣,当以同怀、同胞视之。

严格地说,沙复明和张宗琪从来没有产生过任何矛盾。当然,这句话也是不对的。一起做老板,矛盾是有的。小小的,鸡毛蒜皮的。——那又能算是什么矛盾呢?为了友谊,弟兄两个一起恪守着同一个原则,无论发生了什么事,不要说。一说就小气了,谁说谁小气。兄弟嘛,双方都让一让,一让就过去了。要说没有矛盾,怎么可能呢?毕竟是两个人,毕竟是一个企业,毕竟要面对同一个集体。再有矛盾,只要双方都不说,双方都显得很大气,不计较。这样多好。

嘴上不说,心里头当然有不痛快。沙复明的不痛快是张宗琪从来不管事,得罪人的事他从来不做,钱还比沙复明挣得多。过于精明了。张宗琪的不痛快正好相反,他到底也是掏了八万块钱的人,也是老板,忙过来忙过去,推拿中心似乎是沙复明一个人的了,一天到晚就看见他一个人吆三喝四。沙老兄太过虚荣。

沙复明虚荣。他特别看重老板的身份,其实也看重钱;张宗琪看重钱,骨子里也看重老板的身份。因为合股的缘故,他们每个人其实只是得到了一半,总有那么一点不满足。日子真是一个经不起过的东西,它日复一日,再日复一日,又日复一日。积怨到底来了。“怨”是不可怕的,可怕的是“积”怨。积怨是翅膀。翅膀唯一能做的事情只有一个,张开来,朝着黑咕隆咚的方向振翅飞翔。

不过,友谊到底重要。两个老板私底下再怨,到了面对面的时候，都尽力做出不在乎的样子。没事。这是一种努力。是长期的、艰苦的努力，也是无用的、可笑的努力。现在回过头来看，在两个人的关系当中，最坏最坏的一样东西就是努力。努力是毒药。它是慢性的毒药。每一天都好好的，一点事都没有。怕就怕有什么意外。在意外来临的时候，慢性的毒药一定会得到发作的机会。强烈的敌意不仅能吓别人一跳，同样能吓自己一跳。当初要是多吵几次嘴就好了。

但这些还不是最致命的。重要的是，作为老板，两个人都是盲人。可是，既然是推拿中心的老板，他们的关系里头就不仅仅是盲人，还有和健全人的日常交往。在处理人际关系上，盲人自有盲人的一套。他们的那一套是独特的，行之有效的。健全人一掺和进来，麻烦了。说到底盲人总是弱势，他们对自己的那一套在骨子里并没有自信，只要和健全人相处在一起，他们会本能地放弃自己的那一套，本能地利用健全人的“另一套”来替代自己的“那一套”。道理很简单，他们看不见，“真相”以及“事实”不在他们的这一边。他们必须借助于“眼睛”来判断，来行事。最终，不知不觉的，盲人把自己的人际纳入到健全人的范畴里去了。他们一点都不知道自己的判断其实是别人的判断。但他们疑惑。一疑惑他们就必须同时面对两个世界。这一来要了命。怎么办呢？他们有办法。他们十分自尊、十分果断地把自己的内心撕成了两块：一半将信，另一半将疑。

沙复明和张宗琪在处理推拿中心的事务中正是采取了这样一种科学的态度，一半将信，一半将疑。严格地说，这个世界上并没有一个独立的、区别于健全人世界的盲人世界。盲人的世界里始终闪烁着健全人浩瀚的目光。这目光锐利，坚硬，无所不在，诡异而又妖魅。当盲人们浩浩荡荡地扑向健全人的社会的时候，他们脚下永远有两块石头，一块是自己的“心眼”，一块是别人的“眼睛”。他们只能摸着石头，步履维艰。

说到底，沙复明是可信的，张宗琪也是可信的。唯一可疑的只能是“沙宗琪”。

沙复明从茶馆里回到宿舍已经深夜两点多钟了。他后回来的。他们是一起出去的，却没有一起回来。对于没有入睡的员工们来说，这一前一后的脚步声是个问题了，很大的一个问题。张宗琪已经上网了。它的键盘被敲得噼噼啪啪，很响。说起上网，张宗琪其实是有点过分的，有时候上到凌晨的三点多钟。盲人的电脑毕竟不同，他们的电脑拥有一套特殊的软件系统，说白了，就是把所有的信息转换成声音。这一来盲人的电脑就不再是电脑，而是音响。你张宗琪一直把音响开着，对其他的员工终究是一种骚扰。碍着脸面，不好说罢了。

沙复明一回到宿舍就进了卫生间。马桶上却传过来一声咳嗽，是王大夫。王大夫咳嗽过了，却再不出声，微微地在哈气。听上去鬼祟了。不会是爬杆（手淫）了吧？沙复明想离开，但调头就走似乎也有些不合适。不会的吧。沙复明侧过脸，小声问：“老王，怎么了？”王大夫说：“没事。”口气不像。沙复明就站在那里等。等了一会儿，沙复明又问：“你到底怎么了？”王大夫说：“没事。”沙复明说：“没事你在弄什么？”王大夫说：“快好了。我有数。没事。”这一来沙复明就不能不狐疑了，他在捣鼓什么呢？沙复明拧起眉头，说：“什么快好了？”

王大夫笑笑，说：“没事。”

第十八章　小马

性原来是可以上瘾的，年轻的时候尤其是这样。就一次，小马上瘾了。这是怎样的一次？每一个细节小马都回忆不起来了，似乎什么都没有做，小马能够记得的只是自己的手忙脚乱。但手忙脚乱的结果却让小马震惊不已，回到推拿中心的小马就觉得自己空了。他的身心完全地、彻底地松弛下来了，他是如此的安逸。他宁静了，无欲无求。他的身心体会到了一种前所未有的好光景。性的妙处不只在当时，也在之后，小马从头到脚都是说不出的安慰。他射出去的绝对不是一点自私而又可怜的精液，他射出去的是所有的焦躁和烦恼。

关于性，小马真的太无知了。他把他的手忙脚乱当成了一次成功的外科手术，手到病除，他从此就可以高枕无忧。几乎就在第二天，问题的严重性显露出来了。小马沮丧地发现，昨天的一切都白做了，所有的问题都找上门来了，变本加厉。身体内部再一次出现了一种盲目的力量，满满的，恶狠狠的。这力量与骨骼无关，与肌肉无关，既可以游击，又能够扫荡。它隐秘，狂暴，防不胜防。小马是克制的。他在忍。但道高一尺，魔高一丈，有些事本来就忍无可忍。当小马意识到自己忍无可忍的时候，剩下来的事情也只有妥协。他再一次摸向了洗头房。

身体不是身体，它是闹钟。在闹钟的内部，有一根巨大的、张力饱满的发条。时间是一只歹毒的手，当这只发条放松下来之后，时间一点一点地，又给身体拧上了。只有"手忙脚乱"才能够使它“咔嚓、咔嚓”地松弛下来。

这只发条也许还不是发条，它是有生命的。它是一只巨蟒，它是一条盘根错节的蛇。在它收缩并盘踞的时候，它吐出了它的蛇信子。蛇信子在小马的体内这里舔一下，那里舔一下。这是多么致命的蛊惑，它能制造鲜活的势能，它能分泌诡异的力量。小马的身体妖娆了。他的身体能兴风，他的身体在作浪。

小马在迷乱之中一次又一次走向洗头房，他不再手忙脚乱，沉着了。因为他的沉着，他的注意力从自己的身上转移了，他学会了关注小蛮的身上。通过手掌与手指，小马在小蛮的身上发现了一个惊人的秘密，——他终于懂得了什么叫“该有的都有，该没的都没”。这句话原来是夸奖女人，嫂子就拥有这样的至尊荣誉。小马的手专注了。他睁开自己的指尖，全神贯注地盯住了嫂子的胳膊，还有手，还有头发，还有脖子，还有腰，还有胸，还有胯，还有臀，还有腿。小马甚至都看到了嫂子的气味。这气味是包容的，覆盖的；他还看到了嫂子的呼吸。嫂子的呼吸是那样的特别，有时候似有似无，有时候却又劈头盖脸。她是嫂子。

嫂子让小马安逸。他不再手忙脚乱。他不要别人，只要嫂子。

洗头房里的小姐们很快就注意到一件有趣的事情，那个外表俊朗的盲人小伙子“盯”上咱们的小蛮啦！她们就拿小马开心。只要小马一进来，她们就说了，“她”忙呢，在“上钟”呢，给你“换一个”吧，都“一样”的。小马的脸色相当的严峻。小马坐下来，认认真真地告诉她们：“我等她。”

小马这样死心眼，小蛮都看在了眼里，心里头很美。小蛮的长相很一般，严格地说，不好看。对一个小姐来说，这是一个致命的缺陷了。小蛮偏偏又是一个心高气傲的人，一出道就去了一个大地方。大地方条件好，价码高，谁不想去？小蛮也去了，却做不过人家。没有什么比一个小姐“做不过人家”更难堪的事情了。挣不到钱还是小事，关键是心里头别扭。小蛮受不了这样的别扭，一赌气，干脆来到了洗头房。但洗头房真的无趣。和大地方比较起来，这里大多是工薪阶层的男人，没气质，没情调，没故事，光有一副好身板。说到底小蛮还是喜欢一些故事的，不论是真戏假做、假戏真做、假戏假做，小蛮都喜欢。这么说吧，不管是什么戏，不管是怎么做，女人哪有不喜欢故事的？在故事里头挣钱，这才是皮肉生意生生不息的魅力所在。

洗头房没有故事。没故事也得做。一个女人的力气活。嗨，做吧。做呗。

小蛮没有指望故事，但小马给小蛮挣足了脸面，这是真的。小马每一次都"只要"小蛮，姐妹们都看在眼里。故事偏偏就来了。小蛮是从小马的"目光"当中发现故事的。说起来小蛮对男人的目光熟悉了，在上身之前，他们的目光炯炯有神，闪耀着无坚不摧的光，洋溢着饱满圆润的精、气、神，一张嘴则开始肉麻。当然，这是"事先"。小蛮最为害怕的还是男人"事后"的目光。到了"事后"，男人通常都要闭上眼睛。等她再一次睁开眼睛的时候，刚才的男人不见了，另一个男人出现了。他们的眼神是混浊的，泄气的，寂寥的，也许还是沮丧的，——像摩擦过度的避孕套，皱巴巴的，散发出吊儿郎当和垂头丧气的气息。小蛮在"事后"从来不看男人的眼睛，没有一个泄了气的男人不让她恶心。泄了气的男人寥落，像散黄的鸡蛋一样不可收拾。

小马却不一样。小马相反，在"事前"谨小慎微，"事后"却用心了。他的没有目光的眼睛一直在盯着小蛮。他在看。望着她，端详着她，凝视着她，俯瞰着她。他的手指在抚摸，抚摸到哪里他的没有目光的眼睛就盯到哪里、看到哪里、望到哪里、端详到哪里、凝视到哪里、俯瞰到哪里。在他抚摸小蛮眼眶的时候，惊人的事态出现了，小蛮其实就和他对视了。小马并不存在的目光是多么的透彻，潮湿而又清亮，赤子一般无邪。它是不设防的，没心没肺的，和盘托出的。他就那样久久地望着她。他的瞳孔有些轻微的颤动，但是，他在努力。努力使自己的瞳孔目不转睛。

小蛮第一次和小马对视的时候被吓着了，是说不上来的恐惧。那个透彻的、清亮的“不存在”到底是不是目光？她没有把握。如果是，她希望不是。如果不是，她又希望是。他们是在对视么？他们在用什么对视？他们对视的内容又是什么？小蛮无端端地一阵紧张。她在慌乱之中避开了小马的“目光”。当她再一次回望的时候，小马的“目光”还在。在笼罩着她。投入而又诚挚。

小马的“目光”让小蛮无所适从。作为一个小姐，小蛮喜欢故事，因为故事都是假的。假的有趣，假的好玩。过家家一样。但是，一旦故事里头夹杂了投入和诚挚的内容，小蛮却又怕。全世界的人都知道一句话，“婊子无情”，原本就应该是这样的。“婊子”怎么可以“有情”？你再怎么“有情”，别人终究是“无情”的。所以，合格的和称职的“婊子”必须“无情”，只能“无情”。

婊子就是卖。用南京人最常见的说法，叫“苦钱”。南京人从来都不说“挣钱”，因为挣钱很艰苦，南京人就把挣钱说成“苦钱”了。但是，小姐一般又不这么说。她们更加形象、更加生动地把自己的工作叫做“冲钱”。小蛮不知道“冲钱”这个说法是哪一个姐妹发明的，小蛮一想起来就想发笑。可不是么，可不是“冲”钱么？既然是“冲”，和眼睛无关了。反正“冲”也不要瞄，闭上眼睛完全可以做得很准。

可小马就是喜欢用他的眼睛。小蛮注意到了，小马的眼睛其实是好看的，轮廓在这儿；小马的“目光”也好看，一个男人怎么能有如此干净、如此清澈的“目光”呢？从来都没有见过。他“看见”的到底又是什么？

小马不只是“看”，他还闻。他终于动用了他的鼻尖了，他在小蛮的身上四处寻找。他的闻有意思了，像深呼吸，似乎要把小蛮身上的某一个秘密吸进他的五脏六腑。小蛮的身上又能有什么秘密？没有哇。小马的神情由专注转向了贪婪，他开始全力以赴，全心全意了。当他全心全意的时候，特别像一个失护的孩子。有点顽皮，有点委屈，很无辜。小蛮终于伸出了左手，托住了小马的腮。小蛮一点都没有意识到，这一次目不转睛的可不是小马，而是她自己。她的目光已经进入到了小马瞳孔的内部。小蛮不该这样凝视小马的。女人终究是女人。是女人就有毛病，是女人就有软肋。女人的目光很难持久，凝视的时间长了，它就会虚。小蛮的目光一虚，心口突然就“软”了那么一下。小蛮的胸部微微地向上一抬。不好了。怎么会这样的。

“你回去吧。”小蛮说。

小马就回去了。小马回去之后姐妹们当然要和小蛮开玩笑。小蛮有些疲惫地说：“你们无聊。”

但第二天的中午小马又过来了。这一次小马在小蛮的身上有点狂暴。他用他的双手摁住了小蛮的双肩，威胁说：“你不许再对别人好！”小蛮没有听清楚。小蛮说：“你说什么？”小马却突然软弱下来，他沿着小蛮的胳膊找到了小蛮的手，抓住了，轻声说：

“你只能对我一个人好！”

小蛮怔了一下。她有过一次长达两年的恋爱。长达两年的恋爱让她撕心裂肺。撕心裂肺之后，她“出来做”了。那一次长达两年的恋爱是以小蛮的一句话收场的，小蛮说：“你只能对我一个人好。”男朋友说：“那当然”。说着，却把他的嘴角翘上去了，再也没有放下来。小蛮知道了，她是多么的不着边际，她这个花花肠子的男朋友怎么可能“只”对她“一个人”好。小蛮万万没想到她在今生今世还能再一次听到这句话，是一个客人说的。是一个客人反过来对她说的。

“好哇,”小蛮喘息着说,“你养我。”

小蛮说这句话的时候附带把她的胯部送上去了。这个多余的动作招来了一阵蛮横的顶撞。神奇的态势出现了,他们的身体似乎得到了统一的指令,有了配合。节奏出现了。合缝合榫。神奇的节奏挖掘了他们身体内部的全部势能,可以说锐不可当。小蛮感受到了一阵穿心的快慰。她如痴如醉。是高潮即将来临的迹象。这是一个不可思议的兆头,迷人的兆头,也是一个恐怖的兆头。小蛮的职业就是为男人制造高潮,而自己呢,她不要。她已经很久很久没有体验过了。可今天她想要。就是的。想要。小蛮的腰腹顺应着小马的顶撞开始了颠簸,她要。她要。她开始提速。往上撞,只有最后的一个厘米了,眼见得她就要撞到那道该死的墙上去了。小蛮知道撞上去的后果,必然是粉身碎骨。“死去吧,”她对自己恶狠狠地说,“你死去吧!”她撞上去了,身体等待了那么一下,碎了。她的身体原来是一个结结实实的晶体,现在,闪亮了,碎得到处都是。然而,却不是碎片,是丝。千头万绪,千丝万缕。它们散乱在小蛮的体内,突然,小蛮的十个手指还有十个脚趾变成了二十个神秘的通道,她把二十个指头伸直了,纷乱的蚕丝蜂拥起来,被抽出去了。是一去不回头的决绝。稍纵即逝,遥不可及。小蛮一把搂住了她的客人,贴紧了。天哪,天哪,天哪,小骚货,你怎么了?你他妈的做爱啦。

小蛮听到了自己的喘息,同时也听到了小马的喘息。他们的喘息是多么的壮丽,简直像一匹驰骋的母马和一匹驰骋的公马,经历了千山万水,克服了艰难险阻,现在,歇下来了,正在打吐噜。他们的吐噜滚烫滚烫的,全部喷在了对方的脸上,带着青草和内脏的气息。小蛮说:“你真的是一匹小马。”小马怔了一下,一把揪住小蛮的头发,说:

“嫂子。”

事实上,“嫂子”这两个字被小马衔在了嘴里,并没有喊出口。这个突发的念头让小马感受到了空洞。她不是嫂子。而自己呢? 自己是谁? 他是射精之后的遗留物。小马一点都不知道自己的泪水已经汪在了眼眶里,透过泪水,他的并不存在的目光笼罩了怀里的女人,在看,目不转睛。

小蛮看到了小马的泪。她看见了。她用她的指尖把小马的泪水接过来,泪水就在小蛮的指尖上了。小蛮伸出胳膊,迎着光,泪水像晶体,发出了多角的光芒。其中有一个角的光芒特别的长。这还是小蛮第一次在一个客人的脸上看到这种东西。它光芒四射,照亮了她的床。小蛮抿着嘴,笑了。她一点也看不到自己的表情,她的笑容是甜蜜的,也是嘲讽的。

不幸的事情就在这个时候发生了。小马的眼泪坠落了下来,落在了小蛮的乳房上。准确地说,临近乳头,就在乳晕的一旁。小蛮再也没有想到一个女人的乳房会有这样的特异功能,她听见自己的乳房嗞了一声,像沙子一样,第一时间就把小马的泪水吸进了心窝。

不会吧? 小蛮对自己说,不会的吧。

但小蛮已经瞅准了小马的嘴唇,仰起身,她把她的嘴唇准确无误地贴在了小马的嘴唇上。她用了舌头。她的舌头侵入了他的口腔。小马的舌头愣了一下,不敢动。他茫然了,不知道自己该做什么。

“我该回去了。”小马说。

小马一回到推拿中心就感到了冷。他身上似乎没有衣服,只穿了一件薄薄的避孕套。小马就觉得自己冷。

都红冒冒失失的,在休息区的门口差一点和小马撞了一个满怀。都红顺势抓住小马的手,笑笑,什么都没有说。小马就站立在那里,把耳朵拉长了,拐了好几个弯,往每一间房子里听。他在寻找他的嫂子。嫂子正在上钟,正和客人客客气气地说着什么。具体的内容小马却是听不真切的。一股没有依据的气味飘荡起来了,还伴随着嫂子的体温。小马茫然四顾,心里头空空荡荡。这股子空荡却给了小马一个庄严的错觉,有一种空荡也可以铭心刻骨。

都红以为小马会说点什么的,小马什么也没有说,只是站在那里,失魂落魄。都红说:“小马,我撞着你了吧?”小马没有回答。都红放开小马,讪讪的,一个人走进了休息区。

小马听出来了,嫂子已经做完了一个钟,她的客人正要离开。小马摸过去了,他和嫂子的客人擦肩而过。小马来到门口,站在了嫂子的面前。几乎没有过渡,小马轻声就喊了一声“嫂子”。

小马说:“我对不起你。”他的口吻沉痛了。

小孔站起了身子,有点不明所以,一头是雾。想了想,想必还是“那件事情”吧。嗨,都过去了多长的时间了。还说它做什么?——小马你言重了。不过小孔很快就明白过来了,小马在后怕。他一直在担心她“说出去”,他始终在担惊受怕。小孔怎么会对王大夫说呢?说到底小马其实没有拿自己怎么样,只是冲动了一下。只是喜欢自己罢了。小孔真的一点也没有恨过他。

小孔走到小马的跟前,把她的左手搭在小马的肩膀上,小声说:“放心吧小马,哈,过去了,早就过去了。”小孔在小马的肩膀上连续拍了两下,说:“我对谁都没说。”想了想,小孔又补充了四个字:“他也没有。”

小孔怎么也没有想到小马居然会做出这样极端的事来,他闷不吭声的,从自己的肩膀上拿下小孔的手,丢开了。突然就拽了回来。他用嫂子的手抽了自己一个大嘴巴。抽完了就走。小马的这一下一定用足了力气。这一声响亮极了,比做足疗的拍打还要响亮。

小孔一个人留在推拿房里，其实是被吓住了，傻了。小马你这是干什么？小马你这是干什么嘛！小孔都有点生气了。不只是生气，也心酸，也心疼，也纳闷。几乎要哭。但小孔没有时间去玩味自己的心思，小马的耳光那么响，想必所有的人都听到了，要是有人问起来，说什么好呢？怎么给人家解释呢？小孔来不及伤心，突然伸出双手，猛拍了一巴掌，高高兴兴地说："你拍一，我拍一，一个小孩坐飞机，"小孔接连又拍了两下，兴高采烈地喊道："你拍二，我拍二，刮风下雨都不怕！"小孔就这样带着她无比灿烂的好心情回到休息区了。王大夫吃惊地回过头来，微笑着说：

"吃什么了，高兴成这样？"

小孔的耳朵在打量小马，聚精会神了。她的耳朵里却没有小马的任何动静。他在不在？应该在吧。小孔多么想把小马拉出去，找到一个偏僻的地方，再一次清清楚楚地告诉他："没事了，小马，我对谁都没说，没事了。我一点也没有恨过你，我只是有人了，你懂嘛？"这样说他就全明白了吧。

小孔这样大声地回答了王大夫："你拍三，我拍三，今天晚上喝稀饭！"

小马再一次来到洗头房已经是一个星期之后了。小蛮刚刚"下钟"，很疲惫的样子，很沮丧，懒洋洋的。她的样子便有些冷淡。冷淡的小蛮把小马领到了后间，两个人就坐在了床沿上，谁也不肯先说话。房间里的气氛顿时就正经了。小蛮捋了几下头发，终于说话了。小蛮说：

"到别处去了吧，你？"

这句话小马其实并没有听懂。小蛮说："我可没有吃醋。我犯不着的。"这一句小马听懂了，这一懂附带着把第一句话也弄明白了。

"我没有。"小马老老实实地说。

小蛮说:“和我没关系。”

“我没有。”

接下来又是沉默。这一次的沉默所消耗的时间格外的长。小蛮显然已经没有耐心了。——“那么,做了吧。”

小马没动,没有做的迹象。他抬起头来,望着小蛮,说:“我对不起你。我欺骗了你。”

这句话有趣了。这句话好玩了。小蛮都把胳膊抱起来了,放在了乳房的下面。这话说的。这是哪儿对哪儿?少来!这种事谁能对不起谁?这地方谁又会欺骗谁?一切都是明码标价的事。小蛮还没听过哪个客人说出这种十三不靠的话来呢。驴头不对马嘴了。不相干的。不搭边的。不擦。

“我真的对不起你。”小马说。

“什么意思啊,哥哥?”

“我的话你听不懂的。”

小蛮还没有来得及回话,小马就已经急了。他的双手撑在床沿上,手背上的血管一下子暴突起来。小马说:“我的话你听不懂的!”

“无所谓。”小蛮说,“听得懂也行,听不懂也行,你给钱就行。”

小马的右手抓住了自己的左手,一根一根地拽。拽了一遍,开始拽第二遍。拽到第三遍的时候,小马说:

“我不会再给你钱了。”小马认认真真地说。口气重了。

话说到这一步小蛮哪里还听不懂?可这句话对小蛮来说太突然了,有点过分。小蛮所习惯的言语是轻佻的,浮浪的,玩笑的,顶多也就是半真半假的。这样沉重的语调小蛮一时还没法适应。这几天小马一直都没有来,老实说,小蛮是有些牵挂。老是想。当然,也就是一个闪念,来了,去了,再来了,再去了,彻底地失踪了。小蛮过的可不就是这样的日子么?无所谓的。无所谓了。一笔小小的买卖罢了。这个世界上什么都缺，只有男人他从来就不缺。

不过小蛮对自己终究还是有所警惕的，她意识到自己有点不对劲了。她有数，自己真的有那么一点危险了。小蛮就有点后悔，操他妈的，心居然也给他操了。实在是便宜了他了。小蛮叹了一口气，说到底还是老天爷错了。老天爷说什么也不该让女人们来做这种生意的。男人才合适。他们更合适。女人不行。女人不行啊。

拽完了手指头，小马的胳膊开始寻找小蛮了，他的手在摸索。小蛮静悄悄地躲开了。小蛮不是在挑逗他，不是想和他调情，小蛮真的不想让他抓住。她了解她自己的。这一把一旦被他抓住了，她就完蛋了。接下来必然是无穷无尽的麻烦。

小马的摸索被小蛮让开了，一次又一次躲闪过去了。小马却不死心，他在努力。他站了起来。他笨拙而又小心的样子已经有点可笑了。小蛮想笑，却没有。他的笨拙与小心是那样的不屈不挠。但是，不屈不挠又有什么用？眼睛长在小蛮的脸上呢。小马只能对着空洞的、毫无意义的地方小心翼翼地全力以赴。他的手就在小蛮的面前，小蛮把这一切全看在了眼里，他额头上已经冒汗了。小马终于累了，他摸到了墙。他的双臂扶在了墙上，像一只巨大而又盲目的壁虎。不过，他又是不甘心的，回过了头来，表情很僵，正用他毫无意义的目光四处打探。在某一个刹那，他的眼睛已经和小蛮对视上了。明明都对视上了，可他就是不知情。他的目光就这样从小蛮的瞳孔表面滑过去了。小蛮慢慢地把眼睛闭上了。刚刚闭上小蛮的眼眶就热了。她悄悄来到小马的身后，无力地伸出胳膊，抱住了。“冤家，”小蛮收紧了胳膊，贴在小马的后背上，失声说，“冤家啊！”

小马的脸是侧着的，他的脸上浮上了动人的微笑。他在微微地喘息。小马笑着说：“我知道你在的。”

他们就吻了。这个该死的冤家吻得是多么的笨拙啊。可是,他用心,像某种穷凶极恶的吃。他几乎使出全身的力气了。小蛮不想和他在这里做爱。小蛮不想。可小蛮的身体在小马的怀中显露出了不可思议的饿。她原来是饿的。她一直都在饿。小蛮一把就把床单和床垫都掀开了。就在光溜溜的床板上,小蛮拽住了小马的手腕,说:“快,你进来!”

这一次小蛮是自私的,她自私了。她的注意力是那样的集中,所有的感受都归了自己。她没有心思照顾男人了,她甚至都没有附和着去叫床。她连一声呻吟都没有。她紧抿着嘴唇,屏声息气。她在心底里对自己撒娇。她被自己的撒娇感动了:狗日的东西,你就该对我好一点。

小蛮和小马一定是太专心、太享受了,以至于他们共同忽略了门面房里所有的琐碎动静。他们一点都没有意识到两个警察已经站在了床边。

“还动呐,还动?——别动啦!”

第十九章　都红

闷不吭声的人一旦酷起来往往更酷，小马就是这样。小马甚至都没有收拾一下他的生活用品，说走就走了。小马不只是酷，还潇洒了。大伙儿私下里都说，小马一定是对推拿中心失望透顶，否则不可能这样不辞而别。沙复明倒是给他打过几次电话，小马没答理，关机了。小马这一次真的是酷到家了。

当一个单位处在非常时期的时候，所有的事情都会产生联动的效果。小马刚离开，季婷婷也提出来了，她也要走。这有些突然。但是，细一想，似乎又不突然。推拿中心的盲人都是走东撞西的老江湖了，一个个鬼精鬼灵，以推拿中心现在的态势，谁都知道将要发生一些什么。这个时候有人提出来离开，再正常不过了。只不过谁也没有想到，旗帜鲜明的这个人居然是季大姐。

季婷婷是“沙宗琪推拿中心”的老资格了。推拿中心刚刚成立，第一拨招聘进来的员工里头就有她，一直是“沙宗琪推拿中心”的骨干。看一个人是不是骨干，有一个标准，看一看工资表就清楚了。工资高，意味着你的客人多；客人多，意味着你的收益多。对待工资高的人，老板们一般来说都是另眼相看的，这里头有两个原因，第一，推拿师的工资再高，大头还在老板的那一头，他走了，损失最大的是老板；第二，客人这东西是很不讲道理的，他们认人，自己所熟悉的推拿师走了，这个客人往往就再也不回头了。

季大姐的手艺算不上顶级，当然，在女人里头算得上高手了。但是生意这东西就是奇怪，客人们有时候看重的是手艺，有时候偏不，人家看重的偏偏是一个人。季大姐粗粗的，丑丑的，嗓子还有那么一点沙，可是，所有和季大姐打过交道的客人都喜欢她。王大夫没来的时候，她的回头客一直稳居推拿中心的第一位。想来客人们喜爱的还是季大姐的性格，宽厚，却粗豪，有时候实在都有点不像一个女人了。就是这么一个不像女人的女人赢得了客人们的喜爱，许多客人都是冲着季婷婷才来到"沙宗琪推拿中心"的。

季大姐是在午饭之后宣布她的消息的。吃完了，季大姐把勺子放在了饭盒里，推了开去。她清了清嗓子，大声说：

"同志们，朋友们，女士们先生们，开会了。下面欢迎季婷婷同志做重要讲话。"午饭本来有点死气沉沉的，季婷婷的这一下来得很意外，既是玩笑的样子，也是事态重大的样子。没有人知道季婷婷要说什么。大伙儿停止了咀嚼，一起侧过脸来，盯住了季婷婷。季婷婷终于开始讲话了：

"同志们，朋友们——

"俗话说得好，'男大当婚，女大当嫁'。姑娘我不小了。姑娘我就要回老家结婚了。生活是很美好的。为什么？我这样的女人也有人愿意娶回去做老婆了，不容易啊。小伙子难能可贵。这很好嘛。我们已经在手机里头谈了一个多月了。经过双方坦诚而又肉麻的交谈，双方认定，我们相亲相爱，可以建立长期友好的伙伴关系。我们决定一起吃，我们也决定一起睡了。后天就要发工资，拿了工资，姑娘我就要走人了。希望你们继续待在这里，为全面建设小康社会而努力奋斗。——大家鼓掌，鼓掌之后散会。"

没有人鼓掌。大伙儿都有些愕然。季婷婷以为大伙儿会给她掌声、会为她祝福的，但是，休息区意外地寂静下来了。静得有点吓人。大伙儿都知道了,季婷婷步了小马的后尘,也要走了。

“来点掌声吧,听见没有?”

大伙儿就鼓掌。掌声很勉强。因为缺少统一的步调,更因为缺少足够的热情,这掌声寥落了,听上去像吃完烧饼之后留在嘴边的芝麻,三三两两的。

这样的掌声也说明了一个问题:季婷婷要走,大伙儿相信,但是,为了结婚,绝对是一个借口,抢在前面把老板的嘴巴堵住罢了。人家是回家结婚,你做老板的还怎么挽留?

推拿中心哪里是气氛压抑?不是。是人心涣散,人心浮动。人心浮动喽。聪明人都走了。是得给自己找一条后路了。季婷婷怎么可能回家结婚呢?哪有打了一个月的电话就回家结婚的?

其实,季婷婷的话是真的。她真的快要结婚了。豪迈的女人往往就是这样,所有的人都以为她们懂得恋爱,她们就是不懂。她们不会爱。她们的恋爱与婚姻往往又突如其来。更何况季婷婷还是一个盲人呢。不会爱其实也不要紧,那就别挑三拣四了,听天由命呗,等着别人给她张罗呗。张罗到一个就是一个。她们这样的人对待恋爱和婚姻的态度极度的简单,近乎马虎,近乎草率。可是,说起来也奇怪,她们再马虎、再草率,她们的婚姻常常又是美满的,比处心积虑和殚精竭虑的人要幸福得多。到哪里说理去?没法说。

季婷婷不懂得恋爱,和同事们处朋友的时候却重感情,愿意付出,也肯付出。一想到自己马上就要离开,舍不得了。她的辞职报告用这样一种特殊的方式表达出来,有逗趣的意思,有表演的意思。骨子里其实是难过。她以为大伙儿会为她鼓掌的,可是,大伙儿没有。这反过来说明大伙儿舍不得离开她了。毕竟相处了这么长的日子,有感情了。季婷婷的眼睛一连眨巴了好几下,比听到经久不息的掌声还要感动。

张宗琪没有动。在心里头,他也许是反应最为激烈的一个人了。他是老板,流失了季婷婷这样一棵摇钱树,怎么说也是推拿中心的一个损失。可惜了。当然,这不可怕。可怕的是季婷婷在这样的节骨眼上选择离开,它所带来的联动效应将是不可估量的。盲人有盲人的特性,盲人从众。一个动,个个动。走了一个就有两个,走了两个就有三个。万一出现了大面积的辞职,麻烦就来了。生意上的事情向来都是立竿见影的。

无论如何,事态发展到今天这样的局面,最直接的原因是金大姐,根子还通在自己的身上。自己有责任。张宗琪不相信季婷婷是因为结婚才打算离开的,才谈了一个多月的恋爱,怎么可能结婚?得留住她。哪怕只留下两三个月,也许就不是现在这种状况。到时候她再走,性质就跟今天完全不一样了。

"恭喜你了。"张宗琪说。作为老板,张宗琪第一个打破了沉默,他代表"组织上"给了季婷婷第一份祝贺。张宗琪把脸掉向沙复明,说:"复明,我们总得给新娘子准备点什么吧?"

"那是。"沙复明说。

"这件事高唯去办。"张宗琪说。张宗琪话锋一转,对着季婷婷语重心长了。张宗琪说:"结婚是结婚,工作是工作。你先回去把喜事办了,别的事我们以后再商量。"

沙复明坐在角落里头。他和张宗琪一样不相信季婷婷的离开是因为回家结婚。但他的不信和张宗琪又不一样——张宗琪平日里并不怎么开口,他今天接话接得这样快,反常了。反常就是问题。他们两个当老板的刚刚商量过分手的事,张宗琪还没有走,小马和季婷婷倒先走了。如果推拿中心的骨干接二连三地走掉,那命运只有一个,贬值。到了那个时候,张宗琪拿着十万块钱走人,守着烂摊子的不是别人,只能是自己。生意这东西就是这样,好起来不容易,一旦坏下去,可快了,比刀子还要快。

能不能再好起来？悬了。由不得做生意的人相信风水，风水坏了，你怎么努力都不行，你的手指头擦得到汗，就是摸不到钱。

季婷婷做"重要讲话"之前都红和高唯正在为了一块豆腐相互谦让。谦让的结果是豆腐掉在了地上。可惜了。她们两个实在好得有些过，连高唯自己都说了，说她们是"同志"，说自己是很"好色"的"哦"。当然，玩笑罢了，这同时也是一个恰到好处的马屁。都红听着高兴，沙复明听了也高兴，一个人站在那里吊眉梢，就差对高唯说"谢谢"了。沙复明最近对高唯很照顾，高唯已经体会出来了。高唯就觉得人和人之间真的有趣，明明是她和沙老板的关系，却绕了一个弯子，落实在了她和都红的关系上。

对季婷婷的"重要讲话"最为震惊的还是都红。她怎么说走就走了呢？但季婷婷的"重要讲话"让都红吃惊的还不在于她要走，是季婷婷要结婚。——这么重要的私房话婷婷姐居然没有给自己吐露半个字。这说明了什么？说明了婷婷姐早就不拿都红当自己人了。这是不能怪人家的，自己什么时候给过人家机会了？没有。一点都没有。都红认准了婷婷姐的走和自己有关。起码有一半的关系。还是自己做人不地道，和过河拆桥、忘恩负义的肖小没有什么区别。都红端着饭碗，心里涌上了说不出口的愧疚。无论如何得对婷婷姐好一点了。好一天是一天。好一个小时是一个小时。一定要让婷婷姐知道，是自己势利了；但是有一点，她的内心一直有她这么个姐姐。她对婷婷姐的感激与喜爱是发自真心的。

整个下午都红一直在等。她在等下班。说什么她今天也不坐高唯的车了，她要拉着婷婷姐的手，一路摸回去，一路走回去，一路说回去，一路笑回去。亲亲热热的，甜甜蜜蜜的。她要让婷婷姐知道，不管她走到哪里，在南京，永远都有一个惦记着她的小妹妹。婷婷姐是个好人。好人哪。一想起婷婷姐对自己的好,都红难过了,能遇上她,只能是自己幸运。都红决定今天晚上告诉婷婷姐一些私房话,反正她也是一个要走的人了。她要告诉她沙复明是怎么追自己的,追得又蠢又笨,又可怜,又可嫌。好玩死了。她是不会嫁给沙复明的。她才不喜欢一个这样好色的男人呢。还老是盯着人家问:“你到底长得有多美?”哪有这样的!想起来都好笑。今天晚上她一定要和婷婷姐挤在一张床上,摸一摸她的“小咪咪”。她要当着她的面取笑婷婷姐一回:你们也分得太开啦,是两个东西,不是一对东西。

当然,还有一件最最重要的事情,都红也得对婷婷姐说说。都红要和婷婷姐商量一下,听听她的看法。是关于小马的。行走江湖这么长时间了,都红不声不响的,私底下也关注起男人来了。依照都红的眼光,推拿中心最好的男人要数王大夫了,就是年纪稍大了一些。可是,年纪大一点又算什么毛病呢?他最大的毛病是有女朋友。如果都红一心要抢,存心想拆,都红完全可以把王大夫从小孔那边拆下来,装在自己的身上。都红有这样的信心。当然,不必了。都红也就是想着玩玩。都红真正在意的人其实是小马。小马帅。客人们都是这么说的。只要都红往小马的面前那么一站,那就是金童玉女了。

严格地说,都红暗地里对小马已经出过一次手了,当然,没有明说,用的是一种特殊的手段。那一天都红和小马一起上钟,客人是南京艺术学院的两个副教授,一个是画油画的,一个是搞理论的。都很有名气的。两位副教授闲得无聊,开始夸奖都红漂亮。他们的夸奖很专业,像从事创作一样,把都红的身躯和面部都拆解开来了,一个部分一个部分地夸。都红有意思了,副教授们夸一次,她就把电子计时钟摁一次,用意十分的明确了,“小马,听见没有!听听人家副教授是怎么说的!”都红这样做的时候心里头是疯野的,恣意了,甚至都有些轻浮了。都红自己是知道的,其实有挑逗和勾引的意思。属于放电的性质。可小马却不为所动。小马后来倒是说过一句话,他说:“都红,你的时间感觉怎么这么差?”都红对小马的这句话很失望。他这辈子也别想成为南京艺术学院的副教授了。

要说都红对小马有多喜欢,那也说不上。话只能这样说,都红的心里头有他。如果小马撒开四只蹄子来追自己,都红不是不可以考虑。也不是没有可能。都红是不可能反过来去追他的,还没到那个地步。小马帅是帅,但小马有小马的缺点,太闷,太寡,不开朗,一天到晚也说不了几句话。将来和这样的人过日子,能适应么?都红对小马吃不准的地方就在这里,需要和婷婷姐商量的地方也在这里。当然,这些话都红是不可能对高唯说的。她和高唯好归好,一辈子也好不到可以说这些话的地步。

这个晚上高唯偏偏不知趣了。她一点都不体谅都红的心思,一直都缠着都红。好不容易熬到下班,高唯开始收拾了。她把用过的毯子和枕巾摞在了一起,准备打包。都红想让高唯一个人先回去,当着人又说不出口。只好在休息区的门口拉起了婷婷姐的手,连身子都一起靠上去了。高唯没有明白,季婷婷却懂得了都红的意思。她在都红的头顶上拍了两下,明白了,让她再等一等,季婷婷还要回到休息区去整理一下自己的小挎包呢。都红只好站在休息区的门口,靠在了墙上。季婷婷手粗,做什么都大手大脚,即使是收拾挎包,她的动静也要与众不同,哗哩哗啦的,都红全听在了耳朵里。都红说:“婷婷姐,你别忙,我等着就是了。”季婷婷说:“就好了,就好了。”她的高兴溢于言表了,说兴高采烈都不为过。季婷婷的高兴渲染了都红,都红也高兴了。但都红的高兴非常的短暂,——她没有好好地珍惜啊。

都红一边等,一边回顾她和婷婷姐最初的时光。她把手搭在了门框上,边回顾,边抚摸。似乎门框已不再是门框,而是婷婷姐。真的是恋恋不舍了。

高唯已经打好了包,拎着包裹从都红的身边走了过去。她就要到门外去装三轮了。都红想,还是和高唯挑明了吧。婷婷姐就要离开了,她想多陪陪婷婷姐。想必高唯一定能够理解的吧。

高唯推开门,一阵风吹了进来。这是一阵自然风,吹在都红的身上,很爽。都红做了一个深呼吸,胸部也自然而然地舒张开了。都红突然就听见小唐在远处大声地叫喊她的名字。小唐的这一声太吓人了。出于本能,都红立即向后让了一步,手上却抓得格外的紧。但都红立即就明白过来了,想松手。来不及了。当的一声,休息区的房门砸在了门框上。

都红的那一声尖叫说明一切都已经晚了。从听到小唐尖叫的那一刻起,季婷婷就知道发生了什么。她丢下挎包,一下子冲到门口。她摸到了都红的肩膀。都红的整个身躯都已经蜷曲起来了。都红依偎在季婷婷的身上,突然软绵绵的,往地上滑,显然是晕过去了。季婷婷的胳膊架在了都红的腋下,伸手摸了摸都红的右手,小拇指好好的,无名指好好的,中指好好的,食指好好的,大拇指中间的那一节却凹进去好大的一块,两边都已经脱节了。季婷婷一跺脚,失声说:"天哪!我的天哪!!"

出租车在奔驰。都红背对着沙复明,沙复明就把都红搂在怀里了。能和都红有一次真切的拥抱,沙复明梦想了多少回了?说梦寐以求一点也不过分。他今天终于得到一次这样的机会了,可这又是什么样的拥抱?沙复明宁可不要。沙复明就那么搂着,一双手却把都红受伤的右手捂在了掌心。这一捂,沙复明的心碎了,慢慢地结成了冰,最终呈现出来的却还是手的形状。沙复明就不能理解,在他的命运里,冰和手,手和冰,它们为什么总是伴生的,永远都如影随形。沙复明相信了,手的前身一定是水,它四处流淌,开了许多的岔。却是不堪一击的。命运一抬头它就结成了冰。这么一想沙复明整个人就凉去了半截。都红在他的怀里也凉了。

都红已经醒过来了,她在疼。她在强忍着她的疼。她的身躯在沙复明的怀里不安地扭动。沙复明对疼的滋味深有体会了,他想替她疼。他渴望把都红身上的疼都拽出来,全部放在自己的嘴里,然后,咬碎了,咽下去。他不怕疼。他不在乎的。只要都红不疼,什么样的疼他都可以塞在自己的胃里。

沙复明只是把都红的手捂在自己的掌心里,一直都没敢抚摸。现在,沙复明抚摸了,这一摸沙复明的脑袋顶上冒烟了。天哪,难怪季婷婷不停地喊"天哪"。都红断掉的原来是拇指。

对一个推拿师来说,右手的大拇指意味着什么,不言自明了。一个人一共有两只手,除了左撇子,左手终究是辅助性的。右手的着力点又在哪里呢?大拇指。剥,点,挤,压,甚至揉,哪一样也缺少不了大拇指的力量。大拇指一断,即使医生用钢板和钢钉再给她接上,对一个推拿师来说,那只手也残了。盲人本来就是残疾,都红现在已经是残疾人中的残疾了。手不只是冰,也还有钢,也还有铁。

沙复明的脑海里立即蹦出了一个词:残废。若干年前,中国是没有"残疾"这个词的,那时候的人们统统把"残疾人"叫做残废。"残废"成了残疾人最忌讳、最愤慨的一个词。后来好了,全社会对残疾人做出了一个伟大的让步,他们终于肯把"残废"叫做"残疾人"了。这是全社会对残疾人所做出的奉献。这是语言的奉献,一个字的奉献。盲人们欢欣鼓舞。可是,都红,我亲爱的都红,你不再是残疾人,你残废了。沙复明抬起头,在出租车里仰望着天空。他看见了星空。星空是一块密不透风的钢板,散发着金属的腥味。

都红太年轻了,她还"小",未来的日子她可怎么办?自食其力不现实了。她唯一拥有的就是时间。她未来的时间是一大把一大把的,广博而又丰饶。时间就是这样,多到一定的地步,它的面目就狰狞了,像一个恶煞。它们是獠牙。它们会精确无误地、汹涌澎湃地从四面八方向这个美丽的小女人蜂拥过来。除了千疮百孔，你别无选择。

时间是需要"过"的，都红，你怎么"过"啊？

沙复明的心口一热，低下头说：

"都红，嫁给我吧！"

都红的身子抽了一下，缓缓地从沙复明的身上挣脱开来。都红说：

"沙老板，你怎么能在这种时候说出这样的话？"

这一次轮到沙复明了，他的身子也抽了一下。是的，你怎么能在"这种时候"说出"这样的话"？

沙复明再一次把都红搂过来，抱紧了，说："都红，我发誓，我再也不说这个了。"

沙复明全身都死了，只有胃还在生龙活虎。他的胃在生龙活虎地疼。

都红一直在做梦。在医院里的病床上，都红一直在做一个相同的梦。她的梦始终围绕着一架钢琴。音乐是陌生的，古里古怪，仿佛一场伤心的往事。音域的幅度却宽得惊人，所需要的指法错综而又纷繁。都红在演奏。古里古怪的旋律从她的指尖流淌出来了。她的每一个手指都在抒情，柔若无骨。她能感受到手指的生动性，随心所欲，近乎汪洋。

每到这样的时刻都红就要把她的双手举起来。她其实不是在演奏，她是在指挥。她指挥的是一个合唱团，一共有四个声部，女高，女中，男高，男低。都红最为钟情的还是男低的那个声部，男低音具有特别有效的穿透力，是所有声音的一个底子，它在底下，延伸开来了，一下子就拉开了不可企及的纵深。

一到这个时候，都红的梦就接近尾声了。骇人的景象出现了，都红的双手在指挥，可是，琴声悠扬，钢琴的旋律一直在继续。都红不放心了，她摸了一下琴键，这一摸吓了都红一大跳。她并没有弹琴。钢琴和她的手没有关系。是琴键自己在动，这里凹下去一块，那里凹下去一块。仿佛遭到了鬼手。

这一摸都红就醒来了，一身的冷汗。钢琴的琴声却不可遏止，汹涌澎湃。

季婷婷没有走，她到底还是留下来了。她为什么不走，季婷婷不说，别人也就不好问。都红催过她两次，你走吧，我求你了。季婷婷什么也不说，只是不声不响地照料都红。季婷婷的心里只有一条逻辑关系，如果不是因为结婚，她就不会走；如果不走，都红就不会等她；如果都红不等她，都红就不可能遇上这样的横祸。现在，都红都这样了，她一走了之，心里头怎么能过得去？季婷婷唯一能做的事情就是自责，想死的心都有了。

但是，季婷婷哪里能不知道，都红不希望她自责，就希望她早一点回家完婚。换一个角度想想，她这样不明不白地留下来，对都红其实也是一种折磨。留的时间越长，都红的折磨就越厉害。是走好呢，还是不走好呢？季婷婷快疯了。季婷婷一直静坐在都红的床沿，抓着都红的手。有时候轻轻地握一下，但更多的时候还是不握，就这么拉着，两个人的每一个指头都忧心忡忡。只有老天爷知道，两个女人的心这刻走得多么的近啊，都希望对方好，就是找不到一个合适的路径，或者说，方法。也就没法说。说什么都是错。就这样干坐了两三天，都红为了把她逼走，不再答理她了。连手指头都不让她碰了。两个亲密的女人就这样走进了怪异的死胡同，恨不得把心掏出来，血淋淋地给对方看。

季婷婷的离开最终还是金嫣下了狠手。金嫣来到医院，意外地发现都红和季婷婷原来是不说话的。季婷婷在巴结，都红却不答理。季婷婷嘴巴里的气味已经很难闻了。金嫣的心口一沉，又不能做什么，也不能说什么，只能一只手拉住季婷婷，一只手拉住了都红。金嫣的左手被季婷婷拉得紧紧的，右手却被都红拉得紧紧的。这是两只绝望的手，刹那间金嫣也就很绝望了。

究竟是长时间的姐妹了，金嫣知道季婷婷的心思，同样知道都红的心思。两个人真的都很难。可这样下去也不是事。金嫣自作主张了。她大包大揽的性格这个时候派上了用场。金嫣什么也没有说，回到推拿中心，替季婷婷在沙复明的那边清了账，托前台的高唯买了火车票，命令泰来替季婷婷收拾好全部的家当。第二天的傍晚，金嫣叫来了一辆出租车，和泰来一起出发了。她把季婷婷骗出了病房，先是和泰来一起把季婷婷拽进了出租车，接下来又把季婷婷塞上了火车。三下五除二，季婷婷就这样上路了。金嫣回到了医院，掏出手机，拨通了季婷婷。金嫣什么都不说，只是把拨通了的手机递到都红的手上。都红不解。犹犹豫豫地把手机送到了耳边。一听，却是季婷婷的呼喊，她在喊"妹妹"。但接下来都红就听到了火车车轮的轰响。都红顿时就明白了。全明白了。一明白过来就对手机喊了一声"姐"。这一声"姐"要了都红和季婷婷的命，两个人都安静下来了，手机里什么都没有，只剩下车轮的声音。哐嘁哐嘁，哐嘁哐嘁。火车在向着不知道方向的远方狂奔，越来越远。都红的心就这样被越来越远的动静抽空了。她再也撑不住了，一把合上手机，歪在了金嫣的怀里。都红说："金嫣姐，抱抱。抱抱我吧。"

第二十章　沙复明、王大夫和小孔

小马走了,季婷婷走了,都红在医院里。推拿中心一下子少了三个,明显地“空”了。原来“空”是一个这么具体的东西,每一个人都可以准确无误地感受到它,就一个字:空。

稍稍安静下来,沙复明请来了一位装修工,给休息区的房门装上了门吸。现在,只要有人推开房门,推到底,人们就能听见门吸有力而又有效的声响。那是嗒的一声,房门吸在了墙墙壁上,叫人分外的放心。

叫人放心的声音却又是歹毒的,它一直在暗示一样东西,那就是都红的大拇指。响一次,暗示一次。听得人都揪心。

每个人的心中都有一根大拇指。那是都红的大拇指。那是一分为二的大拇指。现在,一分为二的大拇指替代了所有的内容,顽固地盘踞在每一个人的心中。人们都格外的小心了,生怕弄出什么动静来。推拿中心依然是死气沉沉。

沙复明一改往日的做派,动不动就要走到休息区的门口,站住了。他要花上很长很长的时间去把玩休息区的房门。他扶着房门,一遍又一遍地把房门从门吸上拉下来,再推上去,再拉下来,再推上去。死气沉沉的推拿中心就这样响起了门吸的声音,嗒。嗒。嗒。嗒。嗒。嗒。

门吸的声音被沙复明弄得很烦人,却没有一个人敢说什么。主要还是不忍。沙复明在暗恋都红,这已经不是秘密。他一定后悔死了,早就有人给沙复明提起过,希望在休息区的大门上安一个门吸，沙复明嘴上说好，却一直都没有放在心上。某种意义上说，他是这一次事故的直接责任人。没有人会追究他，但不等于沙复明不会追究他自己。他只有一遍又一遍地把房门从门吸上拉下来，再推上去。嗒。嗒。嗒。嗒。嗒。嗒。

沙复明后悔啊，肠子都悔烂了。真的是肝肠寸断。他后悔的不只是没有安装门吸，他的后悔大了。说什么他也该和他的员工签订一份工作合同的。他就是没有签。他一个都没有签。

严格地说，盲人即使走向社会了，即使"自食其力"了，盲人依然不是人，不是严格意义上的人。盲人没有组织。没有社团。没有保险。没有合同。一句话，盲人压根儿就没有和这个社会构成真正有效的社会关系。即使结了婚，也只是娶回一个盲人，或者说，嫁给了一个盲人。这是一个量的积累，而不是一个质的变迁。盲人和这个社会一点没有关系么？也有。那就是每个月从民政部门领到一百元人民币的补助。一百元人民币，这是一个社会为了让自己求得心理上的安稳所做出的一个象征。它的意义不在帮助，而是让自己理直气壮地遗忘。——盲人，残疾人，终究是可以忽略不计的。可是，生活不是象征。生活是真的，它是由年、月、日构成的，它是由小时、分钟和秒构成的。没有一秒钟可以省略过去。在每一秒钟里，生活都是一个整体，没有一个人仅仅依靠自己就可以"自"食其力。

盲人是黑户。每一个盲人都是黑户。连沙复明自己都是。盲人的人生有点类似于因特网络里头的人生，在健全人需要的时候，一个点击，盲人具体起来了；健全人一关机，盲人就自然而然地走进了虚拟空间。总之，盲人既在，又不在。盲人的人生是似是而非的人生。面对盲人，社会更像一个瞎子，盲人始终在盲区里头。这就决定了盲人的一生是一场赌，只能是一场赌，必然是一场赌。一个小小的意外就足以让你的一生输得精光。

沙复明丢下休息区的房门，一个人来到了推拿中心的大门口，拼了命地眨巴他的眼睛。他向天上看，他向地下看。他什么也没有看见。盲人没有天，没有地。所以天不灵，所以地不应。

作为一个老板，沙复明完全可以在他的推拿中心里头建立一个小区域的社会。他有这个能力。他有这个义务。他完全可以在录用员工的时候和他们签署一份合同的。一旦有了合同，他就可以理直气壮地要求员工们去购买一份保险。这样，他的员工和“社会”就有了关联，就再也不是一个黑户了。他的员工就是“人”了。

关于工作合同，沙复明不是没有想过，在上海的时候就想过了，他十分渴望和他的老板签订一份工作合同。大伙儿就窝在宿舍里头，七嘴八舌地讨论这个问题。但是，谁也不愿意出面。这件事就这样耽搁下来了。中国人有中国人的特征，人们不太情愿为一个团体出头。这毛病在盲人的身上进一步放大了，反过来却成了一个黄金原则：凭什么是我？中国人还有中国人另外的一个特征，侥幸心重。这毛病在盲人的身上一样被放大了，反过来也成了另一个黄金原则：飞来的横祸不会落在我的头上的。不会吧，凭什么是我呢？

工作合同的重要性沙复明是知道的。没有合同，他不安全。没有合同，往粗俗里说，他就是一条野狗，生死由命的。命是什么，沙复明不知道。沙复明就知道它厉害，它的魔力令人毛骨悚然。但沙复明因为工作合同的问题终于生气了，他在生同伴们的气。他们合起伙来夸他“聪明”，夸他“能干”，其实是拿他当二百五了。沙复明不想做这个二百五。你们都不出面，凭什么让我到老板的面前做这个冤大头？工作合同的事就这样拖下来了。沙复明毕竟也是盲人，他的侥幸心和别人一样重：你们没有工作合同，你们都好好的，我怎么就不能好好的？为此，沙复明后来悄悄打听了一下，其他的推拿中心也都没有合同。沙复明于是知道了，不签合同，差不多成了所有盲人推拿中心的潜规则。

在筹建“沙宗琪推拿中心”的过程中，沙复明立下了重愿，他一定要打破这个丑陋的潜规则。无论如何，他要和每一个员工规规矩矩地签上一份工作合同。他的推拿中心再小，他也要把它变成一个现代企业，他一定要在自己的身上体现出现在企业的人性化。管理上他会严格，但是，员工的基本利益，必须给予最充分的保证。

奇怪的事情就在沙复明当上老板之后发生了。并不是哪一天发生的，而是自然而然地发生的——前来应聘的员工没有一个人和他商谈合同的事宜。他们没提，沙复明也就没有主动过问。逻辑似乎是这样的，老板能给一份工作，已经是天大的面子了，还要合同做什么？沙复明想过这件事情的，想过来想过去，还是盲人胆怯；还是盲人抹不开面子；还是盲人太容易感恩。谢天谢地，老板都给了工作了，怎么能让老板签合同？盲人是极其容易感恩的。盲人的一生承受不了多大的恩泽，但盲人的眼睛一瞎就匆匆忙忙学会了感恩。盲人的眼里没有目光，泪水可是不少。

一不做，二不休。既然前来应聘的员工都没有提及工作合同，那就不签了吧。相反，沙复明在推拿中心的规章制度上做足了文章。这一来事情倒简单了，所有的员工和推拿中心唯一的关系就是规章制度。在推拿中心所有的规章制度里面，员工只有义务，只有责任，这是天经地义的。他们没有权利。他们不在乎权利。盲人真是一群“特殊”的人，无论时代怎样地变迁，他们的内心一直是古老的，原始的，洪荒的，也许还是亘古不变的。既然整个社会都没能为他们提供一个给予保障和帮助的组织与机构，那么，他们反过来就必须抱定一个东西，同时，坚定不移地相信它：命。命是看不见的。看不见的东西才是存在，一个巨大的、覆盖的、操纵的、决定性的、也许还是无微不至的存在。像亲爱的危险，一不小心你的门牙就撞上它了。关于命，该怎么应对它呢？积极的、行之有效的办法就一个字：认。嗨——，认了吧，认了。

但“认”是有前提的，你必须拥有一颗刚勇并坚韧的侥幸心。你必须学会用侥幸的心去面对一切，并使这颗侥幸的心融化开来，灌注到骨髓里去。咚——咚，咚——咚。它们铿锵有力。一个看不见“云”的人是不用惦记哪一块“云”底下有雨的。有雨也好，没雨也好。认了。我认了。

后来的事情就变得有些顺理成章了。在沙复明和张宗琪最为亲密的时候，他们盘坐在床上，两个几乎是无话不谈的。两个年轻的老板如沐春风。他们的谈话却从来没有涉及过员工们的工作合同。有几次沙复明的话就在嘴边了，鬼使神差的，咽下去了。张宗琪那么精明的一个人，这个问题的重要性他不会不知道。他一定也咽下去了。咽下去，这是盲人最大的天赋。做老板，可以咽下去许多；做员工，一样可以咽下去许多。盲人总有第一流的吞咽功夫，因为盲人具有举世无双的消化功能。

后来的情形有趣了，也古怪了。工作合同的话题谁也不提。工作合同反而成了沙复明、张宗琪和所有员工面前的一口井，每一个人都十分自觉地、不约而同把它绕过去了。沙复明既没有高兴也没有失望。说到底，又有哪一个老板喜欢和员工签合同呢？没有合同最好了，所有的问题都在老板的嘴里。老板说“yes”，就是“是”，老板说“no”，就是“不”。只有权力，不涉其余，这个老板做起来要容易得多。完全可以借用一个时髦的说法：“爽歪歪”。

命运却出手了。命运露出了它带刺的身影，一出现就叫人毛骨悚然。它用不留痕迹的手掌把推拿中心的每个人都摸了一个遍，然后，歪着嘴，挑中了都红。它的双手摁住了都红的后背，咚的一声，它把都红推到了井里。

都红在井里。这个井刚好可以容纳都红的身躯。她现在就在井里。沙复明甚至没有听到井里的动静。沙复明没有听到任何挣扎性的努力。事实上,被命运选中的人是挣扎不了的。沙复明已近乎窒息。比听到扑通扑通的声音还要透不过气来。井水把一切都隐藏起来了,它的深度决定了阴森的程度。可怜的都红。宝贝。我的小妹妹。如果能够救她,他沙复明愿意把井挖掉。可是,怎么挖?怎么挖?

单相思是苦的,纠缠的,锐利的。而事实上,有时候又不是这样。在都红受伤之前,沙复明每一次思念都红的时候往往又不苦,只有纠缠。他能感受到自己的柔软,还有猝不及防的温情。这柔软和温情让沙复明舒服。谁说这不是恋爱呢?——他的心像晒了太阳。在太阳的底下,暖和和,懒洋洋。有一次沙复明都把都红的名字拆解开来了,一个字一个字地想。"都"是所有的意思,全部的意思,而"红"则是一种颜色,据说是太阳的色彩。如此说来,都红的名字就成了一种全面的红,彻底的红。她是太阳。远,也近。沙复明没见过太阳,但是,对太阳终究是敏锐的。在冬天,沙复明最喜爱的事情就是晒太阳,朝阳的半个身体暖和和,懒洋洋。

可太阳落山了。它掉在了井里。沙复明不知道他的太阳还有没有升起的那一天。他知道自己站在了阴影里,身边是高楼风。高楼风把他的头发撩起来了,在健全人的眼里纷乱如麻。

如果没有"羊肉事件",如果没有"分手"的前提,沙复明也许能够和张宗琪商量一下,把都红的事情放到桌面上来,给都红"补"一份合同,给都红"补"一份赔偿。这些也许是可以的。

即使有了"羊肉事件",即使有了"分手"的前提,只要沙复明没有单恋都红,沙复明只要把都红的事情放到桌面上来,为都红争取到一份补偿,同样是可以的。

现在不行了。撇开沙复明和张宗琪的关系不说,沙复明和都红如此的暧昧,沙复明的动议只能是徇私情。他说不出口;他说了也没有用。

沙复明问自己,你为什么要爱?你为什么要单相思?你为什么要迷恋该死的“美”?你的心为什么就放不下那只“手”?爱是不道德的,在某个特定的时候。

他对不起都红。作为一个男人,他对不起她;作为一个老板,他一样对不起她。他连最后的一点帮助都无能为力。他一心要当老板,当上了。可“老板”的意义又在哪里?沙复明陷入了无边的痛苦。

——如果受伤的不是都红呢?——如果受伤的人不是这样“美”呢?如果受伤的人没有一双天花乱坠的手呢?他沙复明还会这样痛苦么?这么一想沙复明就感到天灵盖上冒出了一缕游丝,他的魂差一点就出窍了。

不敢往下想了,沙复明就点烟。一支一支地点。香烟被沙复明吸进去了,又被沙复明吐出来了。可沙复明总觉得吸进去的香烟没有被他吐出来。他吐不出来。全部积郁在胸口,还有胃里。烟雾在他的体内盘旋,最终变成了一块石头,堵在了沙复明的体内。他的胃疼啊。所有的疼都堵在了那里,结结实实。沙复明第一次感到有点支撑不住了,他就坐了下来。得到医院去看看了。等这一阵子忙过去,沙复明说什么也要到医院去看看了。

说起医院,这又是沙复明的一个心病了。他怎么就那么害怕医院呢?可是,谁又不怕呢?医院太贵了。打个喷嚏,进去一趟就是三四百。其实,贵还在其次了。沙复明真正害怕的还是“看病”本身。尤其是大医院。撇开预约的检查项目不说,排着队挂号,排着队就诊,排着队付款,排着队检查,排着队再就诊,排着队再付款,最后,还得排着队取药,没有大半天你根本回不来。沙复明每次看病都会想起一个成语,盲人摸象。医院真的是一个大象,它的身体是一个迷宫。你就转吧。对沙复明来说,医院不只是大象,迷宫,还是立体几何。沙复明永远也弄不清这个几何形体里的点、线、面、角。它们错综,复杂,不适合医疗,只适合探险。

过几天一定要去。沙复明发誓了。沙复明的嘴角翘了上去,似乎是笑了。在看病这个问题上,他是发誓的专家,他发过多少誓了?没有一次有用。他发誓不是因为意志坚定,相反,是因为疼。一疼,他无声的誓言就出来了。不疼了呢?不疼了誓言就是一个屁。对屁还能有什么要求,放了就是。

王大夫咳嗽了一声,推开大门,出来了。他似乎知道沙复明站在这里,就站在了沙复明的身边。一言不发,却不停地扳他的响指。他的响指在沙复明的耳朵里是意味深长的,似乎表明了这样的一个信息,王大夫想说什么,却又欲言又止。

沙复明也咳嗽了一声,这一声是什么意思呢,沙复明其实也没有想好。沙复明只是想发出一些声音,可以做开头,也可以做结尾。都可以。

王大夫很快就注意到了,沙复明的身上有一股很不好的气味。这气味表明沙复明好几天没有洗澡了。沙复明的确有好几天没洗澡了,说到底还是宿舍里的卫生条件太差,总共就一个热水器,十几个人一定要排着队伍才能轮得上。胃疼是很消耗人的,沙复明疲惫得厉害,成天都觉得累,一回到宿舍就躺下了。躺下来之后就再也不想爬起来。他能闻到自己身上糟糕的体气,却真的没有力气去洗一个热水澡。

"复明啊,"王大夫突然说,"还好吧?"这句话空洞了,等于什么也没说。不过,沙复明显然注意到了,到推拿中心这么些日子了,王大夫第一次没有叫沙复明"老板"。他叫了他的老同学一声"复明"。

"还好。"沙复明说,"还好吧。"这句话一样的空洞,是空洞的一个回声。

王大夫说完了“还好吧”就不再吭声了。他把手伸进了怀里，在那里抚摸。伤口真的是好了，痒得出奇。王大夫又不敢用指甲挠，只能用指尖轻轻地摸。沙复明也不吭声。但沙复明始终有一个直觉，王大夫有什么重要的话要对自己说。就在他的嘴里。

“复明啊，”王大夫最终还是憋足了劲，说话了。王大夫说，“听兄弟一句，你就别念叨了。别想它了，啊，没用的。”

这句话还是空的。“别念叨”什么？“别想”什么？又是“什么”没用？不过，也就是一秒钟，沙复明明白了。王大夫指的是都红。沙复明万万没有想到王大夫这样直接。是老兄老弟才会有的直接。沙复明当然知道“没用”，但是，自己知道是一码事，从别人的嘴里说出来则是另外的一码事。沙复明没答腔，却静静地恼羞成怒了。他的心被撕了一下，一下子就裂开了。沙复明沉默了好大的一会儿，平息下来。他不想在老同学的面前装糊涂。沙复明问：“大伙儿都知道了吧？”

“都是瞎子，”王大夫慢悠悠地说，“谁还看不见？”

“你怎么看？”沙复明问。

王大夫犹豫了一下，说：“她不爱你。”

王大夫背过脸去，补充了一句，说：“听我说兄弟，死了那份心吧。我看得清清楚楚的，你的心里全是她。可她的心里却没有你。这不能怪人家。是不是？”

话说到这一步其实已经很难继续下去了。有点残忍的。王大夫尽力选择了最为稳妥的措辞，还是不忍心。他的胃揪了起来，旋转了一下。事情的真相是多么的狰狞，狰狞的面貌偏偏都在兄弟的嘴里。

“还是想想怎么帮帮她吧。”王大夫说。

“我一直在想。”

“你没有。”

“我怎么没有?”

“你只是在痛苦。”

“我不可以痛苦么?”

“你可以。不过,沉湎于痛苦其实是自私。”

“姓王的!”

王大夫不再说话了。他低下头去,右脚的脚尖在地上碾。一开始非常快,慢慢地,节奏降下来了。王大夫换了一只脚,接着碾。碾到最后,王大夫终于停止了。王大夫转过了身子,就要往回走。沙复明一把抓住了,是王大夫的裤管。即使隔着一层裤子,王大夫还是感觉出来了,沙复明的胳膊在抖,他的胳膊在泪汪汪。沙复明忍着胃疼,说:

“兄弟,陪我喝杯酒去。”

王大夫蹲下身,说:“上班呢。”

沙复明放下王大夫的裤管,却站起来了,说:“陪兄弟喝杯酒去。”

王大夫最终还是被沙复明拖走了。他的前脚刚走,小孔后脚就找了一间空房子,一个人悄悄钻了进去。她一直想给小马打一个电话,没有机会。现在,机会到底来了。小马是不辞而别的。小马为什么不辞而别,别人不知道,个中的原委小孔一清二楚。都是因为自己。再怎么说,她这个做嫂子的必须打个电话。说一声再见总是应该的。

小马爱自己,这个糊涂小孔不能装。在许多时候,小孔真心地希望自己能够对小马好一点。可是,不能够。对小马,小孔其实是冷落了。她这样做是存心的。她这样做不只是为了王大夫,其实也是为了小马。她对不起小马。严格地说,和小马的关系弄得这样别扭,她有责任。是她自己自私了,只想着自己,完全没有顾及别人的感受。小马对自己的爱是自己挑逗起来的。

如果不是她三番五次地和人家胡闹，小马不至于这样。断然不至于这样的。还是自己的行为不得体、不恰当了。唉，人生怎么会有这么多的死胡同，一不小心，不知道哪一只脚就踩进去了。

小马的手机小孔这一辈子也打不进去了。他的手机已然是空号。小马看起来是铁了心了，他不想再和"沙宗琪推拿中心"有什么瓜葛了。其实是不想和自己有什么瓜葛了。小马，嫂子伤了你的心了。也好。小马，那你就一路顺风吧。嫂子祝福你了。——你不该这样走的。你好歹也该和嫂子说一声再见，嫂子欠着你一个拥抱。离别是多种多样的，怀抱里的离别到底不一样。这一头实实在在，未来的那一头也一定能实实在在。小马，你一定要好好的。好好的，啊？你听见了没有？千万别弄出什么好歹来。你爱过嫂子，嫂子谢谢你了。

小孔装起手机，却把深圳的手机掏出来了。这些日子头绪太多，小孔已经很久没有和自己的父母联络了。好歹也该打一个电话了吧。小孔刚刚把深圳的手机掏出来，突然想起来了，父母也有一段日子没和自己联系了。——家里头该不会出什么事情了吧？这么一想小孔就有些急，慌里慌张地把老家的号码摁下去了，一听，手机却没有任何的动静。真是越急越乱，手机居然还没电了。好在小孔还算聪明，她拉开了手机的后盖，想取Sim卡。只要把深圳的Sim卡取出来，再插到南京的手机里去，父母肯定看不出任何破绽来的。

深圳的Sim卡却不翼而飞。小孔一连摸了好几遍，确定了，深圳的Sim卡没有了。这个发现对小孔可以说是致命的一击。卡没了，手机号没了，她离败露的日子也就不远了。小孔顿时就惊出了一身的冷汗。这个谎往后还怎么撒？撒不起来了。

手机的卡号怎么就丢了呢？

不可能。手机在，手机的卡号怎么会不在？一定是有人给她的手机做了手脚了。这么一想小孔就全明白过了。是金嫣。

一定是她。只能是她。王大夫从来不碰她的手机的。小孔刹那间就怒不可遏——金嫣,我和你是有过过节,可自从和好了之后,天地良心,我拿你是当亲姐妹的。你怎么能做出这种阴损毒辣的事情来!啊?小孔一把就把手机拍在了推拿床上,转过身去。她要找金嫣。她要当着金嫣的面问清楚,你到底要做什么?你到底存的是什么心?

刚走到门口,小孔站住了。似乎是得到了一种神秘的暗示,小孔站住了。她回过头来,走到了推拿床边,捡起了床上的手机。这是南京的手机,只要她拨出去,她的秘密就暴露了。深圳的手机卡已经没了,断然没有回头的可能。换句话说,暴露是迟早的。然而,这暴露积极,也许还有意义。她可以说谎。她可以在谎言中求得生存,但没有一个人可以一辈子说谎。没有人可以做得到。

小孔拿起手机,呼噜一下,拨出去了。座机通了。小孔刚刚说了一声"喂",电话里就传来了母亲尖锐的哭叫。看起来他们守候在电话机的旁边已经有些日子了。母亲说:"死丫头啊,你还活着?你怎么关机关了这么多天啦死丫头我和你爸爸都快疯了!你快说,你人在哪里?你好不好?"

"我在南京。我很好。"

"你为什么在南京?"

"妈,我恋爱了。"

"恋爱"真是一个特别古怪的词,它是多么的普通,多么的家常,可是,此时此刻,它活生生地就充满了感人至深的力量。小孔只是实话实说的,完全是脱口而出的,却再也没有料到"我恋爱了"会是这样的催人泪下。小孔顿时是流下了两行热泪,十分平静地重复了一遍,说:"妈,我恋爱了。"

母亲愣了一下,脱口就问:"是男的还是女的?"

女儿失踪了这么久,母亲真是给吓糊涂了,又急,居然问出了这么一句没脑子的话。看起来他们还是估计到女儿恋爱了,都担心女儿已经把孩子生出来了。哎,可怜天下父母心哪。小孔扑哧一下,笑了。无比骄傲地说:“男的。还是全盲呢。”她骄傲的口气已经像一个产房里的产妇了。

电话的那一头就没有了声音。过了好半天,声音传过来了,不是母亲,已经换成了父亲。“丫头,”父亲一上来就是气急败坏的,大声地喊道,“你怎么就这么不听话呢?”

“爸,我爱他是一只眼睛,他爱我又是一只眼睛,两只眼睛都齐了。——爸,你女儿又不是公主,你还指望你的女儿得到什么呢?”她没有想到自己能说出这样的话来。她一直在撒谎,每一次打电话之前总是准备了又准备,话越说越瞎。小孔今天一点准备都没有,完全是心到口到,没想到居然把话说得这样亮,明晃晃的,金灿灿的,到处都是咣丁咣当的光芒。

小孔合上手机,再也不敢相信事情就是这样简单。从恋爱到现在,小孔一直在饱受折磨,不知道该怎么面对自己的父母。她终于把实话说出来了。事情居然是这样的,一句实话,所有的死结就自动解开了,真叫人猝不及防。

金嫣就在这个时候摸进门来了。她刚刚得到了一个重要的消息,都红在医院里闹,哭着喊着要出院。刚刚进门,还没有来得及说话,小孔一把就把金嫣抱紧了。金嫣比她高,小孔就把自己的面庞埋在了金嫣的脖子上。这一来金嫣的脖子就感觉到了小孔的泪。好在小孔的手上还握着手机,她就用握着手机的手不停地拍打金嫣的后背。金嫣就明白了。一明白过来就松了一口气。金嫣伸出手去,放在小孔的腰间,不住地摩挲。

“小贱人,”小孔对着金嫣的耳朵说,“我要提防你一辈子。”

“什么意思?”

“你是贼。”小孔小声地说,“你会偷。”

金嫣却把小孔推开了。“还是别闹了吧,”金嫣有气无力的地说,“都红正在闹着要出院。——她可怎么办呢?”

第二十一章　王大夫

都红到底还是提前出院了。都红由沙复明搀扶着，沙复明由高唯搀扶着，回来了。这是正午。沙复明选择这样的时间是有所考虑的，正午的时光大伙儿都闲着，可以为都红举行一个小小的欢迎仪式。仪式是必须的。仪式不是认知的方式，而是认知的程度。有时候，仪式比事情本身更能说明事情。——都红，“沙宗琪推拿中心”欢迎你。

都红进门的时候高唯特地喊了一声：“我们回来啦！”大伙儿蜂拥过来，热闹了。人们拥挤在休息区里，劈里啪啦地给都红鼓掌。掌声很热烈，很混乱，夹杂着七嘴八舌的声音。沙复明很高兴，张宗琪也很高兴，大伙儿就更高兴了。自从“羊肉事件”之后，推拿中心接连发生了这么多的变故，休息区就再也没有轻松过，大伙儿始终有一种压迫感，人人自危了。现在好了，都红又安安稳稳地回来了。大伙儿的高兴就不只是高兴，有借题发挥的意思，直接就有了宣泄的一面。是言过其实的热烈。久积的阴霾被一扫而空，每一颗心都是朗朗的新气象。

沙复明的高兴是真心的。这就要感谢王大夫了。王大夫不是老板，他的身上却凝聚了一个老大哥的气息，他永远都不会乱。就在沙复明为都红的未来一筹莫展的时刻，王大夫站出来了。王大夫给沙复明提出了两条：第一，真正可以帮助都红的，是替她永远保密。不能把都红断指的消息说出去。万一泄漏出去了，不会再有客人去点她的钟。只要能保密，即使她离开了，都红在别的地方也一样可以找到一分像样的工作。这一点王大夫请沙复明放心,这件事包在他的身上。第二,王大夫仔细研究了都红的伤,虽说她的大拇指断了,但是,她另外的四个手指却是好好的。——这意味着什么?这意味着她还可以做足疗。做足疗固然离不开大拇指,然而,关键却在中指和食指。只要这两个指头的中关节能够顶得住,一般的客人根本就不可能发现破绽,除非他是推拿师。——又有哪一个推拿师舍得做足疗呢?现在的问题就很简单了,都红把全身推拿的那一个部分让出来,大伙儿不要在足疗上和她抢生意就行了。这样一来,都红每天都会有五六个钟,和过去一样的。什么都没有发生。

是的,一切都和过去一样,什么都没有发生。都红的大拇指没有断。都红还是都红。还有什么比这更好的结果么?没有了。趁着高兴,沙复明对着大伙儿拍了拍巴掌,他大声地宣布:“今天夜里我请大伙儿吃夜宵!”

大伙儿便是一阵欢呼。他们围着都红,七嘴八舌,推拿中心很快就成欢乐的小海洋了。沙复明站在门外,心坎里突然就是一阵感动。还是热热闹闹的好哇。“人气”全上来了。“人气”到底是一个什么东西呢?沙复明就觉得休息区里全是胳膊,全是手,呼啦一下从地底下冒出来了,它们在随风飘荡,恣意而又轻旸。毫无疑问,最动人、最欢乐的手是都红的,它在丛中笑。沙复明能看见的,它在丛中笑。这笑容在荡漾,还开了叉。一个,两个,三个,四个。是的,一共有四个,蜿蜒到了不同的方向,可以渲染到每一个角落。是铺天盖地的,是漫山遍野的。是浩浩荡荡的。沙复明悄悄地松了一口气,整个人都是说不出的轻松。像羽毛在风里。沙复明的骨头都轻了。一江春水向东流。

很久没有这样了。很久了。沙复明兀自眨巴着他的眼睛,尽他的可能做出事不关己的样子。这感觉好极了,快乐的明明是自己,偏偏就事不关己,由着别人在那里欢庆。说什么他也要感谢都红，是她的一场意外让推拿中心恢复了往昔的生动局面。就是都红所付出的代价太大了。要是能换了自己那就好了。

要是自己的大拇指断了，——要是自己的大拇指断了，从医院接自己回来的是不是张宗琪呢？会的。一定会。换了自己也会。他了解他们的关系，能不能同富贵说不好，但共患难绝对没有问题。他们也许该谈谈了。是的，谈谈。沙复明努努嘴，意外地发现了一个问题。对盲人来说，嘴不是嘴。不是上嘴唇和下嘴唇。是上眼皮和下眼皮。瞳孔就在里头。在舌尖上。沙复明突然就看见了舌尖发出来的光，它是微弱的，闪烁的，游移的。然而，那是光。可以照耀。沙复明抬起头，张开嘴，突然就是一声叹息。他的叹息居然发出了笔直的、义无反顾的光。钉子一样，拥有不可动摇的穿透力，锐不可当。

沙复明悄悄拽了王大夫，把他拉到大门的外面去了。两个人各自点了一支烟，就在推拿中心的门外闲荡。王大夫也没有说一句话。沙复明其实是希望王大夫说点什么的，既然他不说，那就不说了吧。沙复明到底按捺不住，还是开口了："老王，我还是有点担心哪。有句话我还没对大伙儿说呢。——让大伙儿把足疗让出来，大家不同意怎么办呢？我总不能下命令吧。说不出口哇。"

王大夫浅笑着，想起来一句老话，恋爱中的人是愚蠢的。沙复明没有恋爱，他只是单相思。单相思不愚蠢，因为单相思的人是白痴。

"你呀。"王大夫说。他的口吻一下子凝重了，说："你越来越像一个有眼睛的人了。我不喜欢。——你什么也不用说。事情是明摆着的，到最后，一定就是那样一个结果。"

沙复明和王大夫在大门外游荡，休息区的气氛却被金嫣和小孔推向了高潮。金嫣挤到都红的跟前，举起双臂，突然大声地说："安静了。大伙儿安静了。"大伙儿都知道即将发生的是什么,安静下来了。休息区顿时就呈现了翘首以待的好场景。

嗞的一声,拉锁被迅速地拉开了。这一声好听了,娇柔,委婉,短促,像深情的吟唱。那是金嫣打开了她的小挎包。小挎包一直斜挎在金嫣的身上,现在,金嫣把拉锁拉开了。金嫣从小挎包里取出了厚厚的一沓,大小不等的。金嫣一只手拿着,另一只手却摸到了都红的胳膊。她把厚厚的同时又是大小不等的一沓交到了都红的手上。金嫣说:"都红,这是大伙儿的一点心意。你知道,一点心意。"

金嫣说这句话的时候其实已经动情了。她的声音在抖。每一个人都可以感受得到。每个人都可以听得见激动人心的喘息。都红捏着厚厚的一沓,用她残疾的手掌再三再四地抚摸。都红对大伙儿说:"我谢谢大家。"

金嫣在等。小孔也在等。所有的人都在等。她们在等待最为激动人心的那一刻。她们不需要都红感激。她们不需要。但是,这究竟是一个温暖而又动人的场景,少不了激情与拥抱,少不了滚烫的、四处纷飞的泪。小说里是这样,电影里是这样,电视上也是这样,现实生活就不可能不是这样。

说完了"谢谢大家",都红重复了一遍。"我真的是非常感谢你们的。"都红最后说。

都红的腔调平静了。没有激动,却非常的礼貌。所谓的高潮并没有出现,最终却以这样一种平淡的方式收场了。这样的平淡多多少少出乎大家的意料。事实和小说不一样,和电影不一样,和电视也不一样,和新闻报道也不一样。人们反而不知道事态该怎样往下发展了。这一来休息室里的平淡就不叫平淡,都有些手足无措了。

幸亏有客人来了。一共是三个。杜莉就开始派活。她大声地叫着推拿师的名字,高高兴兴地喊他们上钟。在这样的场景底下,还有什么比节外生枝更好的结局呢?王大夫正在外面,肯定听不见。杜莉特地来到了门外，扯着嗓子喊："王大夫，上钟啦！"

王大夫上钟了。张一光上钟了。金嫣上钟了。推拿中心的气氛在第一时间重新恢复到了日常。都红来到休息区的门口，扶住门，开始拨弄。门吸的声音很好听。嗒的一声。嗒的又一声。

还在都红躺在医院的时候，她就知道休息区的大门装上门吸了。她与高唯之间有热线。说起来也真是有趣了，都红躺在医院里，对推拿中心的情况反而比过去了解得还要全面、还要仔细。高唯把推拿中心所发生的一切都告诉她了，和"亲眼看见了"也没有任何区别。高唯的嘴巴一直在为她做"新闻联播"。高唯的"新闻联播"是全面的，深入的，什么样的内容都有。高唯的"新闻联播"不只有报道，还有"社论"和"本台综述"。慢慢地，都红懂得高唯的意思了，她的"新闻联播"有她的中心思想，也可以说，精神指向。这个精神指向只有一个，她想让都红知道沙复明对她有多好。这一来高唯的"社论"和"本台综述"也就很清楚了，有她的目的。这个目的也只有一个，希望都红能够投桃报李，对沙复明"好一点"。

都红不需要这样的"新闻联播"。她的心很乱，很烦。但是，她堵不住高唯的眼睛，更堵不住高唯的嘴。都红愿意承认，沙复明这个人不是都红过去所认为的那样，他好，一点也不是"哗啦啦"。他对都红是真心实意。但是，都红不爱他。还是不爱他。无论沙复明为她做了什么，她愿意感恩。但不爱。这是两码子事。

高唯的"新闻联播"却来了大动静，高唯突然给都红做起了"现场直播"。这是一次大型的、长时间的现场报道。都红听见高唯在现场小声地说："沙老板和王大夫已经出去了，金嫣带领着小孔走进了休息区。金嫣刚才在过道里大声地喊道：'开会了！大伙儿听见没有？开会了！’不知道她们要干什么。”

透过高唯的手机，都红听见金嫣突然说：“我们自以为我们不冷漠，其实我们冷漠。我们不能再冷漠下去了！”

几乎就是金嫣一个人在讲。她讲了足足有五六分钟。都红听出来了，所谓的“开会”，其实是一场募捐，金嫣在鼓动所有的人为自己“做点什么”。不知道是生自己的气还是生别人的气，金嫣的声音颤了。金嫣流下了激动的泪水。这一哭就使得她的演讲既好听又难听，说白了，几乎就是威胁。——每个人都必须有所表示。她不是在演讲、在劝说。她是在命令——“可怜的”都红“都这样了”，她还能干什么？她“什么也干不了了”，我们不能“眼睁睁”的，我们不能这样“袖手旁观”。都红怎么也没有想到金嫣会是这样一个热心肠的人，她惊诧于金嫣的演讲能力。金嫣最后说：“我们拥有同样的眼睛，我们拥有同样的瞳孔，我们的眼睛最终能看见什么？——大伙儿看着办！”金嫣不只是说，她做了。第一个做了。可以说豪情万丈。金嫣没有和徐泰来商量，一把就拍出了双份。小孔的吝啬是著名的，她把她的每一分钱都看得和她的瞳孔一样圆，一样黑。但是，在如火如荼的热情面前，小孔没有含糊，王大夫不在，她“代表了王大夫”，同样贡献了双份。休息区激荡起来了，催人泪下的激情在四处喷涌。

都红握着手机，全听见了。她在颤。她闭紧了双眼，死死地捂住了自己的嘴。她不放声。她不敢让自己的声音传到那边去。多么好的兄弟，多么好的姐妹。都红肝肠寸断，说不出的温暖在身体的内部翻涌。“现场报道”还没有完。金嫣和小孔已经在清点现金了，她们在说话，其实是商量了。——谁也不可以走漏了风声。王大夫就不必告诉他了，反正“你已经替他捐了”。沙复明则“更没有必要告诉他”。“他和都红两个人之间的事”，我们就“不管它了”。

都红合上手机，把手机塞在了枕头的下面，躺下了。都红是激动的，感恩的。但是，伤心和绝望到底上来了。无情的事实是，都红的这一辈子完了。她其实是知道的。她的后半辈子只有“靠”人家了，一辈子只能生活在感激里头。都红矮了所有的人一截子，矮了健全人一截子，同样也矮了盲人一截子。她还有什么呢？她什么也没有了，只剩下了“美”。“美”是什么？是鼻孔里的一口气，仿佛属于自己，其实又不属于自己。一会儿进来了，一会儿又出去了。神出鬼没的。

都红把被子拉过来，蒙在了脸上。整个脑袋都蒙进去了。都红都已经做好了号啕大哭的预备，却没哭。都红没有哭出来。只有眼泪在往下掉。这一次的眼泪奇特了，以往都是一颗一颗的，这一次却没有颗粒，是一个整体，在迅速地流淌，汩汩的，前赴后继。泪水一淌出来被枕头吸走了，这一来泪水又没有了声音。只是枕头上湿了一大片。都红就翻了一个身。枕头又湿了。

痛定思痛。都红最后陷入的其实是自伤。她的自尊没了。她的尊严没了。她的尊严被摁在了门框上。风乍起，“啷”的一声，都红的尊严顷刻间就血肉模糊。她的尊严彻底丢在了“沙宗琪推拿中心”的休息区了。

不能。都红对自己说。不能的。绝对不能。死都不能。

都红掀开被子，坐起来了。她摸到了毛巾，一个人悄悄地摸向了卫生间。她想洗一洗自己的脸。这时候刚好走过来一个护士，她想搀她。都红侧过脸，面对着护士的面部，笑笑，柔软地却又是十分坚决地把护士小姐的胳膊推开了。都红说：“谢谢。”

不能，不能的，都红对自己说，只要还有一口气，都红就不能答应自己变成一只人见人怜的可怜虫。她只想活着。她不想感激。

不能欠别人的。谁的都不能欠。再好的兄弟姐妹都不能欠。欠下了就必须还。如果不能还，那就更不能欠。欠了总是要报答的。都红不想报答。都红对报答有一种深入骨髓的恐惧。她只希望自己赤条条的，来了，走了。

洗好脸，都红就打定主意了，离开。离开“沙宗琪推拿中心”。先回家。医疗费一直都是沙复明垫着的，得让父母还了。不过，这笔钱都红也还是要还父母的。怎么还呢？都红一时也想不起来。这一来都红又要哭。但都红非常出色地扛住了。她的脑子里蹦出了六个字：天无绝人之路。天——无——绝——人——之——路。

主意一定，都红就请来了一位护士。她请护士为自己预定了一张火车票。当然，高唯她也得请过来，她要写字板。没有写字板她是不能写字的。有许多话她一定要留给兄弟姐妹们。她要感谢。无论如何，她要感谢。再见了朋友们，再见了，兄、弟、姐、妹。天无绝人之路。她就要上路了。她是自豪的，体面的，有尊严的。她什么也没有欠下。

该上钟的在上钟，该休息的在休息。推拿中心的气氛很日常了。都红把厚厚的、大小不等的一沓放在了自己的柜子里，掩好柜门，把锁挂上去了。锁的后面却挂着钥匙。然后，都红就走到高唯的身边，交给她一张纸。做好了这一切，都红就往外走。高唯想陪着她，被都红拦住了。高唯说：“你要到哪里去？”都红说：“个傻丫头，我还能到哪里去？就不能一个人待会儿？”

沙复明正站在门外。都红最终是从沙复明的身边离开的。高唯捏着都红交给她的纸条，透过玻璃，高唯意外地发现都红在大门的外面和沙复明拥抱了。沙复明背对着高唯，但即使是背影，高唯也看到了沙复明的心花怒放。他的两个肩膀嘭的就是一声，都能上天了。高唯笑笑，回头看了一眼杜莉，笑眯眯地离开了。她想喊所有的人都来看，费了好大的力气，高唯这才忍住了。

最早发现有问题的当然还是高唯。高唯捏着都红的纸条，一直坐在休息区里。她不想到门外去，她也不想在过道里走过来走过去的，就把玩手上的纸。纸上密密麻麻的，全是一个又一个小窟窿，或者说，小点点。高唯看不出头绪，也就不看。就这么过了二三十分钟，高唯站起来了。大门口的外面却没有人。高唯把推拿中心的玻璃门推开，却发现沙复明在大门外转圆圈。直径在一米五左右。一直在转。两只手还不停地搓。高唯没有发现都红，只能关上门，回头了。她沿着推拿房的房门一个又一个地推，没有都红。这个死丫头，她哪里去了呢？不会躲在什么地方流泪了吧？

足足过了两个多小时，高唯有些慌了。她终于"咦"了一声，自言自语地说："都红哪里去了呢？"金嫣说："不是一直和你在一起么？"高唯说："哪里呀，没有哇。"

离开两个小时并不算长。然而，对一个盲人来说，这个长度有些出格了。直到这个时候，大伙儿才觉察到了，事情似乎有些不对劲。大伙儿都挤在休息区里，一动不动，其实是面面相觑了。沙复明突然说："她对你说了什么没有？"

"没有。"高唯说，"她就给了我一张纸，说一个人待会儿。"

"纸上写了什么？"金嫣问。

高唯把那张纸平举在面前，无辜地说："没有哇。什么都没有。"

沙复明问："有小点点没有？"

高唯说："有。"

王大夫离高唯最近，他伸出手，高唯就把那张纸给了王大夫了。王大夫抬起一条腿，把那张纸平放在大腿上，用食指的指尖去摸。只摸了两行，他抬起头来了。高唯就看见王大夫的脸色难看了，眉梢直向上吊，都到额头上去了。王大夫什么也没有说，便把纸条递到了小孔的手上。

休息区再一次寂静下来。这一次的寂静与以往所有的寂静都不同。每一个盲人都在传递都红的纸条，最终，都红的纸条到了沙复明的手上。高唯目睹了传递的整个过程，心中充满了极其不好的预感。但是，她终于是一无所知的。她回过头去，偏偏和门口的杜莉对视上了。杜莉也是一脸的茫然。两个人的目光匆匆又避开了。谜底已经揭开了，一定是揭开了。她们却什么也不知道。她们的四只眼睛明晃晃的，却一片漆黑。她们的眼睛什么也看不见。她们是睁着眼睛的瞎子。她们再也没有想到，这个世界上还有这样一种东西，实实在在的，就在面前，明晃晃的眼睛就是看不见。休息区的寂静近乎恐怖了。

沙复明的食指神经质了。他的嘴巴始终是张着的，下巴都挂了下去。高唯注意到了，沙复明的食指在反反复复地摩挲，一直在摩挲最后的一行。他终于吸了一口气，叹出去了。最后，沙复明把都红的纸条丢在了沙发上，一个人站了起来。他走到了柜子的面前，摸到了锁。还有钥匙。他十分轻易地就把柜门打开了，空着手摸进去的。又空着手出来了。脸上是相信的表情。是最终被证实的表情。是伤心欲绝的表情。沙复明无声无息地走向了对面的推拿房。

除了高唯和杜莉，每一个盲人都是知道的。都红的最后一句话是留给沙复明的。都红叫了沙复明一声“哥”。她说：“复明哥，我不知道怎样才能感谢你，我祝你幸福。”

这个下午的休息区注定了要发生一些什么的。没有在都红的身上发生，却在王大夫的身上发生了。

“小孔，”王大夫突然说，“是你的主意吧？”

小孔说：“是。”

王大夫顿时就怒不可遏了，他大声呵斥道：

“是谁让你这样做的？！”

仅仅一句似乎还不足以说明问题，王大夫立即就问了第二遍：

“是谁让你这样做的？”王大夫吓人了。他的唾沫直飞，“——亏你还是个瞎子，你还配不配做一个瞎子！”

王大夫的举动突然了。他是多么温和的一个人，他这样冲着小孔吼叫，小孔的脸面上怎么挂得住？

“老王你不要吼。”金嫣拨开面前的人，来到王大夫的面前。她把王大夫的话接了过来。金嫣说：“主意是我拿的。和小孔没关系。有什么话你冲着我来！”

王大夫却红眼了。“你是什么东西？”王大夫掉过头，“你以为你配得上做一个盲人？”

金嫣显然是高估了自己了，她万万没有想到王大夫会对自己这样。王大夫的嗓子势大力沉，金嫣一时就没有回过神来，愣在了那里。

金嫣却没有想到懦弱的徐泰来却为她站了出来，徐泰来伸出手，一把拉开金嫣，用他的身躯把金嫣挡在了后头。徐泰来的嗓音没有王大夫那样英勇，却豁出去了：

“你吼什么？你冲着我的老婆吼什么？就你配做瞎子！别的我比不上你，比眼睛瞎，我们来比比！”

王大夫哪里能想到跳出来的是徐泰来。他没有这个准备，一时语塞。他的气焰活生生地就让徐泰来给压下去了。他“盯着”徐泰来。他知道徐泰来也在“盯着”自己。两个没有目光的人就这么“盯着”，把各自的鼻息喷在了对方的脸上。他们谁也不肯让一步，气喘如牛。

张宗琪一只手搁在王大夫的肩膀上，一只手扶住了徐泰来，张宗琪说：

“兄弟们，不要比这个。”

徐泰来刚刚想抬起胳膊，张宗琪一把摁住了，厉声说：

“不要比这个。”

尾声　夜宴

将军大道109—4号是一家餐馆，说餐馆都过于正式了，其实也就是一家路边店。路边店向来做不来什么大生意，却也有它的特征，最主要、最招人喜爱的特征就是脏。店铺的地面上没有地毯和瓷砖，光溜溜的只是浇铸了一层水泥。水泥地有水泥地的好，客人们更随意，——骨头，鱼刺，烟屁股，酒瓶盖，客人们可以到处丢，随手扔。但脏归脏，路边店的菜却做得好，关键是口味重，有烟火的气息。这正是所谓的家常菜的风格了。到路边店来用餐的大多是一些干体力活的人，也就是所谓的蓝领。他们才不在乎环境是不是优雅，空气是不是清新，地面是不是整洁。他们不在乎这个。他们在乎的是"自己的口味"，分量足，价钱公道。如果他们愿意，他们可以打着赤膊，撑起一只脚来，搂着自己的膝盖，边吃，边喝，边聊。这里头有别样的快意人生。

路边店和路边店其实又不一样。一部分路边店的生意仰仗着白天；而另外的一部分所看重的则是夜间，他们的生意具有鬼市的性质，要等到下半夜生意才能够跟上来。主顾们大多是一些"吃夜饭"的人：出租车的二驾，洗浴中心或歌舞中心的工作人员，酒吧与茶馆的散场客，麻友、粉友、身份不定的闲散人员，鸡、鸭，当然也有艺术家。高档的地方艺术家们待腻了，他们终究是讲究情调的，就到这样的地方换换口味，偶一为之罢了。

起居正常的人往往并不知道下半夜的热闹。城管人员在夜里头通常偷懒，而值夜班的警察又不愿意多管闲事，路边店的店主们就放肆起来了。他们能把他们的生意做到马路的牙子上来，也就是所谓的占道经营。他们在梧桐树的枝杈上拉开电线，装上电灯，再搁几张简易的桌椅，生意就这么来了。他们的炉火就生在马路边，炒、煎、炸、烧、烤，一样也不缺。马路被他们弄得红红火火的，烟雾缭绕的，一塌糊涂的，芳气袭人了。这正是都市里的乡气，是穷困潦倒的，或者说不那么本分的市民们最为心仪的好去处。

十二点不到的样子，沙复明、张宗琪、王大夫、小孔、金嫣、徐泰来、张一光、高唯、杜莉、小唐等一干人走到将军大道109—4号来了，连金大姐都特意赶来了。在深夜，在街面寥落的时分，他们黑压压的，一起站在了将军大道109—4路边店的门口。路边店的老板与伙计们都见过他们，三三两两地见过，差不多都是熟脸，可这样大规模地相见还是第一次。老板十分热乎地走了出来，对着一大群的人说："都来啦？什么喜庆的日子？"

没有一个人答腔。沙复明莞尔一笑，说："也不是什么喜庆的日子，大家都辛苦了，聚一聚。"

"这就给你们安排。"

沙复明的莞尔一笑却吃力了，他疲惫得厉害。从读完都红最后的那一句话开始，沙复明身上的力气就没有了。很突然地一下，他的力气，还有他的魂，就被什么神秘的东西抽走了。好在还有胃疼支撑在那儿。要不是胃疼，沙复明自己都觉得是空的了，每走一步都能听到体内空洞的回声。

沙复明原本是为了庆祝都红的出院邀请大伙儿出来宵夜的。也就是几个小时的光景，此一时，彼一时了。生活真是深不可测，总有一些极其诡异的东西在最为寻常的日子里神出鬼没。说到底生活是一个脆弱的东西，虚妄的东西，经不起一点风吹草动。都说盲人的生活单调，这就要看怎么说了。这就要看盲人们愿意不愿意把心掏出来看看了。不掏，挺好的，每一天都平平整整，每一个日子都像是从前面的日子上拷贝出来的，一样长，一样宽，一样高。可是，掏出来一摸，吓人了，盲人的日子都是一副离奇古怪的模样。王大夫哪里能不了解沙复明现在的处境，建议他把宵夜取消了，换一个日子，一样的。“何苦呢。”沙复明却没有同意。沙复明说：“都红出院了，总该庆祝一番的吧。”

是啊，都红出院了，是该庆祝一番。但是，这样的庆祝究竟是怎样的滋味，只有沙复明一个人去品味了。王大夫建议沙复明取消这一次的宵夜是真心的，当然，也不能说没有一点私心，中午时分他刚刚和小孔翻了脸，紧接着又和金嫣翻了脸，再接着又和徐泰来翻了脸，在这样的时候出来宵夜，真的不合适。别的人都不好对沙复明说什么，然而，心思却是一样的，巴不得沙复明把这一次活动取消了。沙复明偏偏就不取消，又能怎么办呢？大伙儿实在有点心疼沙复明了。——你这头犟驴，你怎么就这么犟的呢？一路上都没有人说话，又有谁感受不到沙复明心中的凄风与苦雨。他真是凄凉了。

比较下来张宗琪的心态就更复杂一些。无论是对都红，还是对沙复明，张宗琪都是惋惜的。但是，在惋惜之余，张宗琪的心中始终充满了一种怪异的喜悦。这喜悦没有来路，没有理由，是突发性的。读完了都红的信，张宗琪的心坎里咯噔了一下，仔细地一琢磨，张宗琪惊奇地发现，他的内心不只有惋惜，更多的原来是喜悦。这个发现吓了张宗琪自己一大跳，都有点瞧不起自己了。怎么会这样的呢？但是，这喜悦是如此的真实，就在张宗琪的血管里，在循环，在缠绕，刹不住车。想过来想过去，张宗琪想起来了，他其实一直都在盼望着都红离开。当然，是平平安安地离开。都红离开得并不平安，张宗琪最大的惋惜就在这里了。

这顿饭他不想吃，却也不能不吃。张宗琪就只能随大流，跟着了。

一群人站在了将军大道109—4号的门口，浩浩荡荡的，却又是三三两两的，就是没有一人说话。气氛实在是特别了，充满了苍凉，同样也充满了戾气。

一转眼的工夫伙计们就把桌椅给收拾好了。一共是两张。老板清点过人头了，还是两张比较合适。老板走到沙复明的跟前，请他们入座。沙复明却犹豫了，依照现有的情形，一定是他坐一张，张宗琪坐另外的一张。沙复明扶住椅子的靠背，嘴角突然就浮上了一丝古怪的神情。他和张宗琪走到今天的这一步，不能说是为了都红，公正地说，和都红一点关系都没有。然而，挖到根子上去，和都红又是有关系的。——可是，都红在哪里？都红她已经杳无踪影。

沙复明强打起精神，对老板说："麻烦你把两张桌子拼在一起，我们一起吃。"

伙计们再一次把桌椅拾掇好了。这是一张由三张方桌拼凑起来的大桌子，呈长方形，长长的，桌面上很快就放满了啤酒、饮料、酒杯、碗筷。壮观了。是路边店难得一见的大场面。夜宴的头上是天，地上是地，左侧是开阔而又空旷的马路。它的名字叫将军大道。这哪里是一群盲人普通的宵夜，简直就是一个盛大的夜宴。

"坐吧。"沙复明说。

张宗琪站在沙复明的不远处，沙复明的话他不能装作听不见。但是，沙复明的话并没有一个明确的对象，显然不是冲着自己来的。张宗琪就只好把"坐吧"衔在嘴里，隔了好半天才说：

"坐吧。"

两个"坐吧"没有任何语气上的逻辑关系，然而，究竟暗含了一种关系。他们都坐下来了，他们坐在了桌子的最顶端，一坐下来却又有些后悔，不自然了，有点如坐针毡的意思。两个胳膊都不动，就生怕碰到了对方的哪儿。

一群人还在那里犹豫。最为犹豫的显然是王大夫了。坐在哪儿呢？王大夫费思量了。小孔在生他的气。金嫣在生他的气。徐泰来也在生他的气。坐在哪里他都不合适。小孔生气王大夫倒不担心，究竟是一家子，好办。金嫣和徐泰来却难说了。想过来想过去，王大夫决定先叫上小孔。王大夫的鼻尖嗅了几下，终于走到小孔的面前了，拽了拽小孔的衣袖。小孔不想答理他。一把就把王大夫的手甩开了。很快。很猛。她不要他碰。脸都让你丢尽了，一辈子都不想再看见你！王大夫的眼睛“正视”着正前方，这一次却抓住了小孔的手腕，使劲了，绝不能让小孔的胳膊弄出动静来。小孔的驴劲却上来了，开始发力，眼见得就不可收拾了。王大夫轻声对着小孔的耳朵说：“我们是几个人？”

王大夫的这句话问得没有由头，也没有引起任何人的注意，身边的人还以为他在清点人数呢。但是，小孔却是懂得的。这句话她记得。这句话她问过的。是她在床上问王大夫的。王大夫当时的回答是“一个人”。后来王大夫的高潮就来了，而她的高潮紧接着就接踵而至。那是他们最为奇特的一次性爱，小孔这一辈子也不能忘怀。小孔的胳膊突然就是一软，连腿脚都有些软了。爱情真是个古怪的东西。像开关。就一秒钟，一秒钟之前小孔还对王大夫咬牙切齿的，一秒钟之后，小孔的双唇不由自主地张开了，她的牙齿再也发不出任何的力量了。小孔反过来把王大夫的手握紧了，她在私下里动用了她的手指甲。可推拿师的指甲都很短，小孔使不上劲了，只好把她的手指抠到王大夫的手指缝里。王大夫拉着小孔的手，一直在小心地观察，最终，他和小孔选择了金嫣与徐泰来的正对面。这是一个上佳的空间关系，具有无限丰富的积极含义。

大伙儿都入座了，谁也没有说话。酒席上冷场了。张一光一个人坐在桌子的那一头，他已经端起了酒瓶，像个局外人，一个人喝上了。张一光平日里可不是这样的，一闻到酒味他的话就多。推拿中心谁还不知道呢，他像啤酒，一启封酒花就喷出来了。他这个人就是一堆酒泡沫。

王大夫一直在思忖，渴望着能和金嫣、徐泰来说点什么。但是，酒席上的气氛始终是怪异，除了有节制的咀嚼和瓷器的碰撞，一点多余的声音都没有。王大夫就想起了张一光。他希望张一光能够早一点活跃起来，说点什么。只要他开了口，说话的人就多了。说话的人一多，他就有机会对金嫣和徐泰来说点什么了。当然，得找准机会，得自然而然的。要不然，反而会把两家的关系越搞越糟。

张一光就是不说话。张一光是一个边缘人物，一直得不到大伙儿的关注罢了。他不说话其实已经有些日子了。他的心里隐藏着一个天大秘密，是小马的秘密。张一光去过洗头房了——小马究竟为什么离开，小马现在是怎样的处境，整个推拿中心只有他一个人知道。张一光的心中充满了说不出口的懊恼，要不是他，小马断然不会离开的。是他害了可怜的小马。他不该把小马带到洗头房去的。有些人天生就不该去那种地方。小马，大哥是让你去嫖的，你爱什么呢？你还不知道你自己么？你就这个命。爱一次，就等于遭一次难。

桌子的这一头没有动静，桌子的那一头也还是没有动静。沙复明和张宗琪都出奇的安静，这安静具有克制的意味，暗含着良好的心愿，却矜持了。两个人的内心都无比的复杂，有些深邃，积蓄了相当大的能量。这能量一时还找不到一个明确的线路，有可能大路通天，一下子就往好的地方走了；但是，一言不合，坏下去的可能性也有。两个人都格外的小心，尽一切可能捕捉对方所提供的信息，同时，尽一切可能隐藏自己的心迹。好在两个人都有耐心，急什么呢？走着瞧吧。一起肃穆了。

沙复明把啤酒杯端起来了，抿了一小口；张宗琪也把啤酒杯端起来了，同样抿了一小口。张宗琪以为沙复明会说些什么的，没有。沙复明突然站起了身。他站得有些快，有些猛，说了一声“对不起”，一个人离开了。张宗琪没有回头，他的耳朵沿着沙复明的脚步声听了过去，沙复明似乎是去了卫生间。

沙复明是去吐。要吐的感觉来得很突然，似乎是来不及的意思。好在沙复明忍住了，好不容易摸到卫生间，沙复明一下子欠过上身，“哇啦”就是一下，喷出去了。沙复明舒服多了。他张大了嘴巴，深深地叹了一口气。“怎么弄的？”沙复明对自己说，“还没喝呢。”

沙复明一点都不知道他的这一口只是一个开头。还没有来得及擦去眼窝里头的眼泪，沙复明再一次感到了恶心。一阵紧似一阵的。沙复明只好弯下腰，一阵更加猛烈的呕吐又开始了。沙复明自己也觉得奇怪，除了去医院的路上他吃的两个肉包，这一天他还没怎么吃呢，怎么会有这么多的东西？他已经不是呕吐了，简直就是狂喷。

一个毫不相干的客人就在这个时候走进了卫生间。他们在打赌，看谁喝得多，看谁不用上厕所。他输了，他膀胱的承受力已经到了极限。他冲到卫生间的门口，还没有来得及掏家伙，眼前的景象就把他吓呆了。卫生间里有一个人。他弓着身子，在吐。满地都是血。猩红猩红的一大片。连墙壁上都是。

“兄弟，怎么了？”

沙复明回过头来，莞尔一笑，说：“我？我没事的。”

客人一把拉住沙复明，回过头来，大声地对着外面喊道：“——喂！喂！你们的人出事啦！”

沙复明有些不高兴，说：“我没事。”

“——喂！喂！你们的人出事了！”

第一个摸到卫生间门口的是王大夫。王大夫从客人的手上接过了沙复明的胳膊。王大夫一接过沙复明的胳膊客人就跑了。他实在是憋不住了。他要找一块干净的地方把自己放干净。

沙复明说："没喝多啊。还没喝呢。"

王大夫不知道卫生间里都发生了什么，但是，沙复明的胳膊和手让他产生了极其不好的预感。沙复明的胳膊和手冰凉冰凉的。还没有来得及细问，沙复明的身体慢慢地往下滑了，是坍塌下去的模样。"复明，"王大夫说，"复明！"沙复明没有答理王大夫。他已经听不见了。

夜宴在尚未开始的时刻就结束。推拿中心的人一起出动了，他们一共动用了四辆出租车，出租车朝着江苏第一人民医院呼啸而去。王大夫、张宗琪和沙复明一辆，其余的人则分乘了三辆。到底是深夜，马路一片空旷，也就是十来分钟，王大夫背着沙复明来到了急诊室，这个时候的沙复明已经是深度昏迷了。王大夫气喘吁吁地说："大夫，快！快！"

推拿中心的盲人们陆陆续续地赶到了医院，同样是气喘吁吁的。他们堵在了急诊室的门口，急切地希望能从急诊室里头听到一些什么。护士简单地处理了一下沙复明的嘴角，他的身上到处都是血。一个医生走到王大夫的面前，问："什么原因？有什么预兆没有？"

王大夫说："什么什么原因？"

医生知道了，他看不见的。"你的朋友大出血，有什么预兆没有？"

王大夫说："没有啊。"

医生问："他有什么病史？"

他有什么病史呢？王大夫就呆在医生的面前，突然想起了警察对他说过的话：你有义务为我们提供真相。

王大夫有义务。王大夫想为医生提供真相。但是，王大夫什么都不知道。即使沙复明是他的同学、朋友和老板，他也不知道。沙复明有什么样的"病史"呢？王大夫只能紧张地"望着"医生，和医生面面相觑。

"赶快告诉我们，时间紧，这很重要。"

王大夫知道这很重要，他很急，不由自主地扭过了脑袋。门外正站着他的同事们。但是，没有人开口。没有一个人知道。王大夫的心窝子里头突然就是一阵凉，是井水一样的凉。自己和复明，自己和他人，他人和复明，天天都在一起，可彼此之间是多么的遥远。说到底，他们谁也不知道谁。

他们唯一能做的事情就是面面相觑。他们在面面相觑。是耳朵在面面相觑，彼此能听到粗重的喘息。

急诊室忙碌起来了，医务人员在不停地进出。王大夫从急诊室退了出来，他们十分自觉地让开了一条道，一部分站在了过道的左侧，另一部分则站在了过道的右侧。他们鸦雀无声，谁也不肯开口说一句话。他们一动不动，没有人发出哪怕是一丝一毫的声音。而医护人员的脚步声却紧张起来了，一阵紧似一阵。他们以急诊室的大门为中介，进去了，出来了。又进去了，又出来了。王大夫他们只能慌乱吞咽。脚步的声音已经彻底说明了所有的问题。

整个过程王大夫只听到了一句话，是医生的一句话："立即送手术室。剖腹探查。"

急诊室的大门打开了，沙复明躺在床上，被两个护士推了出来。她们必须把沙复明送到手术室去。盲人们尾随在手推床的后面，来到了电梯的门口。沙复明被送进了电梯，除了沙复明，护士拒绝了所有的人。高唯胡乱地扑到一个医生的身边，问清了手术室的方位，一把拉住了王大夫的手。王大夫又拉起张宗琪的手。张宗琪又拉起金嫣的手。金嫣又拉起小孔的手。小孔又拉起徐泰来的手。徐泰来又拉起张一光的手。张一光又拉起杜莉的手。杜莉又拉起了小唐的手。小唐又拉起了金大姐的手。他们就这样来到了手术室的门口，站定了，松开手，分出了两列，中间留下了一条走道。

一个护士来到队列的中间，问："你们谁负责？需要签字。"

王大夫往前跨出了一步，张宗琪却把他拦在了一边，护士便把签字笔塞到了他的手上。张宗琪直接把签字笔送进嘴边，咬碎了，取出笔芯，用他的牙齿拔出笔头，对着笔芯吹了一口气，笔芯里的墨油就淌出来了。张宗琪用右手的食指舔了一些墨油，伸出大拇指，捻了捻。匀和了，就把他的大拇指送到护士的面前。

手术室的过道真静啊。王大夫活这么大也没有听到过这样的静，仿佛被什么巨大的重量"镇"住了，被摁在了一块荒芜的空间里。王大夫张宗琪他们就这样被"镇"了一小时五十三分钟，眼珠子都快突出来了。没有人开口去问。问是不好的。盲人在任何时候都坚信，只有别人带来的才是好消息，别人的消息时常令他们喜出望外。

一小时五十三分钟过后，医生从手术室出来了。大伙儿一起围上去。医生说："手术很好。"医生说："能做的我们都做了。"医生说："但现在我们还不知道结果。"医生最后说："我们还要观察七十二个小时。"

"我们还要观察七十二个小时。"这不是最好的消息，但无疑是一个好消息——起码，沙复明到现在还是沙复明。然而，王大夫一直在犹豫，那个躺在里头的、每天和他们生活在一起的沙复明究竟是谁呢？他的病不可能是今天才有的，他一定是病得很久了。没有一个人知道他的哪怕是一丁点的消息。所有的人都对他一无所知——沙复明一直是他们身边的一个洞，一个会说话的洞，一个能呼吸的洞，一个自己把自己挖出来的洞，一个仅仅使自己坠落的洞。也许，他们每一个人都是洞。他们每一个人都在向着无底的、幽暗的深处疯狂地呼啸。这么一想王大夫就觉得自己也坠落下去了,突然就是一阵难受。他太难受了,也许还有一阵致命的惊悚。王大夫一个趔趄,整个身躯都摇晃了一下,他要哭。王大夫告诉自己,不能。不能让自己变成一个洞。他的脚后跟就碰到身边的小孔了。王大夫拽住小孔,像拽住一根稻草。此时此刻,王大夫是多么的孱弱,他一把就把小孔搂在了怀里,下巴搁在了小孔的肩膀上,他眼泪出来了,鼻涕也出来了,弄得小孔一身。王大夫语无伦次了:“结婚。结婚。结婚。”他带着哭腔哀求说:“我们一定要有一个像样的婚礼。”

王大夫怀里的女人不是小孔,是金嫣。金嫣当然是知道的,却怎么也不情愿离开王大夫的胸膛。金嫣也哭了,说:“泰来,大伙儿可都听见了——你说话要算数。”

跟在医生后面的器械护士目睹了这个动人的场面,她被这一群盲人真切地感动了。她的身边站着的是高唯。一回头,器械护士的目光就和高唯的目光对上了。高唯的眼睛有特点了,小小的,和所有的盲人都不太一样。护士对着高唯的眼睛看了一会儿,终于有点不放心。她伸出手,放出自己的食指,在高唯的眼前左右摇晃。高唯一直凝视着护士,不知道她要做什么,就把脑袋侧过去,同样伸出手,捏住了护士的手指头,挪开了。高唯对着护士眨巴了一下眼睛,又眨巴了一下眼睛。

护士突然就明白过来了,她看到了一样东西。是目光。是最普通、最广泛、最日常的目光。一明白过来护士的身体就是一怔。她的魂被慑了一下,被什么洞穿了,差一点就出了窍。

2007 年 4 月至 2008 年 6 月于南京龙江